UN VOT PER L'ESPERANÇA

Albert Salvadó

A Mª Creu, Meritxell, Laura i Miquel,
el meu petit Gran Univers.

ISBN: 978-99920-1-920-7
Dipòsit legal: AND.194-2012

Diseny portada: Sarabia Photo

ÍNDEX

1.- LA MORT D'UN PONTÍFEX

El cel estava tapat i una fina pluja queia acaronant suaument els vidres del meu apartament a Roma, relliscava mandrosament i saltava al buit tot buscant el fred de l'asfalt del carrer. Gina dormia, mentre jo romania a la foscor. Feia tres hores que havia acabat el meu article sobre la mort del Papa i no podia agafar el son. De manera que m'havia llevat i m'havia atansat fins a la finestra. Darrere meu vaig sentir la veu de Gina.

—No em passa res —li vaig dir—. Només que no puc dormir.

—Et preparo alguna cosa? —em preguntà amb veu endormiscada.

—No, gràcies. Au va, dorm.

La vaig escoltar mormolar paraules inintel·ligibles i tombar-se d'esquenes. Roma, la Ciutat Eterna, romania silenciosa i trista. Els vidres ploraven la mort del Pontífex i els carrers s'havien quedat buits.

No em preocupava res en particular. Simplement m'havia llevat i havia cercat la bata a les palpentes. Feia un xic de fred i no volia arriscar-me a enganxar un refredat. S'acostaven dies de molt de moviment, durant els quals hauríem de fer hores extres per tal d'estar a l'aguait de tot. La mort d'un Pontífex és un xarampió per als periodistes. Ens hem de moure, cercar la notícia, informar de tot allò que s'hi cou, des de l'instant de l'òbit fins a la nova coronació, amb tot el que aquest procés comporta: arribada dels cardenals, funeral, llistes de *papabili*, consultes, perfils humans, pastorals i psicològics, el Conclave, el successor, les seves idees, pensaments, projectes... Una enciclopèdia condensada en pocs articles, però substanciosos per l'enorme càrrega de dades.

No, no em preocupava el treball. Ja vaig ser de l'olla quan van elegir Pius XIII i coneixia fil per randa les regles del joc, sobre tot gràcies als llargs anys d'experiència en temes relacionats amb el Vaticà i a l'«amistat» que em lligava amb el cardenal Bolone que en diverses ocasions m'havia proporcionat primícies que em van valer bons triomfs. A canvi jo li havia ofert certes informacions vitals que li van permetre resoldre situacions delicades abans que no arribessin al gran públic. Una mà renta l'altra i les dues la cara. Fins i tot, quan l'afer era un pèl delicat, havíem concertat un sistema de contacte tot emprant el seu immediat col·laborador, Pasquale Chigi, un sacerdot d'aspecte tímid i molt reservat a qui gairebé mai no podia arrencar-li més paraules de les estrictament necessàries. Tanmateix, era d'agrair que es tractés d'una persona molt eficient en les seves tasques. Bolone l'havia escollit per la seva discreció i el cardenal era una guineu en això de jutjar la gent.

Vaig apartar els ulls de les brillants gotes d'aigua que reflectien la llum de les faroles i els vaig dirigir cap a la Gina que dormia plàcidament. Des que la vaig conèixer la nostra relació era immillorable, malgrat que també tinguéssim algun que altre frec, tan natural en una parella.

Gina és el revers de la meva esposa, que només va tenir un acte caritatiu amb mi: morir i deixar-me en pau. Mai no va consentir a divorciar-se. Això anava en contra de les seves creences. No obstant això, turmentar-me contínuament no devia formar part de la seva llista de possibles faltes i pecats i, evidentment, no sentia el més petit remordiment per tot allò.

Em vaig casar amb Carla fascinat per la seva bellesa i no vaig trigar gaire mesos a adonar-me de la seva neurosi. Va ser a partir d'aquell instant que vaig acceptar qualsevulla missió informativa, tant més llarga i més allunyada millor. També vaig passar dos anys sencers a Espanya, concretament a Barcelona, sabent que a ella no li agradava ser lluny de casa. Naturalment, no em va acompanyar, però em visitava de tant en tant per vigilar-me. Era horrorós i, per no caure en cap temptació, em vaig inscriure en un curs d'història d'Espanya i el vaig seguir durant nou mesos. És per aquesta raó que, quan vull posar un exemple o fer una comparança, de natural em surten personatges d'aquell país o noms dels seus rotatius. I és que, allà, vaig ser feliç.

No vam tenir fills. ¿Com es pot ser pare amb una esposa que es passa el dia escopint-te a la cara que no ets ningú, que fretures d'ambició i que l'has decebuda? Així dia rere dia, fins que va arribar el desenllaç.

En aquells dies tenia molt clar que no havia nascut per quedar-me assegut rere un escriptori, per molt ampul·lós que sonés el nom del càrrec. Em feia il·lusió viatjar, conèixer món, barrejar-me amb la gent, observar i viure amb totes les meves forces, però vaig cometre l'error de casar-m'hi sense pensar-ho dos cops i ella es va equivocar en donar crèdit a les frases d'elogi que em dirigien i que pronosticaven un gran futur per al jove periodista que era jo. La nota més sobresortint provenia del pare de Carla, que mirava de convertir-me en un polític. El pobre no sabia que el joc de la política em fa venir basques. Per arribar a ser un bon polític calen espatlles molt amples i jo no posseeixo aquesta virtut.

Després de sis anys de matrimoni, un bon dia vaig engegar el meu sogre a passeig i a Carla a un altre lloc menys digne, però, bé sigui per debilitat o per qualsevulla altra raó oculta, vaig tornar al seu costat i vaig acabar per aguantar indolent tots els insults que brollaven dels seus formosos llavis coronats de petites arrugues com raigs solars, com els que pinten els nens en els seus infantils dibuixos. Suposo que eren els rictus de ràbia que s'hi havien tornat crònics i, així, ja no tenia perquè recordar-me verbalment el seu disgust davant del meu suposat fracàs,. Només mirar-la els records afloraven espontàniament... Encara avui, després de deu anys de descans absolut, sento calfreds quan penso en ella i el meu front es tensa com si esperés escoltar de nou els seus improperis.

Fart de raonar amb ella, de procurar que veiés la crueltat de la nostra estúpida situació, de somicar i implorar la meva llibertat (per a ella una mostra més de la meva debilitat), em comunicaren la seva mort mentre em trobava a Costa de Marfil. Carla havia patit un accident quan viatjava en companyia del seu pare i ambdós havien mort. No recordo que resés per cap d'ells. Havien viscut molt units i suposava que serien feliços per haver mort junts. Era el millor que havia pogut succeir-los. Tampoc em vaig afanyar per fer l'equipatge i tornar a Roma. De manera que no vaig assistir al funeral. No hauria sabut quina cara fer...

Em vaig prendre uns dies de descans per ordenar els assumptes legals i, sobre tot, les idees. Encara no era conscient del significat del que havia succeït. Em veia com un d'aquells presos polítics sud-americans que, després de tortures i misèries sense fi, un bon dia surten al carrer tot traspassant el mur que durant llargs anys ha marcat els límits de la seva existència i troben que el món els queda massa gran. Jo havia romàs pres durant més de dotze anys.

De natural soc força analític i m'he passat hores senceres procurant desgranar les raons dels meus actes, cosa que vaig fer llavors per tal de descobrir el secret de la meva dependència, dels meus lligams amb una dona a qui no estava segur d'haver estimat mai i sí, d'haver-la odiat en més d'una ocasió, a qui em sentia estacat per un vincle tingut per sagrat, sense saber amb exactitud el significat de tan profund vocable. Si en aquells moments hagués sabut tot el que la vida m'ha ensenyat, m'hauria adonat del poc sagrat, de la fragilitat i de la falsedat del meu acte (voluntàriament acceptat, tal com se sol dir). Perquè aquesta voluntat hi sigui present és necessari disposar d'una formació de la qual jo freturava, d'una instrucció basada en el cultiu de la llibertat i d'una responsabilitat plena dels meus actes. I no hi va haver res de res, excepte ceguesa i il·lusió vana i estúpida.

A Gina la vaig conèixer en una festa, ens vam agradar i vam quedar per veure'ns un altre dia. A aquella trobada li succeí una altra i una altra, fins que va venir a viure amb mi. Jo li porto deu anys, però ens compenetrem prou bé i la seva maduresa atrapa amb extrema facilitat la meva, cosa gens estranya. Sempre he tingut un esperit infantil.

Entre ella i jo hi ha un pacte que, malgrat que sigui tàcit, s'ha complert sempre. Cap dels dos pretén subjugar l'altre; cadascun viu la seva pròpia llibertat i sap que disposa de l'ajuda i de la comprensió del seu company, sense que hagi de demanar res a canvi, sense esperar que l'altre reaccioni segons els paràmetres establerts pel costum; el retret no existeix; donar és tan lliure com rebre; tot allò que hi ha en comú ha brollat espontàniament, sense imposicions, sense negociacions, i pot desaparèixer en qualsevol instant perquè va deixar de complir la seva funció, sense més raó que aquesta; només existeix el present, la nostàlgia morí amb el passat i el futur es construeix a cada moment; la paraula amor no té significat per ella mateixa, és el sentiment que ho té tot: tot allò que expressa, tot el que capta, tot el que dóna, tot el que diu, tot allò que atrau, tot el que desperta, tot el que atrapa, tot el que ensenya... La nostra unió, a mesura que s'enforteix més, s'eixampla, engrandeix les nostres vides i abraça més i més.

I ara, quan penso que ja posseeixo la llibertat necessària per acceptar un compromís sagrat, és quan no necessito manifestar-ho, sinó que ja és part de mi. No deixa de ser curiosa, aquesta vida!

En fi! Que no recordo amb exactitud si tots aquests pensaments creuaven la meva ment mentre romania contemplant les cristal·lines perles que s'arrapaven al vidre de la finestra, però sí que recordo que em sentia a gust mirant el bony que es movia mandrosament de tant en tant sota el llençol.

No, la preocupació que m'embargava no era res definit ni gaire definible. Més aviat es tractava d'un negre presagi o que els meus pensaments s'havien contaminat amb la tristesa i la malenconia de la nit freda i humida.

Em vaig tornar a estirar al llit i vaig romandre quiet enmig obscuritat, absent per complet a tot allò que m'envoltava, pensant com seria el funeral. La decisió de Pau VI de ser enterrat sense massa pompa havia esdevingut un costum i vaig pensar en Albi, el cardenal Camarlenc, tan amant del protocol, les normes i els espectacles en olor de multituds. Si Pius XIII havia disposat un funeral senzill, Albi s'enduria un gran disgust. Qualsevol pretext li servia per organitzar una representació on no hi descuidaria el més petit detall. Hom deia d'ell que era el perfecte Camarlenc i comptava amb el respecte dels diplomàtics acreditats davant la Santa Seu. Extraordinari coneixedor dels secrets del Vaticà i dels tripijocs burocràtics, havia esdevingut l'antesala del Pontífex, i qualsevol afer, abans d'arribar a mans de Pius XIII, passava per ell, que gaudia de més influencia que els dos secretaris particulars de Sa Santedat. No era gens d'estranyar, doncs, que el seu nom acabés per figurar a totes les llistes de candidats a successor i que *L'Osservatore Romano* el situés al capdamunt de tots, per davant de Brog i Duvalier, mentre que Barón passava a ocupar un modest sisè lloc. El motiu del desterrament venia justificat pels enfrontaments amb el Papa, que l'apartà discretament. Des d'aleshores Barón havia perdut possibilitats, va explicar un rotatiu de tercera fila. Tanmateix, en aquests mateixos enfrontaments jo veia un enfortiment de la seva posició, perquè guanyava bona part dels vots del Tercer

Món i no en perdia cap ni un dels altres,. Mai no comptà amb ells... Déu, quin enrenou!

Sortosament, les meves amistats a l'Oficina de Premsa del Vaticà em van permetre escapolir-me de les deficiències i retards a què es van veure sotmesos bona part dels meus companys de professió. Tothom anava de corcoll, neguitós, d'un costat a l'altre i sense gairebé temps per aturar-se un instant i respirar. Era molt el que quedava per fer. Les notícies creuaven l'èter i des de *Il Corriere della Sera* fins a l'*International Herald Tribune*, tot passant per *Le Monde, El País, La Vanguardia, The Times, Der Spiegel* i una infinitat de publicacions diàries, setmanals o mensuals, van rebre la notícia, mentre les agències internacionals no paraven d'emetre nous comunicats sobre la mort, que la RAI, ORTF, BBC, RTVE, ABC, CBS, CNN i no sabria dir quantes cadenes més les repetien sense parar.

El cert és que el Vaticà havia esdevingut el centre d'atenció de tot el món.

Des del meu llit, enmig de la foscor de la nit, vaig intentar imaginar-me com seria Roma els dies següents, quan les més altes personalitats del món occidental visitarien la ciutat dels set turons. Quin horror!

I, finalment, em vaig adormir. Era el millor que podia fer.

L'endemà al matí vaig deixar Gina dormint i em vaig dirigir al Vaticà amb la intenció d'aconseguir una entrevista amb Bolone. La bella dorment treballava d'infermera a l'hospital Gemelli i aquella nit entrava de guàrdia.

UN VOT PER L'ESPERANÇA

Els cardenals s'havien llevat molt d'hora i el púrpura dominava els passadissos del Palau Pontifici. A la Porta de Sant'Anna hi havia un bon enrenou. Albi omplia el rebost de provisions per al Conclave que ja era a les portes. Això es podia deduir de tant de moviment.

Vaig descobrir rostres coneguts, molts: Brie, Reverter, Duvalier, Toroli, Monsardo i un bon plec de bisbes i cardenals. També vaig tenir ocasió de saludar diversos col·legues i bescanviar opinions. A algun d'ells feia anys que no el veia. Amb qui més vaig parlar, i no pas per plaer, va ser amb Hans Brukner, el Falcó Alemany, que sempre anava a l'aguait per poder trinxar la seva presa.

—Has pogut parlar amb el teu amic? —em va preguntar amb fingida ingenuïtat.

—No sé de qui em parles —li vaig respondre. Hans mai no perdia pistonada i més valia no oblidar-ho.

—Aquest cardenal... Com es diu...?

No vaig badar boca. Era un truc tan vulgar que ofenia la meva intel·ligència, per curta que fos. Em vaig estimat més guardar silenci i fer-me l'orni.

—Bolone! —va fer de sobte, com si vertaderament ho hagués recordat en aquell precís instant.

—Fa molt de temps que no el veig i mai hem menjat del mateix plat, tot i que m'afalaga que el facis amic meu. —Vaig somriure, mentre mostrava una bona dosi de candor als meus ulls.

—Jo estava convençut que havies vingut per veure'l i pensava que potser podria acompanyar-te. —Va fer un curt silenci i, assajant la millor de les seves rialles, afegí—: Com en els vells temps.

—No pateixis. Si el veig, et cridaré —li vaig tornar el somrís.

—Així ho espero.

Hans Brukner i jo havíem col·laborat en altres temps, fins que vaig descobrir que tots els triomfs eren per ell. M'espremia hàbilment i guardava gelosament tota la informació que passava per les seves mans. Dins de totes les professions hi ha gent com ell, gent que desitgen triomfar a qualsevol preu i que se senten tan insegurs que juguen a fet i amagar, tenint per arma la informació que retenen. Ja sigui per pur egoisme o per por de perdre la poltrona a la qual han aconseguit pujar, deu ser molt trist no poder confiar absolutament en ningú i no sento enveja per uns èxits pagats a l'altíssim preu de la solitud. M'estimo més un altre mena de gent, amb una filosofia de la vida franca, oberta i senzilla, com el meu bon amic Palaci, que diu que és millor explicar tot allò que saps i així sempre trobes que hi ha més i que les teves idees no s'esgoten mai, com si existís una font interior que raja sense esgotar-se.

Aquell tipus era un ambiciós sense límit, un desequilibrat amb mania persecutòria, amo i senyor d'uns ulls que miraven d'escorcollar els secrets de qualsevulla ment. Força efectiu i contundent davant d'un ordinador i amb un tema a les mans, però. El sobrenom de Falcó Alemany era la millor de totes les definicions que li podien aplicar: vigilant com el depredador de l'aire i dur, disciplinat i treballador com correspon a un bon esquema germànic.

Vaig haver de fer mans i mànigues per poder alliberar-me del seu marcatge. No feia altra cosa que deixar anar estupideses sobre el perfil del possible nou pontífex i mirava d'escurar-me la cassola. Fins i tot en va dir algunes de prou sonades. Hans sabia molt bé que jo disposava d'una porta d'entrada al sancta santorum, i era, a més, dels pocs que comptaven amb la confiança d'algú preeminent com el cardenal Bolone.

Pels volts del migdia vaig aconseguir treure'm del damunt aquell pallús, però, per desgràcia, se m'havia escapat el cardenal i únicament vaig poder bescanviar unes poques paraules amb Pasquale Chigi, de qui poc o res havia de treure. Per més que procurava un apropament mai no ho aconseguia i aquella ocasió tampoc seria diferent.

Chigi era molt esmunyedís, de poques paraules, que davant d'una pregunta directa es tancava en el seu ostracisme i em feia sentir malalt. De manera que vaig tornar a casa cansat i de mala llet. Sort que Gina havia cuinat unes suculentes tallarines, plat que em retorna a la infantesa, com quan em trobava davant d'un pastís de xocolata o una bossa de caramels.

—No t'ha anat massa bé —em va dir ella, mentre jo engolia una mossegada.

—A què treu cap això?

—Menges molt ràpid, senyal que vols fer fora un mal tràngol amb un bon pap.

En ocasions similars em demanava a mi mateix si qui havia estudiat psicologia era jo o bé si hi havia un error a les paperetes i el nom de Gina havia de substituir el meu. Copsava el meu tarannà tan bon punt em veia arribar i endevinava el resultat de les meves gestions per la manera com introduïa la clau al pany, cosa que a voltes m'afalagava, per allò que em sabia important i algú es preocupava per mi, i, en altres ocasions, em treia de polleguera i em feia sentir despullat i desarmat. Tanmateix, també haig de dir que el meu disgust no era amb ella, sinó que apuntava directament a la meva manca de domini i als meus infantilismes, que acabava per trobar ridículs i sense cap mena de fonament.

El poc que havia arrencat a Pasquale Chigi, sempre curt de paraules, es reduïa a saber que Bolone no tornaria fins ben entrada la nit i, com al dia següent hi havia els preparatius del funeral, no disposaria de gaire oportunitats per abordar al cardenal i estirar-li la llengua. El Conclave ens queia al damunt i si les portes es tancaven sense que jo hagués pogut parlar amb el meu amic, ja podia acomiadar-me d'escriure un article com cal.

A la tarda Gina marxà cap a l'hospital i jo em vaig quedar assegut davant del finestral, tot contemplant les teulades de Roma i submergit en profundes meditacions i no pocs càlculs de probabilitats. Pels volts de les sis vaig posar fi al meu estat de pensador i em vaig dirigir a l'escriptori. Minuts després ja havia confeccionat la meva llista de *papabili*. De manera que vaig connectar l'ordinador i vaig escriure el meu article.

La llista era extraordinàriament curta. Brog ocupava el primer lloc i sortia com a favorit, Albi el seguia a poca distancia i Barón tancava l'equip. Només tres candidats era molt afinar, de manera que vaig explicar i vaig raonar el perquè d'una llista tan exigua i el perquè dels seus candidats, per concloure que, si l'elecció requeia en qualsevol dels tres (qualsevol), no tindríem un Papa adient als temps que corrien. El vaig tornar a llegir i encara vaig afegir-hi una frase divertida, de les que havia pronunciat Hans Brukner, que feia referència a l'Esperit Sant, a qui demanava il·luminació. Era una frase estúpida que acabava per apuntar la possibilitat que tinguéssim un Papa sorgit del no-res, un desconegut. I la vaig escriure entre cometes, tot repetint paraula per paraula la frase d'aquell idiota. Vaig ser a punt d'esborrar-la, però finalment la vaig deixar com estava. I vaig enviar l'article via Internet.

Cap a les vuit sonà el telèfon. Era Frascatti, el meu cap.

—De debò vols que publiqui el que has escrit? —em preguntà tot sorprès.

—Per això t'ho he enviat, oi que sí? —vaig respondre.

—És que no va amb el teu estil. Mai no ets tan contundent. Que et passa alguna cosa?

—Em passa el que explico a l'article. No m'agrada cap dels candidats, malgrat que sé que dins d'aquesta terna es troba el nou Pontífex —vaig fer de mala lluna i, després, vaig afegir—: Perdona, em trobo en hores baixes.

—Si publico el teu article, Bolone et fregirà tan bon punt et vegi —m'advertí Frascatti.

—Per damunt de tot sóc periodista i he escrit el que sento. Però si no t'agrada m'ho dius i en pau.

—El trobo molt valent i absolutament realista i, si vols, afegiré que és més que raonable, però no va amb el teu estil. Tu mai no vols involucrar-te amb la teva informació i aquí, en aquestes ratlles, puc llegir als teus budells. Repeteixo la pregunta: vols que ho publiqui?

—Sí —responguí taxatiu.

—Sortirà demà —i va penjar.

Des que «L'Eau Vive», el restaurant de la Via Monterone regentat per formoses monges, figurava a les guies gastronòmiques com a curiositat, els cardenals no s'hi acostaven amb la freqüència d'altres temps i menys encara des que Jean Beau, el controvertit reporter, va pescar tota la conversa del cardenal Reverter amb el cardenal Polenski en relació al rumor, cada cop més insistent, sobre la relació íntima de monsenyor Capelli amb una madura i bella holandesa. L'escandalós article va fer tremolà més d'un prelat, no tant pel seu contingut com per la forma com s'havia obtingut la informació i l'ús que se'n feia. Beau havia aconseguit, ningú sap com, engalipar una de les cambreres i introduir un petit emissor sota la taula reservada per Reverter. Tampoc hom sap la sort que va córrer la formosa missionera. Es remorejava que havia abandonat els seus hàbits ensorrada per les pressions de la mare superiora.

Sortosament, la meva amistat amb Bolone em permetia ser al cas dels nous gusts i inclinacions dels cardenals i dels bisbes, que havien traslladat el seu quarter general de l'art culinari fins a un petit i tranquil restaurant situat uns cinc-cents metres més enllà i que regentava un exseminarista que es deia Paresse i que donava nom a l'establiment. Es tractava d'un home insubornable que aplicava una tarifa molt elevada, malgrat que la qualitat també ho era i a més garantia la privacitat de les converses i l'incògnit dels comensals, mercès a la partició del local en discrets reservats i a la cura, gairebé malaltissa, amb què seleccionava els seus clients, visitants i, sobretot, empleats.

Vaig decidir temptar la sort a «Paresse». Les meves trucades no havien donat cap fruit, i vaig triar un vestit gris, molt en consonància amb el vestuari dels possibles comensals.

La façana de «Paresse» seguia sent tan poc atractiva com el primer dia que hi vaig anar-hi convidat pel meu bon amic el cardenal. Tenia la secreta esperança que l'amo es recordaria de mi i que la seva memòria em lligaria a Bolone. D'aquesta manera, sense gaire preguntes, em permetria ocupar una de les taules al menjador general i, així, des del meu punt d'observació podria veure entrar o sortir Bolone i abordar-lo discretament.

Els meus anhels i les meves esperances es van veure complides en part. Paresse em recordava i em va conduir fins a una taula privilegiadament situada, però la segona part del pla fracassà i la broma em va sortir per un ull de la cara. No vaig veure cap cardenal. Només bisbes i algun que altre sacerdot que havia decidit llençar la casa per la finestra després d'empenyorar la seva parròquia, en vist de la factura que em van presentar per un plat de sopa i un *ossobuco* regat amb el més tirat dels vins que figuraven a la carta. Tanta disbauxa per constatar que l'amo seguia gaudint de cara de mossèn fracassat.

Cap a les onze del vespre em vaig trobar enmig del carrer, emprenyat i amb les butxaques ben escurades. Vaig pensar que potser no havia encertat el dia, que havia anat massa de pressa, però tampoc podia córrer el risc de presentar-m'hi cada nit i pagar aquelles exorbitants xifres. Frascatti em llençaria als lleons si mirava de fer-li passar una sola d'aquelles notes amb l'excusa de despeses de representació o amb qualsevol altra invenció. No, morir esquarterat i escorxat era un trist final per a la meva existència. I ara què? Era la pregunta.

2.- DESCONCERT PER A UNA INCÒGNITA

L'endemà vaig llegir tots els diaris que em van caure a les mans i vaig poder comprovar que tots plegats anàvem ben perduts. Ni un sol article revelava res d'important, excepte les llistes, a quina més increïble.

El meu article havia sortit a la tercera pàgina, ben situat i amb un formós títol: CONCERT PER A UNA INCÒGNITA. Després, pàgines i més pàgines dedicades a lloar o a fuetejar l'actuació de Pius XIII.

Algú el catalogaven d'indecís, altres de dur. Hi havia qui deia que marxava deixant més problemes dels que va heretar, malgrat que tots coincidien a qualificar el seu pontificat d'incòmode, opinió que jo compartia completament. I també era del parer que li faltà empenta, valentia per enfrontar-se als jesuïtes, escapar-se de la Cúria, parar els peus a algun bisbe, respondre als teòlegs i defensar-se dels constants atacs que li arribaven dels catòlics americans descontents per la indefinició en matèries tan delicades com les relaciones prematrimonials, l'avortament, el divorci, la llibertat de consciència i, sobre tot, el tema punyent del celibat sacerdotal. Gairebé tot relacionat amb el sexe, per no dir tot. Potser la prova més evident que els catòlics som una colla de reprimits. M'incloc per causa de l'educació rebuda i per la meva vida anterior.

Evidentment, que hi havia coses positives. En el seu haver quedaven consignades totes les gestions que va dur en benefici de la pau i el desarmament, els seus constants viatges, el seu pelegrinatge incansable, els pròdigs discursos carregats amb frases d'esperança i d'alè, però moria coix i deixava una Església en descomposició, on els fidels eren cada cop menys i els cecs i sords cada cop més.

Durant el seu regnat també es produïren desercions. Diversos bisbes havien aixecat la veu contra Roma i el poder absolut del Papa, tot reclamant-hi una direcció col·legiada de l'Església. Cert que feia anys que s'havia endegat un viratge, si més no de cara a la galeria, i que el poder temporal i l'espiritual apareixien separats, però no era menys cert que aquesta dissociació era més aparent que real. Les desercions més notables i que més tinta van fer córrer van ser-ne tres: monsenyor Càrdenas, monsenyor Bouvier i monsenyor Cover, el llibertari. Aquests tres prínceps de l'Església, farts de llençar paraules al vent, adoptaren postures oposades a tot allò que emanava de la Santa Seu, però no tots en la mateixa direcció. Els dos primers propugnaven un retorn als temps anteriors al Concili Vaticà II, a l'estil de monsenyor Lefevre, però amb molta més duresa, força i insistència i sense trobar davant d'ells i de les seves tesis un Joan Pau II, sinó un Papa molt més proper als darrers temps de Pau VI. El tercer, Cover, era de signe contrari i arrossegava una munió de periodistes que el seguien on anés amb l'esperança de recollir alguna de les seves explosives declaracions. Era, sens dubte, el més popular, sobretot als Estats Units, on les seves propostes despertaven entusiasme i no poques oposicions. Estic convençut que si l'elecció d'un Papa fos per sufragi universal, hauria fet una bona campanya i podia esdevenir un perillós rival per al cardenal Brog, molt més moderat en els seus postulats, que no deixaven de ser revolucionaris en comparació amb les tradicionalistes i arcaiques idees del cardenal Albi, el seu més directe competidor dins del meu article.

En major o menor grau, els rotatius treien a la llum pública les carències en matèria de doctrina i d'autoritat d'un Papa que va viure i regnà tenint per companys inseparables els continus xocs que es produïen dins i fora de l'Església, cada cop més atribolada.

El lector, aquest sofert home del carrer a qui tot li afecta i que res no decideix, podia escollir entre una ben nodrida col·lecció de retrats robot de com hauria de ser el nou Pontífex. Si tenies la paciència necessària per dedicar-te a enganxar els esbossos de cada periodista, podies trobar-te amb un quadre esperpèntic. Qualitats contraposades n'hi havia per dotzenes i, per si fos poc, hi va haver un que va arribar a descriure l'aspecte físic més adient per tal que fos atractiu per les dones sense ofendre els homes. I després direm que el masclisme ha passat a la historia!

Amb aquesta exhibició de mercaderies i gèneres diversos, em sentia a l'interior del temple, com un mercader més, i esperava que d'un moment a l'altre aparegués el Jesús dels Evangelis per repetir l'espectacle de l'expulsió dels mercaders del temple.

UN VOT PER L'ESPERANÇA

Quin Papa havia de menester l'Església...? Una pregunta a la que jo també mirava de respondre. Segons la meva opinió, gens modesta en aquells dies, el nou Vicari de Crist hauria de posseir autoritat, saviesa, discreció, valentia... En fi! Que hauria de ser un semidéu, un home pel damunt de tots els mortals, de totes les ideologies, tendències i, fins i tot, creences. Un ciutadà universal capaç d'unir, paraula que semblava haver desaparegut del lèxic Vaticà.

No estic gaire segur que en el Conclave sempre s'hagi perseguit trobar l'home extraordinari, digne successor de Pere i el vertader cap visible de l'Església. Tan lloables propòsits no s'han assolit amb prou generositat i la llista de pontífex que no van fer honor al càrrec s'estén més allà del que seria desitjable.

Sort que el dogma de la infal·libilitat pontifical no es proclamà fins l'any 1870, al Concili Vaticà I. Produeix pànic imaginar el que hauria estat en temps dels Borgia, sota el regnat de Víctor IV, Pasqual III, Calixte III, Nicolau V, Climent VII, Benedicte XIII, Climent VIII, Alexandre V, Fèlix V... o tants altres. I prou que fa pensar la terrible tempesta que es desfermà quan es proclamava aquest dogma.

D'altra banda, penso que l'emperador Constantí el Gran no va fer cap favor als cristians quan va posar fi a les persecucions i els enlairà. A partir d'aquell instant posava a les seves mans les eines adients per conduir-los cap a la construcció del palau de l'arrogància. D'aquí a que el Papa deixés de ser l'home senzill, humil, amable i lliurat a la seva tasca per esdevenir un rei, un monarca absolut amb més poder temporal que no pas espiritual, no hi havia més que una passa. I la van fer! I si algú en dubta, que faci una ullada a l'època de les creuades, amb tota l'amalgama de barbaritats que es cometeren en nom de la Creu, símbol de pau i amor. Les anècdotes i detalles de tan nefasta època són ben abundoses i alliçonadores. Per exemple: el rei Frederic II va ser escollit pel Papa Gregori IX per a una creuada, quan tothom sabia que era extremadament vanitós i sensual, fins a l'extrem de disposar d'un harem particular. Però el que més sobta és l'acord al qual van arribar Frederic II i el sultà El-Kamil després de la conquesta de Sant Joan d'Acre. Les clàusules deien que el rei cristià governaria les ciutats de Betlem, Jerusalem i Natzaret a canvi de no atacar mai l'Egipte. Si no complien, el sultà El-Kamil es comprometia a renegar de Mahoma i Frederic II a menjar-se la mà dreta. Poques havien de ser les mostres de fe del rei cristià quan el sultà es va estimar més la promesa que es menjaria la mà dreta, enlloc de renegar de la fe cristiana, contrapartida molt més en consonància amb la promesa de sultà. I pel que fa a les històries d'harems, amors, venjances, rivalitats i altres baixeses podem afirmar, sense cap por d'ofendre ningú, que no havien de buscar-les fora dels murs del Vaticà, sinó que figuraven en els havers de papes, cardenals, bisbes... N'hi ha prou de citar a Marozia, una dona que, segons deien, va arribà a ser la mare del Papa Joan XI sent l'amant de Sergi III. Però el seu palmarès va molt més enllà: va ser la tieta d'un altre pontífex, avia d'un quart i va crear fins a nou papes. Com a compensació, tres d'ells foren assassinats i la resta deposats. Tota una fita històrica difícilment superable. Quant a Lleó X, emprava amb massa freqüència l'escala secreta que conduïa a les seves cambres. No cal ser molt espavilat per endevinar per a què li servia. Com podia enfrontar-se a Martí Luter i no produir-se el cisma?

Allò era una bogeria. Què podem dir del tribunal de la Santa Inquisició? A sant de què li arribava el nombre de «Santa»? i on quedava el record de les persecucions? Quants homes i quantes dones van morir a la foguera després de patir cruels i sàdiques tortures en nom de la fe en Crist? Quants sants hi ha als altars, el nom dels quals atemorí la bona gent? Quants jueus o musulmans van demostrar una fe molt superior a la cristiana en estimar-se més la mort abans que renegar de les seves creences? Quantes guerres religioses havien assolat Europa sencera? Quants monarques havien lluitat contra un Papa...?

I, tanmateix, malgrat tants desastres, tants crims, tanta crueltat, tants càstigs, l'Església romania dempeus perquè el Senyor va dir: «I les portes de l'infern no podran res contra ella.» Un altre favor, ben petit, que Jesús va fer amb aquelles paraules, que semblava que havien estat interpretades com: «Tranquils, nois. Passi el que passi jo seré al vostre costat per lliurar-vos de qualsevol enrenou.» I així van fer i així es revestiren amb el mantell de l'arrogància.

Els cristians, més concretament els catòlics, proclamem que som els escollits de Déu, però hem oblidat que el poble jueu també ho va ser. En vist de tants canvis de rumb bé podríem pensar que Déu és un capriciós. Els seguidors de Mahoma no continuaven també dempeus? O, què succeeix amb els jueus, les creences dels quals són més antigues que les cristianes? Han desaparegut els budistes o els taoïstes o qualsevulla de les religions mil·lenàries que s'escampen per tota la terra? Qui són els autèntics seguidors de Crist: els catòlics, els calvinistes, els protestants, els luterans, els evangelistes, els mormons, els testimonis de Jehovà...?

Segles i segles confonent el Regne de Déu i intentant crear a la terra una jerarquia similar a la que mostren els llibres infantils de religió, amb un Déu, cap suprem, assegut al seu tron celestial i envoltat per tota la cort de cors angèlics distribuïts en categories d'àngels, arcàngels, querubins, dominacions, trons, potestats... I la pregunta que més d'un trist mortal s'ha fet: on aniré a petar jo? Potser, si tinc sort, arribaré a l'esfera tercera o segona o primera. O, si faig tard al repartiment, m'hauré de conformar amb la categoria setanta-dos, amb la qual cosa ja estem emprant la sofisticada, antiga i bàrbara estratègia de crear rivalitats a la terra per la possessió del desconegut. Que potser el paradís no és igual per a tothom? Doncs, no ho sembla. I, després, ens fem un fart de riure amb el premi etern que Mahoma promet als seus seguidors: un jardí celestial ple a vessar de plaers terrenals, on formoses donzelles seran al nostre servei, encara que a la dona no li està permesa l'entrada al paradís, i podrem gaudir d'elles sense por al pecat. Algú un xic espavilat pot concloure que és més interessant començar l'entrenament aquí, a la terra.

Diuen que l'Església s'ha renovat amb el temps i ha perdut la pràctica totalitat de les seves possessions i regnes, però veritablement és així o, senzillament, s'ha posat al dia i ha pres model dels veritables imperis moderns: els econòmics i les multinacionals? El valor dels tresors artístics, col·leccions, joies, edificis i altres menudeses, atrapa imports astronòmics, sense comptar amb les accions i altres interessos que es reparteixen de forma sabia i prudent a la recerca de l'equilibri i la seguretat, independentment de si l'empresa o les empreses fabriquen canons o píndoles anticonceptives. L'important és la rendibilitat, els dividends que deixen cada any. I després diran que les forces satàniques intenten destruir-la. Potser desconeixen que els gèrmens poden provenir de l'exterior, però que la putrefacció es genera dintre?

Déu meu! Cada cop que m'endinsava més en la historia passada i present, més fosc m'apareixia el futur i més apressant esdevenia la necessitat que sorgís un papa semidéu, un pot-fer-ho-tot i convenç-tothom, perquè la davallada cada dia és més gran i els atacs s'embraveixen.

Sóc sincer quan confesso que feia anys i panys que no trepitjava una església, malgrat que el meu treball m'obligava a entrar-hi ben sovint, però trepitjar una Església no és posar-hi els peus a la recerca de la notícia o fent una visita turística. I tot perquè la paraula «religió» sona dintre meu com «cotilla». El meu inconscient la relaciona amb obligacions i deures i jo busco la llibertat d'elecció, similar al pacte tàcit que m'uneix amb Gina: sense papers, sense benediccions, sense traves ni al·lucinants entrebancs. Havíem desitjat tenir un fill i encara ho desitjàvem, però ens era negat. Algú podria dir que era un càstig diví, com la bona Giacomina, la dona que procurava mantenir net i endreçat el nostre apartament i que encara, després de tres anys, no havia paït la nostra irregular situació, com ella l'anomenava, i se sufocava quan trucaven per telèfon i preguntaven per Gina. Mai no sabia què havia de respondre. Dir que la Gina no hi era, tot emprant el nom de pila, li semblava una falta de respecte; respondre que la «senyora» no hi era, es podia prendre per una mentida, no era una «senyora», no estàvem casats; i deixar anar un cursi «senyoreta» era tant com proclamar als quatre vents el nostre pecat. De manera que simplement deia «no hi és» i penjava quan abans millor. El que ella ignorava és que, tot i el nostre abominable pecat, jo em sentia més a prop de Déu copulant lliurement amb Gina que escoltant una avorrida xerrameca sobre el pecat, les seves nefastes conseqüències i tots els horrors dels suplicis eterns de l'infern, infinitament superiors a tot allò que va poder imaginar el portentós Dante dins la seva obra.

Estava content amb l'article que havia escrit i tant m'era si Bolone s'emprenyava i em retirava la salutació. Encara que, tot s'ha de dir, li hauria canviat el títol i hi hauria escrit: DESCONCERT PER A UNA INCÒGNITA.

A mig matí vaig trucar al Vaticà. Em va costar Déu i ajuts aconseguir comunicació, i tot per assabentar-me que Bolone no hi era. Vaig penjar disgustat i em vaig demanar si realment era cert, que no hi era, o si era per a mi, que es donava aquella circumstància. La resposta no trigaria en arribar.

Just al migdia ja tenia dibuixat un itinerari que em conduiria fins als restaurants més freqüentats pels purpurats. Si bé no es podia parlar d'autèntica golafreria, excepte en el cas d'algun cardenal com Duvalier, sí que es podia confeccionar una extensa llista de *gourmets* i amants de la bona cuina, d'exquisits i refinats menjars, entre els que destacaven les pastes italianes, el bon peix, la cuina francesa i els bons vins espanyols i francesos, des del Bordeus als Rioja. Com diu la dita: si la taula no és el primer plaer, és el segon, però no va més allà.

Amb l'itinerari a les mans em sentia optimista i estava convençut que trobaria prou material per escriure un bon article. Després, a la tarda, assistiria a una roda de premsa que havia convocat el cardenal Brog i, a l'hora de sopar, intentaria una nova aventura a Paresse, sense entrar·hi ni pagar els seus desbaratats preus. Havia descobert una petita taverna davant mateix del restaurant i muntaria guàrdia fins que tanquessin l'establiment. Tanmateix, aquell estava a punt de ser el meu dia de la sort.

En l'instant d'agafar la maneta de la porta va sonar el telèfon. Potser es tracta d'un estat d'ànim especialment sensible o de la intuïció que es posa en marxa, però hi ha ocasions en les que el timbre d'aquest gran invent de la civilització sembla cantar amb peculiar insistència. Vaig tancar la porta i em vaig dirigir cap al telèfon. Qui podia trucar·me a casa? El més normal, en horari de feina, és que ho facin al mòbil.

—Mario Darino? —preguntà la veu profunda, ronca i inconfusible del cardenal Bolone.

—El mateix, Eminència —vaig respondre sorprès. Com sabia que era a casa?

—Que s'ha begut l'enteniment? —em cridà enfadat.

—Penso que no. Si més no, ningú no m'ho ha dit, fins ara —vaig fer mentre somreia. Frascatti havia estat profeta. La veu del cardenal sonava més dura que els cops d'un fuet.

—Doncs jo crec que sí. Com ha pogut escriure aquest article? —va seguir cridant amb el mateix tarannà.

—És el que sento dins del meu cor, Eminència.

—El vull veure urgentment —em tallà.

Em vaig quedar d'una peça. Mai no hauria imaginat que el meu escrit produís aquell efecte. Un bon plec de trucades sense resposta i ara el tenia al telèfon i em proposava una cita.

—Vostè mana, Eminència —vaig respondre sense rumiar·m'ho dos cops—. Li va bé que dinem plegats?

—A Paresse, per exemple? —preguntà amb una certa cantarella. Segur que l'exseminarista el mantenia al corrent de qui visitava el seu establiment.

—Per què no? A quina hora?

—D'aquí trenta minuts hi seré. —Callà un instant i afegí—: Ah!, no entri per la porta del restaurant. Segueixi caminant i busqui un portal amb una enorme balda negra en forma d'urpa, truqui el timbre del segon pis, esperi un parell de segons i repeteixi la trucada tres cops més. Digui que ha quedat amb un amic per menjar l'especialitat de la casa.

—Entesos.

—No arribi tard —va dir abans de penjar.

Em vaig quedar amb l'auricular a la mà i vaig trigar una mica a refer·me de la sorpresa i deixar·lo al seu lloc. Vaig sortir esperitat, excitat com un nen, i vaig prendre un taxi, tot dipositant a la mà del conductor una propina prou generosa com per fer·li oblidar que existeix una cosa nomenada codi de la circulació.

3.- UN DINAR MÉS QUE INTERESSANT

Vint minuts després ja estava davant de la façana de Paresse. No hi havia gaire gent al carrer. Seguint les instruccions del cardenal, vaig buscar la porta amb la balda descrita amb poques paraules i molta precisió, com era habitual en Sa Eminència. Anava a trucar quan em vaig tenir un pensament pueril. Tant de secret i tanta contrasenya bé podia ser l'esquer per caçar-me en un parany i arrencar-me la pell com a càstig pel meu article. Vaig somriure divertit i vaig trucar al timbre del segon pis, vaig esperar un parell de segons i vaig repetir la trucada tres vegades més. Una estona després la porta s'obrí i em vaig trobar amb una anciana romana vestida de negre. Confesso que era l'última cosa que m'hi esperava trobar.

—Què vol? —em va pregunta amb un somriure beatífic.

—He quedat amb un amic per menjar l'especialitat de la casa —vaig repetir les paraules del cardenal.

—Passi, si us plau —em va convidar a entrar-hi obrint la porta de bat a bat.

Vaig traspassar el llindar, vaig esperar fins que amb lents i parsimoniosos moviments hagués tancat la porta i la vaig seguir per una estreta escala que semblava pujar cap al cel. Tot era vell. Les parets havien oblidat, ja feia anys, el contacte amb la brotxa del pintor, el terra estava desgastat i deslluït, les bombetes donaven una llum dèbil i esmorteïda, com si també estiguessin velles i cansades.

Vam entrar en un apartament de sostres alts, passadissos llargs i estrets, portes de gairebé tres metros i finestres petites amb gruixuts i pesats porticons que juraria que feia una eternitat que ningú no obria. Arribats a una petita sala, l'anciana senyalà un parell de butaques que s'estaven de guàrdia al costat d'una taula baixa, on reposaven algunes revistes endarrerides, i em pregà que hi esperés. Va tancar la porta i em deixà sol.

Vaig passejar la mirada per l'estança. No hi havia gaire per veure. El paper que cobria les parets era de tons grisos i avorrit fins l'infinit, la còmoda hauria fet les delícies d'un antiquari, però a mi no em deia res. Al damunt hi penjava un bodegó. Dues butaques de cuir desgastat i un llum amb llàgrimes de cristall cobert de pols i no massa elegant completaven el mobiliari.

No vaig trigar més de cinc minuts a cansar-me de l'espectacle i vaig prendre una revista que vaig fullejar distretament. Ni recordo quina era. El meu interès se centrava en demanar-me les raons que havien empès el cardenal a concedir-me una entrevista tan privada en moments tan especialment delicats. Per més que ho rumiava no veia del tot clar que el meu article, unes poques línies a la tercera pàgina d'un diari, fossin tan importants. De manera que havien d'existir altres motius molt més poderosos.

UN VOT PER L'ESPERANÇA

Seguia capficat amb les meves reflexions, quan la paret que tenia al davant s'obrí i em vaig endur un ensurt de mort. Sants del cel! Sort que no pateixo del cor.

Aprofitant les juntes d'aquell horrible paper, hi havia una porta perfectament dissimulada que comunicava amb l'edifici contigu, on es trobava el restaurant de Paresse.

—Ha arribat d'hora —em digué el corpulent Bolone, com a tota salutació.

—No sap vostè el poder que té un bitllet en mans d'un taxista. Produeix vertaders miracles —vaig somriure, alhora que em posava dret un xic més calmat de la sorpresa inicial.

—Passi, per favor.

—Gràcies, Eminència, i les meves felicitacions. És un truc digne de l'època de les catacumbes.

Darrere de la porta l'ambient era absolutament diferent: passadissos sumptuosament decorats, bona il·luminació, portes normals... El vaig seguir fins a un petit menjador privat, on hi havia una taula amb les potes molt treballades, capaç d'albergar còmodament vuit comensals, però que només estava parada amb dos coberts. No sóc un expert en art, però sí que sóc capaç de distingir alguns estils i juraria que els quadres que penjaven de les parets eren originals o còpies perfectes de Modigliani i Renoir.

Bolone vestia com un senzill sacerdot, malgrat que el tall de la seva americana revelava la mà d'un bon sastre, tal vegada Gammarelli, per la perfecció de l'acabat, la qualitat de la roba i la sobrietat de l'estil. Podia enganyar la majoria dels mortals, però a un periodista espavilat no se li escaparien aquests detalls que permetien avançar que sota aquelles teles s'amagava alguna cosa més que un simple mossèn. Els seus gestos, la veu, les postures, tot en ell cantava a crits la seva condició d'home acostumat a manar, a dirigir i a prendre decisions. Són segells que imprimeixen caràcter i que no poden ser ni esborrats ni dissimulats fàcilment.

—La carn és de primera. Li ho puc garantir —comentà mentre em convidava a seure'm davant d'un plat de porcellana de Limoges custodiat per coberts de plata i copes del més pur cristall. Pel que fa a les estovalles de fil, hom podria dir que no desmereixerien a la taula de qualsevol monarca o president de govern.

—Sempre he confiat en el gusto exquisit de Vostra Eminència —el vaig afalagar amb sinceritat. En aquell terreny el cardenal tenia una ben merescuda fama d'expert.

—Llavors encarregarem *steack* tàrtar i Chateau Noef du Pape per regar-lo.

—Molt encertat —vaig somriure.

—No hi ha cap significat ocult. Senzillament és un gran vi —s'afanyà a replicar-me.

—Li demano excuses, Eminència.

—No s'amoïni, no té importància —em disculpà alhora que desplegava el tovalló i el dipositava curosament a la falda, amb aquella cerimònia tan característica en la seva persona—. Sempre he admirat la seva rapidesa mental i el seu sentit de l'humor.

L'entrevista feia tota la fila de ser privada, de manera que vaig cercar el telèfon mòbil per tancar-lo.

—No cal —em digué. I em vaig quedar estranyat—. No rebrà cap trucada. El menjador està condicionat.

—Ah! —vaig fer.

A una indicació del purpurat ens van servir el dinar. Sort que, coneixent-lo com el coneixia, sabia que mai no em permetria pagar la factura. En cas contrari hauria de romandre a dieta durant més d'una setmana, i això són massa dies per a un estómac tan mal acostumat com el meu.

Durant el dinar vam parlar de diversos temes sense gaire transcendència. Semblava no tenir molta pressa per comunicar-me el seu desig i jo em vaig quedar a l'expectativa deixant que fos ell qui portés la iniciativa. En alguna ocasió va fer tímids intents per conèixer detalls de la meva vida que, d'altra banda, no eren cap secret. Arribats a les postres van començar les maniobres d'aproximació.

—Com se li va ocórrer escriure l'article? —em preguntà, sense deixar de mirar amb delit la *mousse* de xocolata que tenia al davant.

—Em vaig seure i el vaig escriure. La nit abans gairebé no havia pogut dormir i vaig tenir un dia molt tens i atrafegat, fins que vaig vomitar tot el que duia al pap. L'únic detall rellevant és que acabava de fer un repàs prou exhaustiu de la meva trista existència. No sabria explicar-ho d'altra manera.

—Com està Gina? —preguntà de sobte, canviant bruscament de tema.

—Bé, molt bé, gràcies —vaig contestar gairebé mecànicament. La meva mà s'havia aturat a mig camí entre la *mousse* i la boca. Vaig aixecar els ulls i el vaig mirar fixament. Ell continuava delectant-se amb les postres, com si res no hagués passat. Tanmateix, no era ben bé així.

En tots els anys que ens coneixíem, i n'eren una colla, mai, fins aquell moment, no m'havia preguntat per Gina i jo no podia creure que Bolone no estigués al cas de la meva relació amb ella. El Vaticà disposa de sistemes d'informació altament eficaços i vivia convençut que en algun racó del minúscul i sobirà estat de la Santa Seu deu d'existir una carpeta o una fitxa amb el meu nom a la capçalera. Bolone era molt seu i no se'n refiava ni de la seva ombra. Ningú obtenia la seva confiança sense passar per un sedàs molt precís, fins que el cardenal no coneixia tot allò que li concernia i més i, encara en aquest cas, tampoc s'obria massa. A sant de què, doncs, aquell sobtat interès?

—Tinc entès que vostès fan una bona parella —va dir, com si fos un simple comentari.

—És cert —vaig afirmar.

—Reconforta escoltar aquestes coses en temps com els que ens ha tocat de viure. Després de la seva experiència matrimonial vostè necessitava trobar algú que li tornés la confiança en la convivència d'home i dona.

—Ha estat i és una gran experiència.

—Això significa que tenen previst regularitzar la seva situació? —preguntà amb un somrís.

—Què vol?

—No s'ofengui, per favor. Li tinc gran afecte i em preocupo per vostè. Això és tot. La meva condició de ministre del Senyor és superior a les meves forces. Sempre se m'escapa —respongué, i va deixar escapar una riallada.

—Jo també li prego que no s'ofengui, però la meva situació és absolutament regular des del meu punt de vista. Visc amb una dona a qui estimo i li sóc fidel, i ella també m'estima i em respecta, segons se'n desprèn de les seves paraules i de la seva actitud.

—No en tinc cap dubte. Gina és una dona com n'hi ha poques.

—Sí que la coneix.

—Un xic —somrigué de nou—. No som nens i vostè prou que coneix les interioritats del Vaticà com per ignorar que procurem saber amb qui tractem. No és només curiositat, sinó que es tracta d'una necessitat, de seguretat, de raons d'estat... M'explico?

—Sí. I no ignoro que les raons d'estat són les més irracionals de totes. Són un pou sense fondo on hi entra qualsevulla cosa.

—Aquesta és una altra de qualitats que m'agraden en vostè. Busca la veritat i fuig de tot artifici. Diu a les coses pel seu nom.

Tants afalagaments m'inquietaven. El cardenal, tot i que era una gran persona, portava massa temps ficat en cercles financers i contemplava qualsevulla situació sota el prisma d'ingressos i despeses, pèrdues i guanys. No obstant això, aquell dia havia decidit jugar amb mi a fet i amagar, i canvià bruscament de tema i va fer un comentari sobre l'Orient Mitjà, etern focus de conflictes polítics, econòmics, racials i religiosos. Bolone emprava aquesta tàctica cada vegada que s'havia fixat un objectiu que jutjava especialment delicat, de possibles conseqüències, i que requeria de tota la seva atenció. Aquesta era una faceta del seu caràcter que em treia de polleguera fins al punt de sentir la irrefrenable temptació d'agafar-lo per les espatlles i sacsejar-lo amb l'esperança que abocaria els seus propòsits. La política i la diplomàcia sempre han constituït dos blancs de les meves aversions.

Va entrar el cambrer i retirà els plats buits, tot substituint-los per dues tasses de cafè acompanyades de dues copes de Courvoisier. El prelat no es privava de res. Després, ens va deixar sols i Bolone va fer el cos enrere.

Em vaig adonar que havia arribat el moment. El cambrer havia tancat la porta i ningú no ens molestaria més.

—Li va ve la feina? —em preguntà.

—Sí. Frascatti és un bon cap.

—És un home honest com gairebé no en queden —em confirmà—. Tornant al seu article haig de confessar que m'ha impressionat de valent. Fa vostè una anàlisi vertaderament profunda sobre la situació actual de l'Església. No vull dir que sigui del tot correcte, però puc deduir-hi que, encara que vostè no sigui practicant, està sincerament interessat i preocupat pel tema. Tan sols li va faltar escriure que Jesucrist hauria de tornar a la terra i posar-hi ordre.

—Em va sembla excessiu —vaig somriure divertit per l'última frase.

—Amb sinceritat: què li falta o què li sobra a l'Església, segons vostè, per tal que una persona se senti atreta per nosaltres? —preguntà molt seriós.

Havia arribat el moment de la veritat, el punt central de la qüestió? Potser ara coneixeria el motiu principal de l'entrevista? Amb Bolone mai no se sabia. De manera que em vaig prendre el meu temps per respondre tan delicada pregunta. Bolone jugava amb la seva copa de conyac i semblava dir-me: «Prengui's tot el temps que calgui. Les seves paraules seran molt importants.» Bé! Vaig aclucar les parpelles i vaig fer un repàs de tots els coneixements acumulats durant anys.

En ben poca estona vaig dibuixar mentalment el complex aparell polític i burocràtic del Vaticà: el Papa, el secretari d'estat (el cardenal Camarlenc), la comissió dels set cardenals que integraven la secretaria d'estat i la Cúria composaven les altes jerarquies. Després tenia les Congregacions de la Cúria, el Sacre Col·legi Cardenalici, el Sínode Episcopal, el Consell d'Afers Públics, la Cambra Apostòlica i les Congregacions Romanes, els tribunals i les oficines. A partir d'aquí seguien les ramificacions fins a perdre's.

Si haig de parlar de les Congregacions Romanes no em podria quedar només amb que són les comissions ordinàries que assisteixen al Papa en el govern, sinó que hauria d'afegir que estan integrades a la Cúria i que componen una llarga llista: Esglésies Orientals, Disciplina dels Sagraments, Culte Diví, Clergues, Religiosos i Institucions Seculars, Sagrada Congregació per les Causes dels Sants, Santa Congregació de la Fe (abans Sant Ofici i, en altres temps, Congregació per a la Santa Inquisició de l'Error Herètic, i que tants errors va cometre), Ensenyament Catòlic, Evangelització dels Pobles, etcètera...

Després de passar revista als tribunals (Apostòlic, Rota Romana, Tribunal Vaticà d'Apel·lació, Signatura Apostòlica...) em vaig trobar amb les oficines. En aquest punt em podia perdre: Unió dels Cristians, Religions no Cristianes, no creients, Justícia i Pau, Comitè per a la Família, Comissió Bíblica, Arqueologia Sagrada, Cambra Apostòlica, Prefectura Econòmica, Prefectura de la Casa Pontifícia, Capella Sixtina, Guàrdia Suïssa, Estadística...

Tants problemes havíem creat els catòlics o és que el missatge de Crist era tan complicat que precisava de tot aquell aparell per desxifrar-lo?

Vaig recordar que els apòstols es van llençar a predicar amb les mans a les butxaques i em vaig espantar. L'Institut per a les Obres Religioses (més conegut per l'IOR) no tenia gaire a veure amb les prèdiques i molt amb butxaques. No oblidem que és l'òrgan que procura fer créixer les riqueses d'un gran imperi econòmic. I què podia dir de la residència del Bisbe de Roma? Jesús havia nascut en una establia, símbol de la més extrema pobresa, despullat, amb la calor dels animals, i el Palau Apostòlic disposa de més de deu mil (10.065 per ser exactes) suïtes, habitacions, despatxos, vestíbuls i cambres d'audiència, amb 977 trams d'escala, 28.000 portes... Tot això sense comptar-hi amb la resta de les edificacions ni les monstruoses proporciones de la cúpula de Miquel Àngel (200 metres de diàmetre per 132 d'altura) o la columnata de Bernini amb les 284 columnes, 80 contraforts i 162 estàtues de quatre metros d'altura que custodien la plaça de Sant Pere, ni els jardins, fonts, estàtues i totes les aportacions han convertit el Vaticà en un gegantí museu que alberga una bona part dels tresors del món.

On es trobava la veritat? Potser als arxius secrets del Vaticà? Més de cinquanta quilòmetres de prestatgeria farcida de dades, documents, història, secrets, pensaments, acords...

Vaig mirar Bolone que seguia jugant pacientment amb la seva copa i em vaig demanar si aquell home era realment conscient de la magnitud de les xifres que manegava cada dia. Era tot allò necessari per proclamar la Glòria de Déu?

Què m'havia preguntat Bolone? Ja m'havia perdut. Ah, sí! Que què li faltava o li sobrava a l'Església... Déu meu! Que no tenia ulls a la cara?

—Em sobra tot i em falta la resta —vaig fer molt a poc a poc, sense esperar que les meves paraules fossin enteses, però, davant de la meva sorpresa, Bolone va afirmar amb el cap, en silenci, i aprovà.

—Prou que ho sé —va dir, arrossegant-hi la veu entre sospirs.

UN VOT PER L'ESPERANÇA

Era la primera vegada que veia aquella expressió de disgust al seu rostre i també es donava la circumstància de ser la primera vegada que no tenia la sensació de trobar-me davant d'un dels primers cervells financers del món que, llevat d'algun error, havia aconseguit multiplicar gairebé per tres la cartera de valors del Vaticà en els darrers sis anys.

—El poder no és còmode, malgrat que hi ha gent que pensa el contrari —va dir—. Cada dia és l'acumulació de totes les preocupacions precedents més les que naixen. De tant en tant en mor alguna, però la major part semblen tenir vida eterna. Pot estar ben segur d'això. Tot allò que vostè pensa, ja ha estat mesurat i pesat per nosaltres, per moltes ments que coneixen més del que és possible imaginar. —Es va aturar tot cercant les paraules a l'aire—. Miri, amic Mario, l'Església és conscient de tot allò que es comenta, es critica, es diu, es pensa i se sent. És el nostre treball, pensar més de ràpid que els altres i moure'ns més a poc a poc que el més lent dels mortals, tot quedant-nos sempre enrere per empènyer els que no arriben. —Va fer un altre silenci per demanar-me amb la mirada si era capaç de copsar el significat de les seves paraules. Jo vaig callar. Aquell llenguatge sonava a críptic en el cardenal—. Li prego que em perdoni per ser tan obscur i, sobretot, perquè estic a punt de demanar un acte de fe, una resposta a una pregunta sense que li expliqui les raons que m'impulsen a fer-ho.

—Eminència, des que he rebut la seva trucada estic vivint una pel·lícula de suspens —vaig somriure. Tantes voltes ja em tenien fart.

—No el faré esperar gaire més temps, no s'amoïni. —Em tornà el somrís i adoptà un gest greu—. Ens coneixem des de fa anys i sé que vostè és un home sincer i honrat. Per això m'agrada escoltar les seves opinions. L'article que ha escrit és el reflex de molts cors, tant de dins com de fora dels murs del Vaticà, i ha estat examinat per un equip d'experts, entre els que hi figuren els nostres millors psicòlegs. El sorprenc?

—No gaire. La meva professió m'ha permès conèixer coses que, posades en una novel·la de ficció, sonarien a això mateix, a pura ficció.

—Bé. Per què creu vostè que hem examinat els seus articles? —Va fer un curt silenci i seguí sense deixar que jo respongués—. Hem estat mesurant la seva evolució, les seves passes, els seus pensaments, els seus sentiments, les seves emocions i tot allò que és susceptible de ser parametritzat. Puc assegurar·li que el coneixem gairebé millor que vostè mateix, encara que soni a fatxenderia.

—No és difícil. Cada dia descobreixo que em conec ben poc —vaig fer broma.

—Sé que tot el que hem parlat no sortirà d'aquesta habitació i per tant goso preguntar·li si estaria disposat a convertir·se en un col·laborador nostre, si jo l'hi demanés i no li donés cap raó de pes, excepte que el necessitem.

—Què significa exactament la paraula col·laborador?

—Que ens mantingui informats de certs detalls, moviments, rumors o altres manifestacions.

—Que esdevingui un espia? —vaig preguntar sorprès per la seva resposta.

—No. Detesto aquesta paraula que, a més, en aquest cas no s'ajusta a la realitat. Busco un assessor, no pas un tafaner.

—Amb tan pocs detalls la resposta és senzillament no —vaig dir amb absoluta calma.

Va fer el cos enrere i somrigué amplament complagut. Ara ja no sabia si aquell home parlava seriosament o si m'estava prenent el número. L'única explicació plausible era que, tal vegada, havia perdut el seny.

—Eminència, segueixo a fosques —em vaig queixar.

—Si hagués acceptat sense més ni més m'hauria decebut — respongué—. Bé! S'han acabat les juguesques. Fins ara no he fet res més que temptejar-lo i segueix agradant-me.

—Espero que sigui cert i que les juguesques hagin conclòs —vaig respondre sense gaire convenciment.

—Ara s'han endegat els preparatius per al funeral. Roma està farcida de periodistes i han començat a arribar altes personalitats, de manera que tothom va molt atrafegat i ningú no pot ni tan sols sospitar que sóc aquí dinant amb vostè. Vet aquí les presses per veure'ns. Suposo que no serà aliè al fet que el Conclave que tenim a les portes manté en suspens a molta gent important i que els avenços tècnics poden frustrar un secret massa important, com són les nostres deliberacions. Em segueix? —Va fer un cop amb el cap per demanar si el seguia de debò. Ara ja no parlava amb estranys idiomes i es comportava com el Bolone que jo coneixia: concís, directe i clar amb les seves explicacions—. Li asseguro que aquest Conclave és un dels més importants de la història, per no dir transcendental.

—Tots ho han estat, Eminència —el vaig interrompre.

43

—No talli el meu raonament —s'enfadà—. Vostè és periodista, es mou amb facilitat dins de molts cercles i coneix detalls i rumors que mai no arriben al gran públic, però que poden interessar el Vaticà. No volem cap intromissió en el Conclave i ens agradaria conèixer els sistemes que volen emprar per espiar el que passi dins de la Capella Sixtina. Li val ara la meva explicació?

—Ja n'és una altra, malgrat que també penso que es deixa alguna cosa al cabàs.

—Pel moment és tot el que li puc dir. Accepta?

Li havia dit que es deixava alguna cosa al cabàs, però no era del tot cert, sinó que aquella historia d'espies i que m'hagués escollit a mi com a possible col·laborador, no encaixava per enlloc. La vida m'ha ensenyat que quan algú t'escull i t'ofereix la seva confiança, cal preguntar-se: Tan maco sóc? De manera que vaig decidir escurar la cassola.

—Eminència... no jugui amb mi. Li prego que sigui més directe i em comuniqui exactament què desitja saber. Potser hi ha alguna cosa al meu article que l'ha sorprès?

—«Jesucrist va ser un revolucionari i, tal vegada, l'Esperit Sant ens il·lumini i tinguem per fi un guerriller. Falta ens fa una nova revolució» —va dir, tot citant textualment la frase amb la que coronava el meu article—. Per què la va escriure entre cometes?

Ja era hora! Aquella era la pregunta. Per fi l'havia deixada anar. I la veritat és que el més sorprès no era ell, sinó jo. Va ser un comentari estúpid. Per què tenia tanta importància?

—Aquesta resposta té preu —em vaig fer el valent.

—Vol diners? —se sorprengué.

—Si em coneix tan bé com diu, prou que sap que si me'ls oferís, m'ofendria.

—Llavors?

—Desitjo una entrevista privada amb el nou Papa. Únicament jo, sense més periodistes al voltant. A més a més, informació. Evidentment —vaig contestar.

Es va quedar callat i pensarós. Va fer que sí, diverses vegades amb el cap, sense badar boca. I després, va fer que no.

—És un preu molt alt.

—Siguem sincers. M'ha convidat a dinar només per una frase? Si vostè no m'explica tot el que amaga, poc podré ajudar-lo.

—*Off the record?* —em mirà interrogant.

—Té la meva paraula d'honor, que no repetiré res del que aquí es digui i que aquesta conversa quedarà enterrada a la meva tomba —vaig afirmar.

—Al seu article deixa ben clar que per a vostè només hi ha tres candidats, i els distancia de la resta. El primer és Brog, el cardenal nòrdic. I no li falta raó. En ell es conjuguen l'habilitat per la utilització dels medis de comunicació i la simpatia personal, que li confereix cert carisma. Representa, a judici de molts, l'avançada dels reformistes, del progressisme, de la modernització i la posada al dia de molts dels conceptes i preceptes que han quedat aparcats a l'espera que un altre Papa gosi barallar-se amb ells. Si em permet emprar les seves pròpies paraules. —Somrigué, i jo vaig acceptar—. Els nord-americans, els alemanys, els centreeuropeus, els nòrdics i els canadencs el recolzen. Després, destaca Albi. El curialista, tal com l'anomena vostè. I tampoc li falta raó —m'afalagà—. Podríem dir que encapçala el sector tradicionalista de l'Església i que preconitza un enduriment de les postures en matèria d'avortament, divorci, celibat sacerdotal i, sobretot, l'exclusió de la dona del sacerdoci. Compta amb un nodrit exèrcit d'incondicionals capaços de seguir-lo fins al mateix infern, si cal. Que consti que també utilitzo les seves pròpies paraules. Un pèl dures, però no allunyades de la realitat. A aquests dos noms afegeix un tercer competidor: el cardenal Barón. L'argentí, com vostè esmenta, arriba amb l'empenta dels seus companys del tercer món, força cada vegada més poderosa i amb més capacitat per inclinar la balança. Tanmateix, acaba vostè apuntant un perfil que se surt de tota norma. Per què?

—Tret d'aquests tres candidats no veig cap altre amb veritables possibilitats —vaig replicar—. Tal vegada, podríem pensar en el francès Duvalier, però no crec que sigui un seriós rival. Els altres tres compten gairebé amb el noranta per cent dels vots. Evidentment que les meves especulacions difereixen notablement de moltes altres, tota vegada que hi ha qui deixa un ampli marge per a la fantasia i el proposa a vostè en els primers llocs.

—I vostè no? —somrigué.

—M'ha demanat sinceritat i, de vegades, la sinceritat és dura. Ho sento, Eminència, però jo el descarto de pla. El seu nom està lligat a un possible escàndol financer de proporcions tan altes que poden deixar en ridícul el crac Sindona o l'afer de Roberto Calvi i el Banc Ambrosià. No són més que rumors, però atorgar-li un sol vot en les presents circumstàncies representaria un suïcidi. I li demano disculpes.

—M'agrada vostè —digué somrient, com si les meves paraules no tinguessin la més petita importància. De sobte, deixà de somriure i em va mirar—. No sóc un candidat, evidentment. Tanmateix, tot allò que he fet ha estat en benefici de l'Església i no tinc res de què penedir-me.

—Tots els cardenals són elegibles.

—No ha respost la meva pregunta —reprengué el tema principal de la conversa.

—Ni vostè la meva —vaig replicar.

—Té raó —afirmà—. Entre els tres candidats que hem anomenat sumen molts vots, però estan massa equilibrats. Aixecar especulacions resulta delicat i algun dels meus col·legues s'ha sentit molest. La frase que vostè ha escrit entre cometes és la mateixa, paraula per paraula, que ell pronuncià en una conversa dins dels murs del Vaticà. Evidentment, no escrivim entre cometes una frase que no hagi estat pronunciada per un tercer — va dir a poc a poc—. Puc saber on l'ha escoltada vostè?

—Ja li he dit que aquesta resposta té preu.

—La seva petició no és fàcil de satisfer. Puc intentar-ho, però no li puc prometre res.

—Només vull que em doni la seva paraula que ho intentarà amb totes les seves forces. Amb això ja en tindré prou. Confio plenament en la seva habilitat —vaig dir, i el vaig veure dubtar—. Amb mitja hora n'hi haurà prou —vaig afegir.

—Entesos —afirmà sense entusiasme—. Té la meva paraula que ho intentaré amb totes les meves forces, però tingui present que, en última instància, dependrà d'ell.

—Hans Brukner —vaig deixar anar, i hi vaig afegir—: La pronuncià amb èmfasi i entonació.

—I ell? D'on la va treure?

—No en tinc ni idea, malgrat que puc dir-li que he vist que es mou molt per una zona determinada de la columnata.

—Li agrairia que em mantingui informat de tot allò que vegi o escolti —em pregà.

—Pot comptar-hi.

Vam aparcar el tema i vam seguir xerrant durant uns minuts més, que Bolone aprofità per recordar-me i recalcar una i altra vegada que qualsevol rumor, per petit que fos, podia ser important.

Ens vam acomiadar a la porta secreta que em conduí a la sala d'espera de la còmoda ennegrida, les dues butaques de cuir desgastat i el llum cobert de pols. Seguint les seves indicacions vaig abandonar l'apartament sense acomiadar-me de la dona vella. Ningú no em va veure i jo tampoc vaig ensopegar amb ningú. Un cop ja era al carrer, em vaig allunyar i em vaig barrejar amb la gent. Quinze minuts després un taxi em deixava al portal de casa. I jo seguia donant-li voltes i més voltes a la curiosa conversa amb Bolone. I tot per una sola frase.

4.- EL FUNERAL

Per més que m'hi vaig esforçar no vaig obtenir gaire informació per Bolone. El poc que vaig copsar ho vaig comunicar a Pasquale Chigi, que semblava que em tractava amb més simpatia i es mostrava més comunicatiu. Un matí el vaig trucar per telèfon i li vaig explicar que havia detectat certs moviments sospitosos de dos homes que es feien passar per reporters. N'hi vaig donar la descripció. Déu del cel! Crec que ja m'havia contagiat de la paranoia general.

I per fi arribà el dia del funeral.

El taüt de Pius XIII va ser dipositat damunt d'un cadafal per tal que pogués ser contemplat per tothom que era dins del recinte de la plaça de Sant Pere, que ultrapassaven de llarg els cent mil. Les càmeres de televisió, perfectament emplaçades, mostraven àmplies panoràmiques del magne esdeveniment. Allà s'hi havien congregat prínceps de l'Església, reis europeus i un nombrós grup d'estadistes i representants de més de cent cinquanta països per donar l'últim adéu al pontífex que acabava de morir.

Em vaig estimar més quedar-me en casa i seguir la cerimònia per la televisió. De la pantalla trauria tota la informació necessària per escriure un llarg article, tot aprofitant els primers plans que em proporcionaven les càmeres i que no hauria aconseguit copsar barrejat entre la multitud que s'apinyava a Sant Pere, malgrat que estigués entre els periodistes, que també n'eren un colla.

Les imatges, en solemne i lent moviment, van passar revista als cardenals que anaven a celebrar la missa. Entre les vestidures púrpura destacava el cardenal Bernardo Sastre de Madrid, que per la seva condició de degà presidia la celebració i vestia el color escarlata brillant.

La meva ment rememorà l'escena viscuda anys enrere, quan vaig assistir a un altre relleu al Palau Apostòlic. No deixava de ser curiós comprovar com havia quedat impresa l'escena dins la meva memòria i com es repetien les mateixes passes, una per una, amb lleugers variants en el decorat i en els rostres. En aquesta ocasió hi havia més pompa, però els gests eren calcats. Bernardo Sastre regà l'altar amb encens i aigua beneïda en llargs i cerimoniosos moviments, per deixar pas a l'oració penitencial que brollà dels llavis de tots els cardenals.

El «Confiteor Deo» em traslladà a la meva infantesa, quan anava a missa cada diumenge i el meu pare em preguntava per l'evangeli que havien llegit. Eren dies feliços en els que la missa constituïa un altre dels petits tràngols pels que havia de passar per ordre i manament dels grans. Ens reuníem els amics i miràvem d'arribar-hi tard per quedar-nos dempeus, a l'entrada de l'església, i així escapolir-nos tan aviat com escoltàvem la benedicció de llavis del sacerdot.

Diverses vegades vaig gosar demanar-li al pare per què no hi assistia ell també, a missa, en lloc d'enviar-m'hi a mi. Com a tota resposta em deia: «Tu no et preocupis pel que jo faig», i jo em quedava pensarós, amb l'amarga sensació que el meu progenitor s'estava condemnant i que jo no podia fer res per impedir-ho, excepte resar. Tant li costava donar-me'n una explicació?

Vaig abandonar els records d'infantesa per escoltar els comentaris del locutor, mentre llegien les Sagrades Escriptures en diversos idiomes i em vaig demanar què sentien els milions d'espectadors asseguts davant dels receptors de televisió. Suposava que hi havia comentaris per a tots els gustos i un ampli ventall d'actituds. Des del que s'estimava més una bona pel·lícula, però que s'engolia el programa per la natural curiositat, fins qui deixava escapar algunes llàgrimes i elevava una oració per l'ànima del pontífex. Fóra com fos, les estadístiques revelarien que més de sis-cents milions de persones repartides pels cinc continents havien seguit el funeral en directe.

Diverses vegades vaig poder contemplar amb detall els rostres dels cardenals. Els càmeres coneixien bé el seu ofici i el de la taula de barreges intercalava hàbilment els plans generals amb la imatge de la finestra del tercer pis del Palau Apostòlic des d'on el Papa resava l'Angelus a les dotze en punt de cada diumenge, per acabar fent una passada pels rostres dels cardenals amb candidatura més que probable. Era un joc d'imatges que transmetia una pregunta: «Qui ocuparà el tron buit?»

En l'instant de la consagració el locutor va guardar silenci i les càmeres deixaren pas a la imatge de l'altar, amb Bernardo Sastre al bell mig. La plaça de Sant Pere també romania en silenci.

La imatge de l'altar va ser substituïda per una cara que havia esdevingut tristament popular durant les darreres setmanes. Es tractava de Maboto, president del Senegal, també nomenat *el Sanguinari,* convertit al catolicisme feia quinze anys i responsable, només un mes abans, de la matadissa cruel, salvatge i despietada de tota una aldea. Fins i tot es comentava que hi havia participat personalment. També s'explicava que es denominava a ell mateix l'enviat de Déu i que les seves arbitrarietats no tenien dita. La seva presència al Vaticà produí una commoció, encara calentes les paraules de condemna de Pius XIII per tan brutal acció, però la política seguia sent un joc amb regles incomprensibles per a la major part dels mortals. En aquells moments vaig pensar que el realitzador havia comès un error imperdonable o que havia utilitzat tota la seva habilitat per aconseguir un cop d'efecte que sortiria reflectit a tots els rotatius del món, fent que la imatge de l'Església s'ensorrés un xic més.

Després de dues hores i deu minuts, que va durar la cerimònia, la pantalla mostrà la lenta processó que traslladà el taüt fins la seva darrera morada a la cripta del Vaticà, i conclogué amb el tancament de les portes de la basílica de Sant Pere.

Vaig desconnectar el receptor de televisió i em vaig fregar els ulls. Em sentia cansat. Des que havia parlat amb Bolone havia estàs sotmès a una continua tensió tot esperant descobrir algun fet insòlit, un pla per violar els secrets del Conclave, una maquinació a gran escala. Tanmateix, l'única cosa que n'havia tret era un bon mal de cap.

UN VOT PER L'ESPERANÇA

Els quatre dies que seguiren al funeral, temps atorgat per a les consultes prèvies al Conclave, no van aportar cap dada d'interès, com no sigui la cautela amb que es movien els purpurats, temorosos de maniobres informatives a l'estil de Jean Beau, i el desconcert sembrat per la gran quantitat de rumors que es posaren a caminar.

El quart dia, data senyalada per al començament del Conclave, vaig decidir atansar-me fins a la plaça de Sant Pere per copsar l'ambient que hi regnava i aprofitar l'ocasió per colar-me a l'interior del Vaticà, si les circumstàncies m'eren propícies. No per casualitat tenia els meus contactes, a més de Bolone.

5.- UN VOT PER L'ESPERANÇA

John Kigan va passar pel meu costat com un llamp. Vaig fer l'esma de saludar-lo i em vaig quedar amb la mà aixecada. Penso que ni em va veure i jo gairebé no vaig poder escoltar el que mormolava. Tanmateix, vaig enxampar dues paraules a l'aire: «Pedro Rossi». Vaig cercar dins dels arxius de la meva memòria i l'única dada que vaig trobar va ser que es tractava del nom d'un cardenal. Vaig seguir caminant a poc a poc, meditant la curiosa actitud de Kigan. Un locutor de Ràdio Vaticana que passa a corre-cuita i xiuxiueja el nom d'un cardenal, només podia significar una cosa, vistes les circumstàncies que ens envoltaven. Tanmateix, el Conclave acabava de començar, com qui diu, i pràcticament no hi havia temps material per a la primera votació. No podia ser, pensava.

Vaig baixar les escales i em vaig dirigir amb pas ferm a la Porta de Santa Marta. Tan bon punt vaig arribar a la sortida, la cridòria de la multitud m'eixordà: «*Fumata bianca, fumata bianca*», vaig escoltar i em vaig quedar glaçat. Em vaig avançar un xic i vaig poder comprovar per mi mateix el que la caòtica massa humana pregonava a crits. No hi havia cap dubte: el *fumo* era blanc com la neu.

Pensant en les confusions originades en el conclave anterior, el cardenal Albi havia ordenat instal·lar un cremador amb un dispositiu especialment preparat per aquestes ocasions. Les paperetes eren introduïdes en un receptacle i s'havia de pitjar un botó vermell en cas de votació negativa o verd en el supòsit de votació positiva. Algú havia comentat que el negre i el blanc eren colors més adients i no permetien fer acudits relacionats amb semàfors divins. Mentre incineraven les paperetes un llum indicador romania actiu indicant l'opció triada. També es comentà que en no existir indicadors negres s'havien vist obligats a escollir altres colors i que el verd també era símbol de l'esperança. Deixant de banda els acudits, el cert era que havien assolit l'objectiu principal: eliminar possibles errors. Amb les paperetes es cremava un producte químic que produïa el color de fum desitjat i tant el blanc com el negre eren extremadament exagerats. Albi era un perfeccionista i provà una i altra vegada el mecanisme abans no va quedar satisfet.

Vaig seguir allà, palplantat, mentre contemplava com el petit núvol blanc esdevenia amo i senyor del barret de la xemeneia i vaig bellugar el cap a dreta i esquerra en un gest d'incredulitat. El conclave que va escollir Pius XII l'any 1939 va ser ben curt, però aquest el superava amb escreix: era el més curt de la historia, sens dubte.

Cents de milers de braços enlaire aplaudien, cent mil goles s'esgargamellaven, desenes de milers d'homes i de dones expressaven la seva alegria ballant i saltant, mentre esperaven l'aparició de qui hauria d'anunciar al nou pontífex.

Em vaig descobrir gaudint del magne espectacle que ens oferia la plaça de Sant Pere plena de gom a gom i em vaig contagiar de l'alegria desbordant de la gent que s'hi apinyava i lluitava per aconseguir l'honor de comptar-se entre els primers que contemplarien la figura del nou Papa. Fins i tot els components del cordó policial que tenien per missió mantenir l'ordre havien deixat de banda la seva tasca i giraven els ulls cap al balcó que acabava d'obrir les seves portes. Al meu costat vaig escoltar el crit d'un home que portava un petit receptor de ràdio enganxat a l'orella.

—El cardenal Rossi! Ho acaben de dir per Ràdio Vaticana.

—Qui és el cardenal Rossi? —preguntà una dona.

L'home aixecà les espatlles i mirà cap al balcó. Jo no ho acabava de pair.

El nom de Pedro Rossi no havia aparegut en cap de les llistes de *papabili*. D'això n'estava completament segur. Les havia repassades totes i havia jugat a fer el meu pronòstic.

Recordo també que els dies que van precedir el conclave i que es dedicaren a consultes, havien estat molt intensos i desorientadors. Brog desplegà tota la seva diplomàcia i va fer freqüents declaracions a la premsa, malgrat que es mostrava força cautelós. Va ser tota una lliçó de *savoir faire* davant de tots nosaltres, els periodistes, que vam acabar per posar-li el sobrenom d'*anguila*. Era esmunyedís fins a un extrem increïble.

I ara es produïa la sorpresa. Tots aquells que teníem per missió informar, havíem fet arreplec de dades per poder omplir pàgines, com sempre fem en ocasions similars. La decisió podia fer-se esperar i necessitàvem escriure les respectives columnes. De manera que empraríem el conegut recurs d'adobar les notícies amb una bona colla de cites i les mil i una curiositats que no indiquen res però que omplen espai i sempre representen una novetat per algú. De fet, jo ja tenia escrits els quatre primers articles, a l'espera de completar-los amb algun fet rellevant de la jornada. L'ordre d'aparició podia variar en funció de les necessitats i els esdeveniments i amb les meves notes disposava de material suficient com per publicar dos-cents articles i no esgotar-lo.

En el primer feia un repàs dels papes anteriors, els immediats, amb les seves línies d'actuació i la seva projecció futura; el segon arrencava amb una llarga explicació de tot allò que s'hi podia trobar dins de les 44 hectàrees que formen l'estat del Vaticà; després, havia creat un altre esquema on hi inseria detalls com per exemple que la família Gammarelli eren els sastres oficials del Papa des feia més de 200 anys o que la família Felici ostentava el càrrec de fotògrafs oficials del pontífex per ordre d'un antecessor i com a recompensa per la seva lleialtat en altres temps...

De sobte, la multitud arrencà en un fort aplaudiment i jo vaig tornar a la realitat del moment. El meu cervell abandonà tot record i deixà a un costat els esforços per esbrinar el misteri Rossi, mentre escoltava amb atenció les paraules del cardenal Albi, responsable de pronunciar la fórmula de rigor.

—*Annuntio vobis gaudium magnum!* —cridà amb veu poderosa i sonora que la megafonia de la plaça va fer arribar fins l'últim racó—. *Eminentissimum ac Reverendissimum Cardenalem Petrus, Cardenalem Sanctae Romanae Ecclesiae...*

Albi era un tradicionalista, amant de les multituds i dels espectacles i va fer una estudiada pausa tot cercant l'efecte desitjat.

—*Quit sibi...*

I novament s'aturà per esperar que la cridòria s'apaivagués. El seu gest reflectia la seva satisfacció davant d'aquelles mostres de fervor. Es trobava al seu propi suc.

—*Quit sibi imposuit nomen... Petrus... Secundum.*

I aquí es produí el miracle. La plaça de Sant Pere, malgrat tota la incomptable multitud que hi era, es quedà muda. No sé el temps que vam romandre així. Allò que recordo vivament és l'ensurt quan començaren a sonar molts telèfons mòbils. Un immens concert. Fins i tot el meu. No em podia empassar aquella sorpresa. Molt superior a la del primer anunci, quan vaig escoltar que la gent cridava que ja teníem Papa i que era el cardenal Pedro Rossi.

Pere II! Sants del cel...! Des de sant Pere, el primer Papa de l'Església, a qui la plaça que ens acollia li devia el nom, ningú havia gosat emprar-lo. Quines estranyes raons haurien impulsat al cardenal Rossi per trencar la bimil·lenària tradició?

Vaig observar la gent que m'envoltava i em vaig adonar que ells també esperaven una explicació, com si fos obligada en aquelles circumstàncies. En breus instants apareixeria el nou pontífex, el Papa Rossi, Pere II, i jo pensava com devia de sentir-se davant del silenci provocat per l'anunci de la seva primera decisió.

UN VOT PER L'ESPERANÇA

Van ser uns minuts de tensa expectació. Ningú no gosava respirar per tal de no trencar la màgia del moment. Semblava com si el temps s'hagués aturat i el fum que havia brollat de la xemeneia s'havia dissolt mercès a una suau brisa. Les cares de tots els que esperàvem a la plaça s'havien girat cap al balcó per on havia d'aparèixer el Papa Pere II. Era un silenci gairebé esgarrifós, d'aquells que s'enganxen, dels que poden tallar la respiració o desfermar el pànic.

Trigava massa. Què podia estar passant? Potser tenia por d'enfrontar-se amb la multitud?

Els darrers temps de l'Església no arrossegaven pau i harmonia, sinó un gran caos, una confusió que havia empès tots els prínceps cap a un laberint de molt difícil sortida. Planava damunt dels seus caps l'amenaça d'un cisma; els jesuïtes havien denunciat públicament l'endarreriment de les concepcions religioses i havien proclamat el seu desig de fer un gran pas endavant; tres bisbes s'havien rebel·lat contra l'autoritat de Roma; les finances del Vaticà havien saltat a la palestra un cop més i amb cara de convertir-se en el major escàndol de la història; l'autoritat moral del pontífex es trobava molt escapçada i malmesa; el nombre de creients havia iniciat una caiguda constant; les peticions de secularització s'havien multiplicat i s'amuntegaven a l'espera d'una resposta; els seminaris es quedaven buits i les esglésies corrien el risc d'esdevenir museus. En fi! Un quadre que bé podia qualificar d'apocalíptic.

I entre tant de pensament, tanta reflexió i tanta dosi d'imaginació per la meva part, un home aparegué al

59

balcó vestit amb una simple sotana blanca. Semblava un missioner.

Vaig afinar la mirada i vaig recordar les seves faccions. El cardenal Pedro Rossi no podia figurar en cap de les llistes de *papabili* perquè havia accedit al capell cardenalici tres dies abans de la mort del seu predecessor i el seu nomenament quedà emmascarat per la inesperada vacant del tron pontifici. En aquell instant la meva ment tornà a posar-se en moviment i el seu rostre es tornà familiar. Uns li deien el Guerriller i altres el nomenaven el Romà.

La plaça s'ompli de murmuris que deixaven ben palès el desconcert que regnava entre els assistents. De sobte, des de l'extrem oposat on jo era es va aixecar l'eco d'un aplaudiment i tots plegats ens unírem a l'espontani, mecànicament, hipnotitzats per la imatge d'un home que amb les seves senzilles vestimentes semblava omplir un espai immens i desbancar enterament el magne conjunt de 162 estàtues de quatre metres que coronava l'arquitectura. Durant fraccions de segons vaig tenir el pressentiment que, amb reals vestidures o amb una senzilla sotana, el nou Papa tenia el poder d'alterar el confús, ombrívol i obscur panorama d'una església en retrocés i decadència. Tanmateix, el pressentiment va ser esclafat per la força de la raó. Jo no podia deixar-me arrossegar per un entusiasme infantil. La meva experiència era massa dilatada com per no pensar amb fredor.

Em resultava difícil, per no dir impossible, imaginar Brog, Albi i Barón, a més de la resta dels cardenals, enlairant Pedro Rossi fins al cim del poder catòlic, tot lliurant la seva confiança a un cardenal jove i acabat de sortir de l'estoig, a menys que... Sí. Per què no...? Els tres eren ferms candidats i les forces estaven equilibrades. Ja ho havia dit Bolone. Enfrontar-se entre ells significava debilitar encara més l'Església, si és que era possible. A Brog el veien amb bons ulls als països occidentals, però la seva imatge crearia tensions en el bloc de l'Est. Ben al contrari, Barón gaudia d'una premsa acceptable entre els habitants del Tercer Món, gràcies al seu discret recolzament de certes tesis de la Teologia de l'Alliberament, però seria un papa força incòmode per als nord-americans. I Albi no ompliria mai les aspiracions de tots els que esperaven una reforma en profunditat que adeqüés la doctrina als temps que estem vivint. Escollir un home de palla i seguir actuant des de l'ombra podia representar una solució eficaç que no destorbaria ningú, perquè eren el triumvirat perfecte. Tot depenia que fossin capaços d'arribar a un acord i trobar l'home adient, algú que ningú no conegués, que no estigués implicat en cap moviment, un babau que seguís el joc fil per randa sense plantejar gaire problemes... Per què no Pedro Rossi?

—Bon dia, amics! —sonà la veu de Pere II a través dels altaveus—. Em sento molt feliç de ser amb vosaltres.

No havia emprat les paraules tradicionals, no havia dit germans, ni fills o estimadíssims, sinó amics, simplement amics amb un ampli somriure als llavis i una naturalitat que tombava d'esquenes. Tampoc havia de ser molt amant del protocol i de rebuscades fòrmules. Havia substituït el «Ens» per un franc i planer «em». Massa sorpreses per a una sola jornada. Problemes tindria per condensar-les en un article sense treure importància a res.

Al costat del Papa, el cardenal Albi romania seriós i estirat. Coneixent-lo com el coneixia, estava segur que desaprovava formalment el tarannà senzill del nou pontífex. Allò no podia entrar dins dels seus esquemes mentals, dins la fèrria formació del cardenal curialista, del defensor dels ancestrals costums del Vaticà, del paladí dels immobilistes. Tots aquells detalls serien carnada de les afilades plomes dels periodistes, que ompliríem pàgines i més pàgines per descriure amb tot detall la nova imatge de l'Església, o millor dit: del seu cap visible. Tanmateix, jo albergava seriosos dubtes respecte al possible gir a les interioritats catòliques.

El primer cop d'efecte havia estat perfecte. La multitud delirava davant d'aquell home senzill, jove, animós, planer, franc, somrient i carregat d'esperança. No podíem demanar res més, pel moment. A partir d'aquí tot dependria de les seves decisions, si és que realment en podia prendre amb llibertat, al marge de Brog, Albi i Barón, tasca que em semblava àrdua, difícil i perillosa, fins i tot per al més agosarat dels papes. Les tradicions no es trenquen sense conseqüències, no ho oblidem pas.

De sobte em vaig descobrir cridant al meu interior: un vot per l'esperança.

Per què ho vaig fer? Doncs... no en tinc cap, de resposta. Ni la més petita idea!

6.- EL ROMÀ

Aquella nit em va ser difícil conciliar el son. Dos temes mantenien despert el meu cap. En vist del que havia passat a la plaça de Sant Pere, no podia fer res més que aventurar extraordinàries conjectures sobre el futur que ens esperava. Com era i com actuaria el nou pontífex? Quina experiència tenia en temes com la Cúria, les relaciones exteriors del Vaticà, les seves finances, els problemes no resolts pel seu antecessor i un llarg etcètera? Comptava amb un somriure i un tarannà obert i senzill, però tot allò era ben poc per moure's dins la cort vaticana.

D'altra banda, el nom escollit per al seu pontificat era una altra curiositat que s'estava convertint en obsessió. Feia temps que va caure a les meves mans un tractat de les profecies de sant Malaquies, un dels grans profetes, si tot allò que va escriure era obra seva. No recordava amb exactitud les divises dels darrers papes, però estava segur que l'últim ostentaria la de «Petrus Romanus» i que Pere II era el posseïdor de la mateixa. Allò volia dir que, si crèiem en el tal Malaquies, ens

Albert Salvadó

trobàvem en presència del darrer de tots els papes. L'últim! Quin significat tenia això de l'últim papa? Què vindria després?

Jo, que mai no havia fet cas dels articles i escrits que anunciaven els desastres finals, que passava per alt qualsevulla al·lusió a les esmentades profecies, que cada cop que es produïa un relleu al Palau Pontifical saltaven a les pàgines de l'actualitat, estava profundament commogut per l'última divisa, la que obriria les portes de l'Apocalipsi.

L'endemà al matí em vaig llevar cansat i amb bosses sota els ulls, amb un terrible mal de cap que em va obligar a prendre'm dues aspirines i un cafè ben carregat. Gina havia fet guàrdia a l'hospital i arribà cap a dos quarts de nou. Tan bon punt em va posar l'ull al damunt es va quedar palplantada davant meu sense treure la vista de la meva cara.

—Què passa? —li vaig preguntar amb una veu que semblava sorgir d'ultratomba.

—T'has mirat al mirall? —preguntà amb cara de pena.

—Sí. Ja ho sé, que no vaig tenir sort en la rifa de cares —li vaig contestar.

—Doncs, sort que tenies un altre aspecte quan et vaig conèixer. Podia haver-te donat una almoina en lloc de fixar-me en tu. On has passat la nit?

—Aquí, encara que no ho sembli. I sol, encara que puguis pensar que surto d'una orgia. —Vaig somriure. Més aviat vaig fer una ganyota.

—He vingut de pressa per enganxar-te i fer una rebolcada...

—Doncs, tinc el cap a punt de rebentar. No he aclucat els ulls en tota la nit i acabo de prendre'm un cafè i dues aspirines —em vaig disculpar.

—No estaràs malalt? —es preocupà i em posà la mano al front.

—No ho crec.

—No pensaràs sortir a fer un tomb? —continuà preguntant.

—Haig de llegir la premsa.

—Ho pot fer a internet.

—No, no. Avui necessito el paper. No vull resums. Vull veure com han distribuït les notícies. Fins i tot la publicitat.

—Au va! Estira't, que ja te la porto jo —s'oferí.

—No. Tu vens cansada.

—Ves a pasturar! O et fiques al llit o t'has guanyat un bon parell de pantuflades.

Em va prendre de la mà i em conduí al dormitori. Vaig caure ben llarg damunt del llit i Gina em va treure les sabates. Vaig tancar els ulls i vaig escoltar a la llunyania el cop de porta que m'informava que ella havia sortit per anar a comprar els diaris del matí. Quinze minuts després ja tornava a ser a casa amb tot el que havia trobat. Les aspirines, el cafè i la profunditat amb què vaig dormir aquells minuts van fer miracles. Malgrat tot, Gina es va empipar tant quan vaig fer l'esma de llevar-me que vaig decidir seguir obeint i em vaig quedar estirat al llit, amb l'esquena recolzada als coixins.

La fotografia de Pere II ocupava la primera pàgina dels diaris, que exhibien grans titulars, a quin més sucós. Vaig fullejar amb avidesa les pàgines interiors a la recerca de tots els detalls sobre la vida i miracles del cardenal Pedro Rossi. Jo no havia tingut temps d'ocupar-m'hi.

Tot era confús. Cada periodista donava la seva versió sobre el passat de l'home que era actualitat i hi havia explicacions i conjectures d'allò més peregrí, fins a l'extrem de convertir la seva vida en poc menys que una novel·la d'aventures a l'estil d'Emilio Salgari. Poques dades hi concordaven, tan poques que no podia creure'm aquelles històries fantàstiques. No em quedava altre remei que investigar pel meu compte, anar a cercar les meves pròpies fonts i fer una tria de tot el que trobés, o preguntar directament a Bolone i tenir la sort de trobar-lo comunicatiu, cosa prou improbable. El meu bon amic esdevenia convidat de pedra cada cop que Brandelini tornava a carregar amb l'afer de les evasions de capitals a bancs suïssos, en les quals es trobaven implicades altes personalitats de la política italiana i no pocs mafiosos.

Brandelini era un astut reporter que havia destapat l'olla i havia mostrat al públic la intervenció del Vaticà en els tripijocs de les divises. Bolone feia jocs malabars per tal d'evitar l'escàndol. La seva dilatada experiència i els seus contactes havien donat resultat fins al dia d'avui, però Brandelini segurament comptava amb fonts d'informació molt properes al Vaticà perquè revelava detalls que es trobaven més enllà de l'abast del públic. La sola idea que hi hagués un espia treia de polleguera el cardenal, que no feia altra cosa que recelar de tots els que amb ell col·laboraven i s'havia tornat molt més reservat que de costum. A mi la notícia no m'interessava. Mai no m'ha agradat remoure la merda i ell ho sabia, però jo encara recordava el misteri amb què va embolcallar la nostra secreta entrevista a Paresse i les seves explicacions farcides de forats.

El cert és que jo comprenia les seves preocupacions i encara ressonaven a les meves oïdes les paraules de Pasquale Chigi quan li vaig demanar les raons que havien impulsat Bolone a sol·licitar la meva col·laboració, si disposaven de les informacions que periòdicament li proporcionaven el MI-5, la CIA, el MOSSAD... Va ser una de les estranyes ocasions en les quals l'adust sacerdot m'atorgà una resposta clara i concisa.

—No ens refiem un pèl d'aquests pocavergonyes — em va dir amb visible disgust.

—Per què?

—Vam demanar a la CIA que rastregés electrònicament el Vaticà i ho van fer a les mil meravelles. Sortosament, vostè va posar sobre avís Sa Eminència, perquè ho havien fet tant rebé que, quan el DIGOS va passar darrere d'ells, van trobar que no havien deixat ni un sol micròfon dels altres, però els havien substituït pels seus. Sa Eminència el cardenal Albi, després que Sa Eminència el cardenal Bolone parlés amb vostè, va prendre nota i també es malfià dels italians. De manera que va cridar el pare Hotkins, un jesuïta que ostenta la càtedra de microelectrònica a Yale, i li va ordenar fer un darrer cop d'ull a les dependències de la Capella Sixtina i els voltants de les habitacions del Conclave. Ningú no s'explica com van aparèixer tres micròfons que ningú havia estat capaç de detectar, estratègicament situats als racons dels passadissos, lloc habitual de confidències.

D'aquí havia sortit la frase pronunciada per Hans. Caram, Caram!

El funeral de Pius XIII havia congregat les més altes personalitats del món i la cerimònia de coronació del nou pontífex les va mobilitzar de nou, encara que amb lleugeres però substancials modificacions. En aquesta segona ocasió, vam comptar amb la presència del mateix president dels Estats Units, que durant els funerals havia estat representat pel seu secretari d'estat. Què podia significar aquest sobtat interès d'un president, del primer home de la primera nació de la terra...? Potser Bernard Hope, el totpoderós president americà, havia vingut amb la intenció de presentar les seves disculpes, encara que també podia ser que la figura del nou Papa tingués prou força com per trencar els compromisos d'un home que tenia a les seves mans el més gran poder que hom pot imaginar. Els arxius de la CIA són un pou de dades increïblement profund. Llàstima que jo no hi tingués accés!

Sigui com sigui, una setmana més tard, després d'una llarga recerca dins d'una muntanya d'arxius, ja tenia formada la meva pròpia teoria sobre el camí que havia conduït Pedro Rossi fins a la més alta jerarquia de l'Església Catòlica. En alguns aspectes concordava amb els perfiles esmentats a la premsa. En altres hi diferia completament.

Pedro Rossi havia nascut a Nicaragua. Fill d'una humil família de camperols, els seus pares van morir mentre ell era gairebé un marrec que lluitava al costat dels revolucionaris sandinistes en els seus esforços per alliberar el seu país de la tirania del dictador Somoza, Tachito per als amics, president per a qui no el coneixia i porc per als que se li oposaven. Van ser anys difícils en els que va enterrar una part de la seva joventut amb un fusell a l'espatlla, entre selves i fanguissars.

UN VOT PER L'ESPERANÇA

La història era similar a tota Centreamèrica, a Sud-amèrica i en els llocs més allunyats. L'home necessita sentir el plaer del poder, el més gran dels plaers, segons més d'un gran pensador. I el poder porta aparellat l'abús, la pèrdua de les proporcions i la deïficació de qui l'ostenta, així com l'enganduliment, la comoditat i la corrupció per part de qui el recolzen. Tant uns com altres es tanquen en ells mateixos, es fanatitzen o s'arrapen desesperadament a les seves còmodes butaques, símbols del seu càrrec, i veuen fantasmes pertot arreu, espectres que volen fer-los fora per tal d'ocupar el seu lloc. Tots són amics, tots són companys, tots somriuen de portes enfora i conspiren pels racons, emparats per les ombres, a l'espera d'escalar un altre graó que els permeti gaudir d'una parcel·la més gran de poder, d'un tros més generós del pastís, per sentir-se més segurs i prodigar favors com el pare atorga carícies als seus fills bons. Ells estan en possessió de la veritat i de les solucions a tots els problemes, ells defensen un «ideal», com si aquesta falsedat fos la raó última de tot moviment. Que la llibertat resti ofegada, poc importa. Val més la seguretat i la comoditat quan s'està entre els que remenen les cireres. Aquest és el seu lema, la seva raó amagada, allò que no gosen confessar, l'arrel del seu existir, el mantell que cobreix la seva eterna inseguretat i la por de sentir-se atacats en allò més preciós de les seves vides: el seu fals benestar.

Tanmateix, quan més s'ofega un desig tant més es potencia, detall que els poderosos semblen oblidar amb prou freqüència, i l'energia reprimida s'acumula lentament fins que la pressió supera els límits tolerables pel recipient i acaba petant i arrossega tot el que troba pel davant. Aquí estava per mi l'explicació de tota revolució i aquí estava també l'error dels dictadors.

Sí, Pedro Rossi havia lluitat, odiat i disparat contra els que miraven d'esclavitzar-los i, quan per fi aconseguiren expulsar el dictador, va creure que tot canviaria, que s'iniciava una nova vida plena de justícia i de llibertat, però aviat aparegué el desencís i va veure com aquells en els que hi confiava i que li regalaven l'oïda amb dolces paraules, també eren éssers humans carregats de defectes, amb deler de poder i de glòria, subjectes als capricis d'altres éssers de més enllà de les seves fronteres: mortals en definitiva.

El seu avi havia nascut a Roma i havia emigrat a Nicaragua a la recerca d'una fortuna que mai no va trobar. D'aquí que a Pedro Rossi se'l conegués amb el sobrenom de *el Romà*, que esdevingué popular entre la guerrilla i que, més endavant, va ser sinònim de disconformitat, es va demanar per què havia lluitat i es va adonar que aquells que havia respectat i seguit eren iguals que els que havia odiat. Davant d'aquest descobriment s'alçà el fantasma del dubte i ell va caure al pou de la desesperació. Què podia fer...? Odiar i lluitar contra els que havia estimat i respectat?

El seu cor es dividí i el seu pensament es confongué. Què li arriba a l'ésser humà tan bon punt acarona el poder?, es preguntava sense trobar una resposta convincent. Tal vegada l'home és dominat per les circumstàncies i reacciona d'acord amb la posició social o política que ocupa i oblida els seus ideals, les seves il·lusions i tot allò que animava la seva vida? Existeix l'autèntica llibertat, la que no depèn de l'exterior, la que fa que un home sigui com cal constantment?

UN VOT PER L'ESPERANÇA

Va ser el pare Sancho, un sacerdot espanyol que feia molt de temps que estava a Nicaragua, que li va proposar un ideal més adient amb els seus desigs. Li parlà de l'amor i de l'esperit i va portar pau a la seva turmentada ànima, obrint la seva ment a explicacions fins aquell moment fora de l'abast del jove guerriller.

El pare Sancho era bo. Rondava els seixanta anys quan Pedro Rossi el va conèixer i la seva profunda convicció en l'existència d'un món millor i que l'home havia estat cridat per posseir-lo van atreure a *el Romà* amb tanta força que als divuit anys el jove Pedro Rossi, davant la sorpresa dels seus antics companys de guerrilla, ingressà al seminari i va deixar la pesada càrrega del fusell, que durant llargs anys havia estat el seu company inseparable. Els seus professors quedaren meravellats de la seva ànsia de coneixement i el seu cor, sec i assedegat, va beure de la font del saber amb tal delit que superà a tots els que amb ell s'ordenaren.

La primera missió el situà al Perú, país amb grans diferències socials que li recordava la Nicaragua de Somoza. La seva tasca consistia en ajudar el pare Lucas a la petita parròquia d'un poble de camperols que vivien sota els designis d'un ric terratinent anomenat Marcelo Campillo, que els tractava com a esclaus.

Durant dos anys *el Romà* ajudà aquella pobra gent, s'enfrontà als poderosos, fundà una escola, aglutinà els camperols i va patir persecucions. Fins i tot explica com anècdota que monsenyor Yáñez, bisbe de la diòcesi, el cridà perquè el nom de Pedro Rossi apareixia força sovint a la premsa de la regió. Camí del palau episcopal, el jove sacerdot va ser testimoni de l'atac a un pobre home i saltà per defensar-lo. El resultat va ser que arribà a presència del bisbe fet un nyap i monsenyor Yáñez

71

exclamà: «Per venir a veure el seu bisbe, bé podia haver deixat el vestit de campanya a casa, no creu?»

Després de la seva estada al Perú, la seva vida va fer un gir inesperat i volà al continent africà per integrar-se a les missions. Dels informes que vaig aconseguir es desprenia que *el Romà* era un home que es lliurava amb passió a la seva tasca i deixava un reguerol de bons records pertot arreu. Del continent africà se'n va anar a l'Índia i, després, al Japó, per acabar, uns anys més tard, al Vaticà. El seu bisbe del Perú, aleshores cardenal Yáñez, va convèncer el cardenal Brie per tal que el prengués al seu servei. D'aquí que a la Santa Seu se'l conegués amb el sobrenom del *Guerriller.*

Tres anys de servei al Vaticà i esdevenia el bisbe Rossi i, vuit mesos més tard, accedia al capell cardenalici per, dies després, ser enlairat a la Cadira de Pere amb el nombre de Pere II.

En fi! Una història que bé podia qualificar-se de sorprenent. Però això de parlar de prodigis ja eren figues d'un altre paner. Per mi no existia cap miracle dels que algú es dedicà a escampar, malgrat que l'elecció de *el Romà* no deixava de ser una sorpresa majúscula. Però, d'aquí a pensar en la historieta que l'Esperit Sant havia aparegut enmig del conclave i havia assenyalat al cardenal Rossi, n'hi havia un bon tros. Mai no he descartat la possibilitat d'un prodigi, però sé, per pròpia experiència, que sempre hi ha algú amb temptacions de llençar les campanes al vol i procurar-se miracles, sobretot en èpoques de profunda crisi com la que ens ha tocat viure. Sembla com si els miracles a l'antic estil siguin la taula de salvació per a les ments que dubten i que esperen un senyal que els indiqui que es troben en el bon camí. En cas de no produir-se aquest esdeveniment, la seva fe comença a trontollar i, confusos i espantats, busquen veure el que no és, escoltar el que no es diu i trobar el que no existeix. Tot amb tal de quedar-se tranquils i dormir el son de la fàcil credulitat que els proporciona una falsa comoditat, que torna a trontollar poc després. I tornem a començar. Així una i altra vegada fins que se'n cansen i acaben per negar tot el que afirmaven o els sorprèn la mort i abandonen les seves misèries sense assabentar-se que han viscut, o millor dit: sense ser conscients que han vegetat durant tots els dies de la seva pobra existència. Són gent a qui negar els espanta i dubtar els esgarrifa, encara que es passen el dia saltironant de vacil·lació en vacil·lació com l'ocell de branca en branca o l'abella de flor en flor.

No negaré que en mi conviuen dos personatges contradictoris. Això explica que, de vegades, em comporto com un ésser escèptic i, altres, com un vailet entusiasmat que córrer darrere d'un somni. En aquells moments la meva ment era el quadrilàter on ambdues personalitats mesuraven les seves forces i pretenien obtenir el triomf. Una part de mi negava tot possible canvi, mentre que l'altra seguia mantenint viva l'esperança.

Finalment vaig escriure un altre article titulat UN VOT PER L'ESPERANÇA, que va fer les delícies de Frascatti.

7.- EL GRAN SOPAR

Sempre he admirat la cura que posen els habitants del Vaticà per tal de no descuidar el més petit detall en el que fan, a fi i efecte d'aconseguir que cada peça encaixi al seu lloc per acabar formant un tot harmònic. No sóc tan pacient com ells, capaços d'esperar dies i dies fins que totes les circumstàncies s'apleguen. Això és el que succeí aquella freda nit de començaments del mes de desembre, tot just un mes després de l'elecció del nou Papa.

Havia assolit la notable fita d'encaixar el cotxe en un forat que tot just sobrepassava quatre dits la longitud del vehicle i em dirigia cap a casa. Gina estava de guàrdia. Penso que sempre m'ha mimat una mica. Em coneix prou bé i sap que, quan ella no hi és, jo em conformo de menjar qualsevulla cosa, treballar una estona i ficar-me al llit. L'endemà ella protesta i m'esbronca per la meva manca de responsabilitat. «Només tens un cos per tota la vida i, si no hi tens cura, acabaràs per pagar una bona factura», em diu. Jo, davant de les censures, li dono la raó i faig el ferm propòsit de canviar, encara que únicament sigui per fer-la feliç, però els meus bons propòsits i sanes intencions gairebé no duren fins que es repeteixen circumstàncies similars. Gina, molt més astuta, opta per deixar-me el sopar a punt, de manera que la meva tasca es redueix a esclafar-lo i menjar-me'l. Així no tinc excusa i em nodreixo com cal, que diu ella.

Mai no m'ha agradat sopar tot sol. Sóc un animal gregari i sociable, malgrat que també haig de menester estones de soledat i tampoc no encaixo bé en els treballs d'equip. Per mi, parlar d'equip és sinònim de passar-ho bé, no de treball. Seure davant del més suculent dels plats i engolir-lo sense més companyia que la meva solitud fa que no gaudeixi de la riquesa culinària i necessito, si més no, sentir la presència de gent, encara que siguin altres comensals que s'afanyen a buidar els seus plats sense dirigir-me ni un trist somriure. Per aquesta raó se'm va il·luminar la mirada quan algú m'aturà i em demanà si tenia alguna cosa urgent per fer, malgrat que aquest algú fos el cara de pal Chigi. Me l'estimava més a ell, fins i tot, que a la soledat.

—Em retirava ja —li vaig contestar amb un somriure.

—Llavors, no tenia res de previst, perquè la seva... esposa... no hi és, a casa seva.

—Cert —li vaig respondre. Havia copsat perfectament el seu entrebanc en parlar de Gina. Suposo que li era difícil pair que jo visqués amb una dona sense estar casat amb ella. Pobre Pasquale. Què carca que era!

—Sa Eminència li prega que vingui amb mi.

—No en parlem més. Sóc a la seva disposició.

Ens esperava un Fiat fosc que ens conduí a l'estat pontifici. Durant el trajecte em sorprengué que Chigi se sentís xerraire, i fins i tot simpàtic. Aquella faceta era desconeguda per mi i més sorprenent encara era la companyonia amb què semblava tractar-me. Vaig aprofitar aquell espontani humor i vaig intentar escurar-li la cassola.

—Què n'opina, del Papa?

—Vostè mai no deixa de fer preguntes —somrigué—. Sa Eminència té raó quan diu que el seu amic Darino és un periodista vocacional.

—Ho sento, és deformació professional —em vaig disculpar, tot pensant que la meva pregunta havia tornat a tancar els porticons de la seva cuirassa.

—Sa Santedat Pere II és un home de caràcter, fort, intel·ligent i carregat de bondat. Per fi tindrem un Papa que posi cada cosa al seu lloc —el vaig escoltar que feia amb entusiasme. Aquelles petites explosions d'extraversió també eren impròpies d'ell. Més sorpreses per anotar.

—És cert el que diuen sobre que saltirona per damunt del protocol? —em vaig animar.

—Aquesta és una frase un xic irreverent per parlar d'un pontífex —s'afanyà a puntualitzar.

—És una manera de parlar. No pretenia ofendre ningú. —Aquell home em treia de polleguera. La seva meticulositat entrava de ple en el terreny de l'escrupolositat. Sempre estava mesurant les paraules, sempre cercava l'expressió justa. Ser al seu costat significava una cosa així com romandre en constant vigilància, sempre alerta, a l'espera de les seves correccions.

—Sa Santedat és un home senzill i espiritual. Les formes materials i socials l'angoixen i s'estima més el tracte directe i sense embuts —em va dir amb veu respectuosa.

—Puc saber per què desitja veure'm Sa Eminència el cardenal Bolone? —vaig preguntar emprant-hi tots els títols i tractaments inherents al càrrec, no fos que el sec sacerdot em corregís altre cop.

—Perdoni: entengui que és ell, que l'hi ha de comunicar —em respongué ben digne.

Vaig afirmar en silenci. Chigi no es descuidava mai i de res no serviria insistir-hi.

—Tanmateix, puc avançar-li que serà vostè objecte d'un honor que bé voldrien per a ells tots els professionals de la informació d'aquest món —afegí.

Vaig ser a punt de posar-li un parany per arrencar-li més dades, però no pagava la pena. D'aquí ben poc coneixeria la resposta i no desitjava tallar l'eufòria parladora de l'adust sacerdot. Vaig abandonar el tema i vaig continuar demanant-li coses de Pere II *el Romà* i si eren certes les xafarderies que corrien pels passadissos del Vaticà i em vaig assabentar que el clergat estava ben desconcertat, excepte els cardenals, que semblaven tenir les idees prou clares sobre la propera vinguda de profunds canvis en el si de l'Església. Brog i Albi havien deixat de llençar-se dards emmetzinats; Barón romania callat, a l'expectativa; Yáñez havia tornat a la seva diòcesi tal com havia vingut, sense que, fins al present, es tinguessin notícies que li hagués estat concedida cap prebenda. Tots els membres del Sacre Col·legi Cardenalici es negaven a fer el més lleu comentari sobre l'opinió que els mereixia el nou pontificat. De manera que, si de natural el secret és el plat fort de cada dia a la Santa Seu, ara esmorzàvem, dinàvem i sopàvem mutisme.

El que sabíem és que el Papa havia mantingut llargues converses amb cadascun dels presidents de les Sagrades Congregacions, responsables dels Instituts, les Secretaries, etcètera... Tota una marató informativa per esbrinar en quin punt es trobava l'Església. El Superior General dels jesuïtes va estar reunit amb Sa Santedat per espai de més de cinc hores i, des d'aleshores, els seus fills romanien quiets. N'érem molts els que desitjàvem conèixer un bocí del que havien tractat durant la llarga entrevista, però res no havia traspassat les portes del Vaticà. Van estar sols i el pare Sesqueta no va badar boca quan els periodistes li ho vam preguntar. Es limità a somriure i a indicar amb la mà que no tenia res a dir.

Haig de manifestar la meva admiració per aquella hàbil forma de centrar tota l'atenció mundial en el Vaticà. Les especulacions brollaven com bolets a la tardor, però ningú no podia assegurar res. Fins i tot els bisbes dissidents semblaven fora de joc i no gosaven bellugar un pèl ni fer cap tipus de declaració.

Un altre fet rellevant, més rellevant encara i per a certs cercles enervant, era la manca de moviments per part de l'IOR en els darrers quinze dies. Sense precedents, segons murmuraven els experts financers.

Chigi em confirmà gran part d'aquests detalls i se li va escapar que els canvis ja havien començat i que serien revolucionaris i sorprenents per a la gent del carrer. Feia tota la fila d'estar eufòric i content.

El Fiat ens va deixar davant del Palau Pontifici i desaparegué. Vaig seguir Chigi fins al segon pis i vaig entrar en un despatx de generoses dimensions decorat amb quadres de firma. Bolone va venir cap a mi amb un ampli somriure als llavis.

—Benvingut, amic Mario —em saludà, estrenyent-me amb força la mà i em va convidar a seure—. Hem encertat el dia, oi que sí?

—Sí —vaig respondre—. El felicito. Els seus serveis d'informació són d'allò més extraordinari.

—Li han anticipat alguna cosa? —em demanà Bolone, tot referint-se a Chigi.

Vaig esclafir de riure.

—Eminència, el nostre amic Pasquale és l'home més discret que conec. El seu millor col·laborador, sens dubte. Ha declinat en vostè l'honor de comunicar-me els seus propòsits. —Vaig fer broma i vaig mirà amb picardia Chigi, que somrigué agraït pel compliment.

—I és clar, i és clar, Pasquale és molt eficient —comentà alhora que el seu cap oscil·lava amunt i avall en ràpids gestos afirmatius—. Sento haver-li pregat que vingués sense avisar-lo prèviament, però aquesta entrevista és com si no existís. M'entén?

—Ja hi estic acostumat, Eminència —vaig respondre amb un somriure.

—I és clar, i és clar. Cert! —també va somriure.

Bolone estava nerviós, excitat, no era l'home dominador, hàbil negociador, de paraula fàcil i argument sempre a punt. Dubtava a cada paraula i jo resava per tal que no repetís el vol del còndor que precedí la seva petició a Paresse. En aquesta ocasió l'hauria escanyat.

—Ha sopat? —preguntà de sobte.

—No. Encara no —em vaig sentir content davant la possible invitació que s'apropava.

—Molt bé! Doncs, anem —i es va posar dempeus.

El vaig imitar i el vaig seguir sense badar boca. Hi ha ordres que mai no discuteixo, i menys encara si es

79

refereixen a un acte tan agradable com una sopar que prové de les cuines del Vaticà.

Bolone em precedia amb pas ferm i Chigi ens seguia a poca distància. O molt m'equivocava o anàvem en direcció a les estances del pontífex. El cor em va fer un bot. No era possible! Però a mesura que avançàvem pels passadissos el meu cor s'accelerava. M'havia deixat la gravadora i el mòbil al despatx i no duia ni un trist paper per prendre-hi notes. Maleït siguis!

Bolone va trucar la porta del menjador privat de Sa Santedat Pere II i la va empènyer tan bon punt vam escoltar una veu a l'altre costat que li indicava que podia entrar-hi. Vaig traspassar el llindar cohibit. Aquella sorpresa no me l'esperava. Pere II, amb la senzilla sotana blanca, va venir cap a nosaltres somrient, amb aquell somriure obert i franc que ja s'havia fet tan popular a les primeres pàgines dels rotatius.

—La pau sigui amb vostè, senyor Darino —em va dir i m'oferí la seva mà amistosament.

Vaig sentir que uns dits prims es tancaven al voltant de la meva mà i la premien amb fermesa. El seu braç es va quedar quiet i rígid com una barra d'acer, sense fer cap moviment. Durant uns segons va mantenir la pressió i, després, alliberà la meva mà i m'indicà que m'assegués a la seva dreta. Aquella tocada de mans m'havia confós. No encaixava amb la seva figura prima, sinó que revelava a un home d'extraordinària energia, un gran caràcter, serena convicció i pau, molta pau, immensa pau. Aquest darrer detall és el que quedà enganxat al meu cervell força temps després. Pau que s'endevinava als seus ulls negres, grans, sincers, profunds, brillants i de ferma mirada. Una altra singularitat que em va sobtar va ser que, tot i tractar-se d'un home extremadament ocupat, es comportava com si disposés de tot el temps del món o com si a les seves mans tingués el poder d'aturar les hores al seu caprici.

—No és la meva intenció que la germana Angèlica competeixi amb Gina, però he cregut oportú oferir-li unes tallarines —va fer, quan ja estàvem asseguts.

—Fins aquest extrem arriben els serveis d'informació del Vaticà? —em vaig queixar, tot mirant Bolone, però el cardenal mostrava perplexitat, i no era pas fingida.

—S'imagina per què és vostè aquí? —em preguntà *el Romà* abans que jo pogués reaccionar i demanar-li per les seves fonts d'informació.

—Suposo que Sa Eminència ha intercedit per un pobre pecador —vaig respondre descarat, alhora que llençava una mirada a Bolone.

—Alguna cosa hi ha tingut a veure, com també és cert que, gràcies a vostè, vam poder descobrir els tripijocs que pretenien vulnerar el secret del conclave. Però confesso que el que m'ha resultat més interessant és l'anàlisi que ha fet en els seus articles sobre la situació actual de l'Església —em va respondre—. Aquesta anàlisi és la vertadera raó perquè li hagi concedit una entrevista. Tanmateix, serà a títol personal i confidencial —callà un instant, i afegí—: Pel moment.

Vaig fer el cos enrere, vaig mirà Chigi que seguia ben dret, com un pal, i vaig interrogà amb la mirada Bolone, que es limità a posar cara de pòquer. Després, vaig girar els ulls i els vaig fixar en *el Romà* i li vaig preguntar:

—Què significa pel moment?

—Que s'apropen canvis i que l'Església potser haurà de menester gent com vostè perquè esdevinguin... diguem... uns apòstols especials.

—Apòstol! Jo? —Allò era absurd—. A canvi de què? —va ser la primera cosa que em va passar pel cap preguntar-li.

—A canvi de la seva honestedat —respongué.

—Només de la meva honestedat? —Crec que vaig dibuixar un somriure. O tal vegada va ser una ganyota...?

—Li sembla poc? —em demanà amb una rialla divertida.

—Encara no ho sé —vaig reflexionar en veu alta—. A veure si ho he entès bé. M'ha fet cridar per convertir-me en apòstol? —vaig tornar a demanar.

—No l'he fet cridar, sinó que li he pregat que vingués —em corregí.

—I... què hauré de fer?

—Escriure. No és el seu treball?

—I vostè em dictarà?

—No.

—Llavors? —vaig preguntar, perplex. No entenia res de res.

—Jo li comunicaré canvis i li explicaré coses que fins avui han estat secrets.

—Fins i tot dels arxius secrets del Vaticà?

—Dedueixo que vostè és un dels que s'imaginen que als arxius secrets del Vaticà s'amaguen grans veritats ignorades pel públic.

—I no és així?

—Depèn de com s'ho miri.

—Em permetria fer-hi una ullada?

—Per què no?

—I consultar tot el que vulgui?

—Si ja hi és dintre, per què no? —repetí.

—I podré utilitzar el que trobi com vulgui?

—No —negà categòric—. Podrà i haurà de fer-ho servir com la seva consciència li dicti, que per això li he demanat la seva honestedat —puntualitzà molt seriós.

Em vaig gratar la closca. Alguna cosa no anava a l'hora. Era massa directe, massa franc, massa obert i massa tot, fins a l'extrem que vaig sentir por d'aquell home, a qui coneixia personalment des feia tan sols un parell de minuts i que ja m'havia ofert més que Bolone en tots els anys que ens havíem tractat. La seva tocada de mà era una enciclopèdia oberta i el seu oferiment faria tremolar d'emoció qualsevol lletraferit, però m'ho havia dit d'una forma tan planera que més semblava donar els bons dies que no pas altra cosa, i jo no sabia què havia de contestar. Cony! Què hauria fet qualsevol altre al meu lloc?

Sortosament em salvà la campana. Una monja va aparèixer amb una safata fumejant de tallarines que feien olor de glòria, i ens en va servir.

—Cap dels presents té intenció de fer compliments. Oi que no, amics? —manifestà el Romà.

Millor, vaig pensar. M'havia quedat sense paraules. Vaig acotar el cap i em vaig concentrar en les tallarines, que vaig fer desaparèixer del plat. Quan em trobo en una situació angoixant, difícil, incòmoda o que no comprenc, no mastego, sinó que engoleixo i, després, no em queda altre remei que recórrer al bicarbonat. Ho sé de memòria, però és superior a les meves forces.

Per molt que m'hi escarrassava m'era difícil trobar una explicació a tot el que estava succeint. Estava sopant al costat de l'home que feia poc més d'un mes que havia esdevingut Papa i que, des del meu punt de vista, no mostrava l'aspecte tradicional d'un pontífex, malgrat que irradiava autoritat, pau i assossegament.

Vaig alçar la mirada del plat, vaig respirar fondo i vaig ensopegar amb la mirada de Pasquale Chigi, que romania digne i seriós, mentre mesurava cada moviment i els ordenava per tal que tot resultés perfecte. Les seves mans es movien amb lentes evolucions i descrivien arcs meticulosament calculats. Pobre home! El seu deler de perfecció gratava la malaltia.

Després, vaig aturar les meves ninetes en Bolone, el meu bon amic, el cardenal i una de les primeres ments financeres del món. Semblava bastant més relaxat, malgrat que jo endevinava al seu rostre una ombra de preocupació que ell mirava de dissimular.

—Més tallarines? —digué *el Romà* interrompent el fil de les meves reflexions.

—Què? Ah! No, moltes gràcies. Són delicioses i de bona gana repetiria, però els metges ja m'han posat condicions —vaig somriure.

—No és gens d'estranyar. En lloc de menjar, devora —m'indicà el meu plat. Cap dels altres no havia acabat.

—És el costum —vaig respondre—. El vaig adquirir durant les meves aventures per aquests móns, quan cercava la notícia. Anàvem com bojos i menjàvem cuita-corrents per no perdre temps.

—Jo també ho feia a Nicaragua, però només quan ens perseguia l'exèrcit de Somoza. Vivim en un món que pretén caminar més ràpid que el rellotge, com si això fos important.

—Per què jo? —vaig demanar de sobte.

—Perquè segons tinc entès és una persona honesta, que té un gran públic i una ben guanyada reputació. No és practicant, però sí que és sincer —va respondre senzillament.

—No em sotmetré a cap norma ni admetré cap tipus de censura —em vaig afanyar a respondre.

—No pretenc imposar-li cap norma i l'única censura que pot arribar-li, ho farà des de la seva pròpia consciència —va fer amb calma—. Únicament en alguna ocasió li pregaré que tingui paciència.

—Què vol dir?

—Doncs, està ben clar. En algun moment hi ha la possibilitat que li pregui que esperi uns dies abans de treure-ho a la llum pública o també podria ser que la informació que demani no li sigui lliurada immediatament, però té vostè la meva paraula que no li amagarem res.

—Què pretén Sa Santedat amb tot això?

—El temps i Déu ja m'atorgaran santedat, si és que la mereixo. De manera que li prego que em digui Pere. Entesos? —rigué, i jo vaig acceptar amb un cop de cap. Després d'una lleugera pausa, prosseguí—: S'ha demanat alguna vegada quina és la missió d'un Papa?

—És el cap visible de l'Església i té per missió dirigir-la —vaig respondre.

—Suposo que així hauria de ser. Però ens hem pujat a un pedestal tan fals com el tron dels reis, que ho són perquè, pel moment, així són les coses. Però si medita un instant, potser descobrirà que vivim en una societat integrada per cecs, sords i muts. Sords que no s'escolten a ells mateixos ni als altres; muts que parlen paraules buides, que no son dictades pel cor, sinó pels interessos; i cecs que només veuen el que pensen que va al seu favor, i menyspreen l'autèntica realitat.

—No ho negaré pas —vaig bellugar el cap a un costat i a l'altre.

—Jesús guarí molts sords, muts i cecs, alguns de naixement, i sempre, abans de guarir-los la malaltia, els perdonava els pecats. Ha meditat en aquest detall, algun cop? —Va fer una pausa per tal que jo hi pensés un instant—. Per respondre aquesta pregunta hem de rentar-li la cara al concepte de pecat, que durant segles ens hem dedicat a predicar. Pecat és sinònim d'error, paraula que no té perquè ser, necessàriament, abominable. Per tant, perdonar els pecats significa obrir els ulls de l'ànima i descobrir els errors comesos, entendre'ls, acceptar-los i esmenar-los. De què serveix retornar un sentit si seguim cometent els mateixos errors? Potser la gràcia és altra cosa que la llum que il·lumina els nostres pensaments deixant que veiem la realitat amb tota claredat? —m'apuntà amb el dit índex.

—Aquesta és la missió del Papa? Rentar-li la cara al pecat?

—Més aviat ajudar els homes per tal que despertin a la llum de la veritat, i no pas dictar tot un seguit de normes ni confeccionar decàlegs del bon fer, que mai no serveixen per tots els homes.

—Disculpi, Vostra Santedat...

—Pere —em corregí.

—Bé, Pere. El seu llenguatge, encara que senzill, em sembla un xic críptic.

—Els Deu Manaments ja van ser escrits i Jesús ja va parlar, i molt. Ara som nosaltres que hem de viure. Per aquesta raó som aquí: per viure-hi i no per vegetar i dormir. I viure vol dir ser, estar, fer, sentir, créixer, desenvolupar-se, aprendre i tot el que indica una acció continuada, un camí cap endavant,. A cada instant som:

ahir vam ser, avui som i demà serem, però, per tal que així sigui, hem de romandre conscients de nosaltres mateixos, que el nostre ésser és, constantment.

—A poc a poc, si us plau. A pams —em vaig queixar.

—Té raó. Quan pensem que tenim les idees clares, ens imaginem que els altres les han de veure igual que nosaltres i ens llencem. Veurà: els costums canvien, les lleis es modifiquen per esdevenir cada cop més justes, la llibertat s'expandeix, tot marxa cap endavant inexorablement i som aquí per comprendre i acceptar, no pas per erigir-nos en déus i desitjar que la Humanitat vegi amb la llum que projecta la nostra pretesa, pobre, falsa i arrogant veritat. Em segueix, ara? —va callar un instant, jo vaig afirmar i ell prosseguí—: Molt bé! El contrari és tant com dir que Déu es va equivocar i que nosaltres hem vingut per esmenar el seu error. L'era de les imposicions ja toca a la seva fi, el secret està morint, hem d'enterrar l'arrogància i anar a la recerca de Déu a través de l'única eina que disposem, la que ens van donar: l'ésser humà en tota la seva dimensió d'animal, d'home i d'esperit.

—No és la meva intenció contradir-lo, però em sona a... I perdoni que li digui. A... suïcidi.

—No negaré que es tracta d'un salt que ens precipitarà al buit, sense un lloc on agafar-nos, però és absolutament necessari per tal que adquirim consciència de nosaltres mateixos, ens adonem que vivim i que som una unitat ferma, sòlida i perfectament creada, encara que no compresa, i a mesura que anirem creixent en comprensió descobrirem la mà oculta que mena les nostres passes i que ens atrau cap a Ell. —De nou va fer un curt silenci, sense deixar de mirar-me. Desitjava que

87

les seves paraules quedessin ben afermades al meu interior i no perdia cap detall de tot el que deia—. No li demano ara mateix una resposta per la meva proposta. M'estimo més que ho mediti amb calma i que sigui conscient que, tal vegada, no li estic fent cap favor, sinó ben al contrari, que li estic demanant que s'enfronti al món i que esdevingui un dels blancs de les ires dels immobilistes, dels adormits, dels que viuen còmodament i dels espantats. Respongui'm demà, d'aquí dos dies o d'aquí una setmana. Quan li vagi bé. Jo esperaré i l'única cosa que li demano és un sí o un no, sense més explicacions. La seva resposta, sigui quina sigui, serà acceptada sense cap retret. Ens hem entès?

—Sí, Vostra Santedat... vull dir Pere. Ho pensaré i tindrà la meva resposta.

—No espero menys de qui compta amb tant d'afecte per part dels nostres bons amics el cardenal Bolone i el seu fidel secretari Chigi —sentencià—. A partir de l'instant que jo tingui la seva resposta, prendré la meva decisió.

Els vaig mirar ambdós. Bolone va fer un gest afirmatiu en el que anava un implícit «Endavant. El necessitem». Llavors vaig recordar el pressentiment que havia tingut a la plaça de Sant Pere, quan vaig veure *el Romà* per primer cop, dalt del balcó. Aquell home podia canviar el món, tot i que una pregunta m'inquietava, i li vaig fer.

—El que m'ha explicat és molt bonic. Representa, si no m'equivoco, la llibertat total de consciència, però no estarem caient en la utopia? O, en tot cas, no serà massa perillós posar en circulació aquestes idees?

—Suposo que, en més d'una ocasió, s'haurà qüestionat el *Gènesi,* oi que sí? —em preguntà i jo vaig afirmar en silenci. Era un tema que m'havia fet pensar de valent—. Ja som grans i no faré cap revelació si dic que la història narrada al *Gènesi* és una metàfora i que Déu no es va entretenir a demostrar la seva habilitat com artesà amb el fang ni la pobra Eva es passejà per allà oferint pomes emmetzinades com una vulgar bruixa del conte de la *Blancaneus i els set nans* —somrigué—. No s'amoïni, que no intento fugir d'estudi ni pretenc explicar el nostre origen com ha mirat de fer més d'un amb teories tan fantasioses com que la terra altres temps va ser un camp experimental d'éssers extraterrestres, que són els Elohim de la Bíblia, teoria que podria ser fins més pueril que la del mateix *Gènesi.* El meu interès se centra en el Pecat Original. —S'aturà de nou. Jo estava perplex.

L'escoltava i m'agradava el que deia, però no podia creure que allò fos real i que em succeís a mi.

—Els animals neixen amb instints, viuen segons aquests instints i moren amb ells —seguí parlant—. La vida dels animals és senzilla perquè no tenen altra opció. Per contra, l'home disposa de la facultat de raonar i pot alterar els impulsos instintius frenant-los o potenciant-los. Se n'adona? —em preguntà, i jo vaig negar amb el cap, més perplex que abans, incapaç de predir el final dels seus raonaments—. En un principi, l'home i la seva companya vivien feliços, no raonaven, eren com animals, no tenien dins seu el món dual del bé i el mal, però van menjar de la fruita prohibida i van caure al pecat, el Pecat Original, que potser no és altra cosa que la facultat de raonar, un arma de doble tall que tant pot conduir-nos cap amunt com cap avall.

—El Pecat Original és la facultat de raonar? —vaig fer.

—Raoni —somrigué divertit—. A partir d'aquell instant començaren a classificar els seus actes en bons i dolents, agradables i desagradables, justs i injusts, i totes les dualitats que se li puguin ocórrer. I van ser infeliços, es tornaren cobdiciosos, vanitosos, orgullosos... Insegurs, en una paraula. El *Gènesi* explica que l'home alterà completament el seu esquema de vida. Si observa la Natura descobrirà que la femella és més vistosa només en un cas: l'ésser humà. En la resta de les espècies és el mascle que posseeix els colores més cridaners, la millor cabellera, la més bella estampa i l'elegància més acusada, llevat de rares excepcions. I això és així perquè el mascle necessita tots aquests atributs per defensar el seu territori, contribuir a la selecció dels millors dotats i atraure la femella. Tanmateix, en el gènere humà, les plomes i els ornaments són elements de la dona. Aquí també hi ha excepcions, però no són la tònica general. L'home trastocà els seus instints, malgrat que continuava sent el més fort, de manera que la dona esdevingué l'astúcia per vèncer la força. Aquest va ser un gran error: el desig de superar l'home o igualar-lo, quan resulta que són dos éssers diferents i amb papers diferents, encara que iguals en importància. M'explico amb claredat, ara?

—Sobre el Pecat Original sí, però sobre la meva pregunta no —vaig contestar.

—Anem-hi —va fer—. Li demano perdó. A voltes m'explico molt malament. Quan Jesús va venir fins a nosaltres, era portador d'un missatge que més o menys es podria traduir com: només serem feliços quan siguem capaços de transcendir del món de les idees i saltar al nivell espiritual. El baptisme no és altra cosa que la porta d'entrada cap aquest univers superior.

UN VOT PER L'ESPERANÇA

Devia fer cara de babau, perquè em mirà interrogant, alçà les celles i esperà fins que jo vaig fer que sí, amb el cap.

—Si més no, aquest era el significat en altres temps, quan es batejava els iniciats. I, ara, es bateja el nounat, però em temo que ningú no sap el que està passant i viuen convençuts que ja han guanyat el cel. Les estadístiques mostren que la quantitat de batejats puja a milions. Per a què serveix una freda i asèptica xifra...? No és res més que un conjunt de números posats en un cert ordre. Després tenim l'estadística de catòlics practicants i el seu nombre és bastant menor, però, com es mesura aquest nombre...? Comptant la gent que trepitja una església els diumenges. Quina pobresa de dades! Què és més perillós: deixar que l'home pensi i busqui el seu Creador, amb tots els riscos que aquest procés comporta, o seguir com fins ara, dormint plàcidament i contemplant com tot se'n va en orris? —Em mirà interrogant i afegí—: He respost ara la seva pregunta?

—L'ha contestat, però m'ha deixat un bon plec de nous interrogants —vaig replicar.

Durant la resta de la vetllada no vam tornar a parlar sobre els seu oferiment, sinó que canviàrem de tema i ens vam submergir en la política, els esports, els costums, els països, els viatges i altres coses.

Aquell home era una enciclopèdia vivent. No era gens d'estranyar que el cardenal Brie el prengués al seu servei, tot seguint els consells del seu bon amic Yáñez. També vam fer incursions en el rocambolesc món de les finances i Bolone va posar tota la carn a la graella i ens concedí el plaer d'escoltar les seves doctes paraules carregades d'experiència. L'únic que no va badar boca per res més que no fos menjar va ser Pasquale Chigi, el cara de pal, que estava cohibit i espantat davant del devessall d'experiències que s'amuntegaren damunt d'aquella taula. Chigi havia viatjat ben poc i les anècdotes que referíem, tant *el Romà* com jo, el mantenien extasiat. Vaig aprofitar l'avinentesa per sotmetre Pere a un hàbil i sinuós interrogatori que em serví per descobrir episodis de la seva vida anterior, la que no havia transcendit al públic i la que s'havia convertit en llegenda. És així com vaig confirmar el passatge de la seva baralla al Perú, els seus èxits amb aquella gent i la seva entrevista amb Yáñez, aleshores bisbe. Vaig treure un bon plec de dades, tot i que no va ser gens senzill. *El Romà* procurava no centrar mai el tema de conversa en la seva persona i saltironava per damunt de les anècdotes tot cercant el punt d'humor i desapareixent d'escena.

—Puc escriure un article referint-me a aquest sopar? —vaig demanar.

—Li prego que no digui que l'he convidat a sopar. Tracti-la com una entrevista. Això sí: li demano que no mencioni el motiu principal —em respongué—. Segur que ha aconseguit prou informació com per no haver de mencionar certs detalls.

—Vol que li faci arribar l'esborrany de l'article abans de publicar-lo?

—Ja li he dit que no hi ha imposicions.

—Se'n refia, de mi? —vaig preguntar, i vaig mirar Bolone.

—Per què no hauria de fer-ho? —em tornà la pregunta, i també mirà Bolone, que no va dir res.

Ens vam acomiadar prop de la una de la matinada i el Fiat em portà a casa i desaparegué enmig de la foscor de la nit.

8.- PER QUÈ NO?

Vaig passar tres dies carregat de dubtes, tot i que em felicitava per la meva bona estrella. Sabia i valorava l'oferta de *el Romà*. Què no estaria disposats a fer o a pagar algú que jo coneixia per aconseguir aquell privilegi? Quants cops no havia escoltat jurar a Hans Brukner que vendria la seva ànima al diable per poder entrar als arxius secrets del Vaticà? I jo ho tenia davant dels nassos, a la mà. Només havia de pronunciar un senzill sí. Em semblava massa bonic i no volia precipitar-me. No, les coses mai no són tan fàcils i sempre hi ha una contrapartida, malgrat que no siguem capaços de veure-la a primer cop d'ull.

El meu pare em deia força sovint que no m'havia de refiar de res ni de ningú i m'ho repetí tantes vegades que havia quedat imprès en lletres de motlle al meu subconscient. El cor i tot el meu ésser m'empenyien cap endavant, però el cervell es negava a acceptar-ho i no feia altra cosa que furgar a la recerca d'escletxes.

El Romà (m'agradava el sobrenom) m'inspirava confiança, però, potser, les seves paraules em mantenien alerta: «No li estic fent cap favor». Sonava a negre presagi. Jo era, en aquells dies, un periodista amb una bona reputació, amb diversos premis a les esquenes i una ben guanyada fama d'honest. Tampoc era com per prendre una decisió a la babalà. Molts es demanarien d'on treia la informació i ja buscarien la manera de fer que tot semblés una maniobra o un muntatge entre el Papa i jo. *El Romà* tenia raó: no resultaria, de cap de les maneres, ni còmode ni senzill.

Fins i tot Gina va copsar el meu estat d'ànim i que alguna cosa s'hi coïa al meu interior. Ai! Buscava en excés la soledat i aquest és un senyal massa evident per a ella. Em vaig excusar tot dient que em sentia un xic deprimit. I va ser pitjor el remei que la malaltia. A partir d'aquell instant es volcà damunt meu i em curullà amb totes les seves benediccions.

Divendres havia pres una decisió. La vida només es viu una vegada, per molt que creiem en la reencarnació, i, si una oportunitat com aquella trucava a la porta, no la menysprearia. Oi que no? D'altra banda, no m'obligava a res, ni tan sols a escriure. El pacte consistia en que jo actués d'acord amb els dictàmens de la meva consciència i aquesta bé podia negar-se a deixar escapar una sola paraula. Amb la ment més clara i les idees endreçades, vaig passar un magnífic cap de setmana.

Dilluns a primera hora vaig trucar a Bolone i li vaig comunicar la meva decisió. Vaig intentar explicar-li les raons que m'havien empès a acceptar, em sentia obligat a fer-ho, però es negà a escoltar-me argumentant que *el Romà* esperava un monosíl·lab, res més. Em sorprengué la seva actitud, malgrat que em vaig abstenir de tot comentari, i Bolone em va fer saber que el Papa desitjava veure'm un altre cop. Vam quedar per dimecres. Tot era bufar i fer ampolles.

Dimarts al vespre, Gina i jo vam fer l'amor. Ella es quedà adormida als meus braços i jo vaig romandre despert durant més de tres hores. Semblava un nen amb sabates noves, excitat davant la perspectiva de poder entrar als arxius secrets i assenyalar un document: «Aquest, aquest és el que vull», i veure com era dipositat davant meu, sense més ni més. Què trobaria en aquell lloc...? Potser la resposta als mil interrogants que em plantejava cada dia, tal vegada la confirmació que cel i infern existien i coexistien o que eren una mateixa cosa, o en tot cas que no hi havia res i que tot plegat era una pantomima monumental, secular, que ens havien enganyat des de l'inici dels temps. Vés a saber!

Vaig mirar d'asserenar-me i no vaig poder. Cada cop que em proposava calmar-me m'adonava que el meu altre jo, burleta, es revelava i estirava en sentit contrari, jugava amb mi i se'n reia. Jo el perseguia, però ell era més ràpid i s'escapolia, per aturar-se de tros en tros i burlar-se de la meva impotència, tot augmentant més i més la ràbia i el dolor. Llavors m'exasperava i, sense gairebé adonar-m'hi, m'aplegava a les seves maquinacions i donava voltes i més voltes, em llevava, tornava al llit, tancava els ulls, els obria altre cop, procurava relaxar-me i em posava a parir. Finalment, rendit i esgotat, vaig agafar el son.

L'endemà al matí vaig fer un volt per la redacció. Frascatti contemplà la meva cara i em preguntà si em trobava malament. Vaig respondre que no, que únicament anava curt de son.

—Per què no t'has quedat a casa? Amb aquesta cara no pot anar enlloc —em digué.

—Tinc una cita amb el cardenal Bolone —vaig respondre.

—Alguna cosa especial? —em demanà amb una espurna als ulls.

—Vull esbrinar les raons de la inactivitat de l'IOR —vaig mentir.

—És un tema que em fa tenir la mosca al nas i que està fent córrer molta tinta. Procura treure'n un bon article i jo et garanteixo la primera plana.

Després vam fer alguns comentaris sobre la nova escalada de violència a l'Orient Mitjà i la decisió del president dels Estats Units d'enviar nous contingents de tropes al Líban. Des de feia dos anys s'albirava un nou Vietnam o possiblement una nova Guerra del Golf.

A dos quarts d'onze vaig abandonar la redacció i em vaig dirigir cap al Vaticà. Tenia bosses sota els ulls i em sentia fatal, l'estómac es removia inquiet i em recordava els seus drets, tan sovint trepitjats per mi, que no feia bondat ni seguia les recomanacions dels facultatius: «Sobretot prengui's la vida amb filosofia i no cometi excessos en el menjar ni en el beure. El que ara qualifiquem de simple molèstia pot esdevenir alguna cosa molt més important.» No tenia cap mena de dubte que els metges eren profetes i que jo acabaria amb una úlcera com una catedral i em veuria convertit en un vell eternament emprenyat, amb un caràcter agre i insuportable i amb cara de gos rabiós, però tots els intents per tal d'oblidar-me de les copes a Cellini, els dinars abundosos i regats amb bon vi, les gerres de cervesa, els entrepans cuita-corrents i a qualsevulla hora i tants altres pecats, com la continua tensió, les preocupacions inútils i les emprenyades, entre altres molts detalls, havien resultat infructuosos i estèrils i m'havien deixat una frustració més per afegir a la ja, per si mateixa, llarga llista.

Aquell dia estava deprimit i pessimista. La conversa amb Frascatti havia empitjorat el meu estat i no feia altra cosa que veure el costat negre de tot el que m'envoltava, malgrat que, ben pensat, el panorama estava ple de tons grisosos, trists, amargs i alarmants. Amb el pretext de defensar els seus interessos al canal de Panamà l'inquilí de la Casa Blanca havia enviat els seus marines per pacificar i controlar les regions de l'Amèrica Central, o sigui: El Salvador. Amb tot el sentiment de l'ànima (aquestes van ser les seves paraules) i davant la insistència dels seus amics libanesos no havia tingut altre remei que incrementar els seus contingents al Líban; un incident fronterer entre les dues Corees havia desembocat en un conflicte perillós, que no tan sols amenaçava d'acabar amb la seva presència a la península, sinó que el Japó s'hi havia vist involucrat i amenaçat. De manera que els marines també s'hi havien instal·lat, a l'Àsia; el Marroc, víctima de la més gran de les revoltes de la seva història, culpava al Front Polisari dels seus problemes interns i denunciava el recolzament per part dels russos. De manera que també va demanar l'ajut del gegant americà. I què podia dir de l'altre gegant...? Àfrica vivia en constant revolució i el mapa polític estava canviant amb rapidesa, mentre assessors militars de diferents banderes desplegaven la seva influència en una bona colla de països. I, enmig, els idiotes, nosaltres els europeus, els que mai no tenen res a dir en cap de les grans decisions, malgrat que se'ns digui a tothora que som molt importants.

Caminava absort amb les meves meditacions quan, de sobte, vaig notar unes estranyes pessigolles al clatell.

És aquella sensació que es produeix quan algú et mira fixament. Em vaig tombar i no vaig apreciar res d'estrany, excepte un home que semblava força interessat per un aparador. No li vaig concedir més importància i vaig seguir caminant.

—No es troba bé? —em preguntà *el Romà* només posar-me l'ull al damunt.

—Sí. Simplement és que no he dormit gaire —vaig somriure amb una ganyota.

—Segui, per favor, i descansi mentre xerrem una mica. —M'indicà una butaca.

Vaig seure-hi. Em sentia bé davant d'ell. Tornava a inspirar-me aquella sensació de pau tan estimada per mi. De cap i de nou vaig pensar que *el Romà* es movia com si les agulles del rellotge l'obeïssin, com si el temps no existís per a ell, i no deixava de sorprendre'm, perquè les seves hores estaven farcides de compromisos. Tanmateix, ningú no marxava amb la idea que l'havien despatxat. Això ho sabia de molt bona tinta.

—L'altre dia li vaig manifestar que, en certs moments, comptats, hauria de pregar-li un xic de paciència i avui m'agradaria explicar-li el motiu —va dir, tot mirant-me amb la mateixa expressió de càlid afecte i sinceritat que el dia que el vaig conèixer—. Durant segles hem estat l'escombra de l'escamot i hem empès els que es movien amb més lentitud. Això ens ha situat en posicions molt delicades, incòmodes i difícils de controlar i de suportar, però que eren absolutament necessàries. L'església, com tota institució integrada per homes, malgrat que el seu origen sigui diví, ha patit de tots els defectes humans que puguem imaginar: ha estat arrogant, egoista, interessada, avariciosa, cruel, estúpida, immobilista, mandrosa, còmoda... —S'aturà i em demanà—: Pensa el mateix?

—Penso que jutjar és patrimoni d'altres —vaig replicar.

—Mario, deixi la diplomàcia en mans dels diplomàtics i, encara que només sigui per un cop a la vida, comporti's com sempre hauria desitjat.

Havia tocat fons. Aquelles paraules acabaven de fer diana i em feien mal. Tota la meva vida, des que vaig tenir seny, no havia fet altra cosa que mesurar les meves paraules, calibrar els meus moviments, computar el pro i el contra i calcular l'atrapada de les conseqüències. El món i els meus progenitors m'havien ensenyat que ho havia de fer així per defensar-me i per poder sobreviure entre llops, encara que al meu interior sentia una natural inclinació a expressar-me amb tota llibertat.

—Es decideix? —em preguntà amb una somriure.

Podia recórrer a dues-centes respostes per aquella pregunta, a quina més divertida. Podia dir-li que jo sempre feia allò que sentia, explicar-li la meva vida, fugir d'estudi..., però l'única resposta que em satisfaria, que brollaria de ben endins i arrencaria de la sinceritat, no pertanyia a aquella categoria.

—L'església l'ha cagat i s'està ensorrant a marxes forçades —em va sortir de l'ànima.

Tan bon punt vaig pronunciar aquestes paraules em vaig quedar atònit i vaig estar a punt de girar el cap i buscar una altra persona a qui pogués atribuir l'expressió que acabava de pronunciar. La meva veu havia sonat llunyana i aliena a la meva persona.

—Estic tan sorprès com vostè, Mario. Per un moment he cregut que no gosaria parlar —va dir *el Romà.*

—Li dono la meva paraula que si hagués estat plenament conscient del que deia, no ho hauria fet —vaig mirar de disculpar-me.

—Per contra, jo penso que l'únic moment que ha estat absolutament conscient de vostè mateix és, precisament, quan ho ha dit. I, ara, si em permet, li demanaré disculpes per haver-li posat aquest petit parany.

L'última frase em va aixecar les orelles. Sóc molt susceptible quan em sento cansat o em trobo malament.

—Jo no crec que l'església hagi estat arrogant ni avariciosa ni cruel, ni res de res, però no he tingut altre remei que dir el que vostè porta anys pensant. Ara ambdós podem parlar sense embuts i entendre'ns, sobretot entendre'ns i acceptar-nos —m'explicà—. Allò que vostè qualifica d'arrogància de l'Església és la manifestació externa dels homes que han cregut que ells eren l'Església, igual que succeeix quan algú diu que és vostè molt intel·ligent. El que està dient és que ell capta una manifestació d'en Mario que li és agradable, però dubto que sigui conscient de qui és Mario. M'explico?

—Perfectament, Pere —vaig contestar. L'ensopiment havia desaparegut i em sentia ben despert.

—L'Església no pot morir. Va ser instituïda per ser i el que és ho serà sempre, per tota l'eternitat, malgrat que pot créixer, canviar, desenvolupar-se i evolucionar en les seves manifestacions externes. De vegades aquesta evolució és molt lenta, fins a l'extrem d'aturar-se, però aquesta detenció és momentània. Tingui present que un segle és com un nanosegon davant de l'eternitat. En altres ocasions el salt és espectacular, però mai capriciós, tot i què ho pot semblar, i adopta formes incomprensibles per a la major part dels homes i dones d'aquest món. Potser vaig massa ràpid?

—No. En absolut —li vaig contestar. Tota la meva atenció era per a ell.

—Bé! —exclamà—. Ara ens trobem davant d'un nou salt espectacular i a nosaltres ens pertoca la sort de viure'l i patir-lo. Tot avenç comporta un notable esforç, una lluita amb un mateix, una acceptació, un risc i un assumir que no tothom comprendrà i que farà que molts s'aixequin en contra. I el primer escull amb què ens trobarem serà el concepte d'Església. —Em mirà als ulls—. No existeix una església catòlica, una altra d'anglicana, una de protestant, una calvinista, luterana, adventista, ortodoxa... i tots els noms que ballen per aquest món. I fixi's que he situat l'església catòlica en primer lloc per tal d'arrancar-li els últims vestigis d'arrogància que poguessin existir.

Vaig afirmar amb el cap, lentament. Aquell home tenia la virtut de deixar anar les paraules amb la mateixa facilitat que l'aigua cau des de dalt de tot de la cascada.

—L'Església és una institució que es troba per damunt de tot adjectiu, malgrat que siguin tan bonics com catòlica, apostòlica i romana. L'Església som tots plegats, aquells que es pensen que són dins i els que hem fet fora, fins i tot aquella gent que practica altres ritus, però que ho fan de bon cor. L'Església és el món, tant els bons com els dolents, si volem emprar termes puerils, i, per tant, ha de servir l'home en general. No ha d'ordenar-li i legislar-lo, sinó orientar-lo i oferir-li totes les armes que poden ajudar-lo a despertar. —Somrigué divertit—.

No una colla de receptes, lleis i normes que encotillen més que no pas alliberen.

—I, un cop canvïi el concepte d'Església, què passarà?

—Ho pot deduir vostè mateix —arronsà les espatlles—. No és difícil esbrinar el futur de l'home. Li ho puc assegurar.

—Ho faré, no en tingui cap dubte —vaig sentenciar.

—Pasquale l'espera fora per conduir-lo fins als arxius secrets del Vaticà. Suposo que desitja visitar-los com més aviat millor. No és així?

—Si li sóc sincer, li diré que ara estic convençut que una hora escoltant-lo m'estalviaria mesos de remenar documents plens de pols —Vaig somriure.

—Tanmateix, vostè esperava una prova de la meva sinceritat.

—Mai no he dubtat... —vaig començà a disculpar-me.

—Entesos —acceptà—. Llavors diguem que crec necessari que comprovi per vostè mateix la veritat que una imatge val més que mil paraules —em respongué alhora que es posava dempeus i m'acompanyava fins a la porta del despatx.

No havia entès ben bé què volia dir amb allò que una imatge...

9.- LA BUIDOR DE LA IMMENSITAT

Chigi esperava fora, palplantat. La seva impecable sotana no tenia ni una arruga, com sempre. Em va oferir la mà i la vaig estrènyer amb força. El cansament havia desaparegut i la cara de Pasquale ja no em semblava tan antipàtica. Fins i tot pensava que podria resultar-me agradable. Amb un xic d'esforç i bona voluntat per part meva, i és clar!

—Als arxius secrets —vaig fer triomfalista—. I si podem anar-hi corrents, molt millor —vaig gosar fer broma.

—No seria adient ni correcte en un lloc com aquest —respongué molt reverent.

Ah! No canviaria encara que el matessin i reencarnés. Totes les meves simpaties per ell tornaven a esvair-se. El vaig mirar i vaig desitjar amb totes les meves forces que *el Romà* li apliqués la teràpia que acabava d'emprar amb mi. Seria tot un espectacle contemplar com el recte Pasquale Chigi, vestit amb la seva negra sotana, amb les seves blanques mans de retallades i polides ungles, el seu cabell sempre pentinat amb impecable clenxa i el seu pulcre i apurat afaitat, deixés anar un sonor «collons» que li sortís del més profund del seu ésser amb la força incontenible d'un volcà en plena erupció. Impossible imaginar-ho. Ho juro!

—Pasquale —el vaig aturar—. Mai no ha sentit la necessitat de saltar i cridar com un vailet?

—Fa molts anys que vaig deixar de ser nen —em respongué.

—Això ja ho veig, però, mai no ha desitjat com-portar-se com quan corria per allà, tot perseguint els seus companys, barallant-se, jugant...?

—El meu pare m'educà amb severitat i rectitud i vaig aprendre de ben petit que les bajanades no tenen cabuda en el món real —m'explicà ben seriós—. Jo no perseguia ningú i no anava per allà tot llençant pedres i barallant-me amb tothom. Vaig ingressar al seminari als vuit anys i l'única baralla va ser amb mi mateix i amb les meves debilitats.

Quin horror!, vaig pensar. Allò era un monstre, i no pas un home. Estava programat com una computadora i no se sortia mai de mare. Mai! Em resultava inconcebible veure'l com un home capaç de prendre decisions per ell mateix. La seva ment freturava del concepte d'espai i de la visió tridimensional de les coses. Els seus raonaments eren rectilinis fins l'infinit. Estava clar que havíem nascut per no entendre'ns i em resultava difícil creure que pogués tenir amics.

El vaig seguir en silenci pels llargs passadissos. Ens vam creuar amb diversos prelats i sacerdots. Alguns d'ells em van mirar encuriosits. Potser jo estava de més en aquell lloc, devien pensar. Atrapàrem el replà de l'escala que ens conduïa a les plantes inferiors. Just en aquell punt, vaig veure el cardenal Albi que conversava en veu baixa amb un home elegant. El més curiós és que Albi va callar i va fer un gest que obligà el seu acompanyant a mirar-me amb cert interès. Semblava que la meva persona atreia l'atenció de molta gent, aquell matí.

Vaig decidir que el millor era mirar de passar desapercebut, de manera que vaig buscar un tema de conversa amb Chigi, però em semblava un treball massa feixuc. M'arriba amb algunes persones: que no sé de què parlar. Em trobo davant d'elles i s'aixeca un mur insalvable, una distancia abismal. Procuro establir conversa i em sento sense paraules. Fins i tot el temps resulta un tema delicat. Chigi, el cara de pal, representava la màxima expressió d'aquesta angoixa.

—Parlar amb Sa Santedat em produeix pau —vaig dir.

—És un gran home. Tothom que el coneix diu el mateix.

Sort que en aquest tema estàvem d'acord. Després de tot, en alguna cosa havíem de coincidir i el nostre punt de convergència era tan ampli que ja tenia de què parlar quan em trobés amb ell.

Durant el trajecte que ens conduiria fins als arxius secrets vam seguir parlant de *el Romà* i vaig descobrir que Pasquale l'adorava, molt més que no pas a Bolone, a qui considerava una mica l'home de la feina bruta, malgrat que reconeixia que la seva tasca era dispensable per al manteniment de l'economia del Vaticà i, en conseqüència, de les obres que l'Església duia a termini i que tant de bé feien al món.

Arribats a la nostra destinació, Pasquale s'acomiadà i em deixà en mans d'un ancià sacerdot que em mirà amb recel. Jo era un nouvingut, un estrany, un ésser d'un altre món que gosava profanar el santuari encarregat a la seva custodia. Tanmateix, havia rebut ordres taxatives i obrí la porta darrere de la qual s'amagaven els misteris dels temps. Vaig traspassar el llindar i em vaig quedar bocabadat. Prestatges i més prestatges farcits de carpetes, volums, documents, pergamins... s'oferien als meus ulls. No recordava on, però em sonava haver llegit la monumental xifra de 50 quilòmetres de prestatgeries, i no devien d'anar lluny d'osques els que ho van dir. Per on havia de començar?

—Hi ha algun índex que pugui consultar? —li vaig preguntar.

—I tant que sí! —respongué l'ancià sacerdot amb una rialla foteta. El meu rostre reflectia la meva perplexitat.

Sense badar boca em conduí fins a una posella i assenyalà una llarga filera de volums, alguns de molt vells.

—Aquí el té. El deixo perquè pugui consultar-lo en pau —es burlà de mi.

El vell s'allunyà i em va deixar palplantat, amb la mirada extraviada, desorientat i perdut. No tenia ni la més petita idea del que podia esperar. Vaig agafar un volum, el primer que em va caure a les mans, i vaig seure a una taula. Moure's entre aquelles muntanyes de paper era una bogeria. Després de fullejar unes poques pàgines vaig trobar noms famosos: Pius VII, Napoleó, Cluny, Robespierre, Avinyó...

Una hora més tard seguia tan a fosques com al començament. Sí, podia prendre nota d'una referència, dirigir-me al prestatge corresponent, retirar un manuscrit i tafanejar, però la resposta a les meves preguntes seguiria sent nul·la.

UN VOT PER L'ESPERANÇA

—Ha trobat alguna cosa interessant? —vaig escoltar que feia una veu darrere meu, força estona després.

Em vaig tombar i em vaig trobar la cara amb papada que em somreia i que pertanyia a un cos rodó que m'era familiar. Només amb un parell de segons en vaig tenir prou per identificar al seu amo com monsenyor Benovski, l'arxiver major.

—La meva pròpia estupidesa —vaig respondre sense rumiar-m'ho.

—El felicito. Són ben pocs els que la troben —respongué, i es va seure al meu davant.

—Tardaria mil anys en assabentar-me del que hi ha aquí dins —em vaig queixar.

—O deu minuts. Tot depèn d'allò que estigui buscant. Puc ajudar-lo en alguna cosa?

—Li ho agrairia moltíssim. M'agradaria començar pel començament.

—Doncs, anem-hi —es va posar dempeus—. M'hi acompanya?

Vaig sospirar alleugerit. Amb monsenyor Benovski al meu costat, la memòria i l'erudició del qual eren famoses en tot el Vaticà, se m'obria el cel. El vaig seguir per l'immens laberint de dades.

Entre tanta història em sentia petit, insignificant, un cuc, i m'adonava de la proporció que hi devia haver entre nosaltres, pobres mortals, i l'univers infinit. Allà hi havia emmagatzemats els pensaments, les visions, els somnis, els projectes i les realitzacions de dos mil anys de cristians i no cristians. Encara que em tanqués dins d'aquells murs per espai de vint anys, no arribaria a

assimilar ni la meitat de tot el que hi havia, això
suposant que fos capaç de llegir i d'interpretar molts
d'aquells documents, que devien de ser gairebé il·legibles.
El Romà se'n fotia de mi. M'havia donat un caramel que
no tan sols no em cabia a la boca, sinó que ni podia
sostenir·lo amb les mans. Tot el que m'envoltava eren
proporcions desmesurades. Monsenyor Benovski s'aturà
davant d'una filera de nou armaris i va fer una passada
amb la mà mostrant·me'ls tots. El vaig mirar,
esmaperdut.

—Aquí té el començament —digué, i la seva veu
ressonà a les voltes del sostre.

—El començament —vaig repetir mecànicament, i
vaig respirar fondo—. Tot això?

—Sí. Els nou armaris.

—Sants del cel! —vaig exclamar espantat i el
sostre em tornà l'eco de la meva veu.

—El de l'esquerra conté les dades més antigues.
Desitja començar per ell? —em demanà, i jo el vaig mirar
implorant, mirant de fer·li entendre que em sentia ben
perdut—. Desitja que l'ajudi en alguna cosa més? Sóc a la
seva total disposició —somrigué.

—No sé per on començar —vaig fer amb tota
sinceritat.

—Tal vegada no és el començament, el que vostè
desitja, sinó el final —m'indicà amablement.

—No, per favor. Li prego que no em doni un altre
passeig. Tot això se'm cau al damunt.

—Si vol, podem parlar una estona. Vostè pregunta
i potser jo tingui alguna resposta —s'oferí.

—M'ho estimo més —vaig acceptar de bon grat.

Vam seure davant dels nou armaris i durant uns
segons vaig escoltar la silenciosa saviesa de la pols que

cobria molts d'aquells documents. Monsenyor esperava pacientment, i em recordava els confessors dins l'obscuritat del confessionari.

—Què espera Sa Santedat que trobi aquí, en aquest oceà de paper? —se'm va ocórrer demanar-li.

—Per aquesta pregunta no sé si disposo de resposta exacta, però se m'acut alguna cosa.

—Serà ben rebuda —el vaig convidar a parlar.

Benovski aixecà la vista enlaire, tot cercant inspiració, mirà un extrem i l'altre dels alts sostres i creuà les mans per davant de la seva panxa. Sense apartar els ulls de les altures em digué:

—Quan jo vaig entrar aquí per primer cop, vaig pensar que em trobava al final dels meus dubtes, de totes les meves contradiccions i dels meus turments. Vivia convençut que només donant una ullada a uns documents molt concrets obtindria el que buscava. Jo creia saber amb prou precisió el que buscava —Baixà la mirada cap a mi i em somrigué amb una espurna als ulls—. Haig de manifestar-li que jo no anava tan perdut com vostè —i bellugà el cap com si em digués: «Tu no saps ni on ets.»—. Van passar dos llargs anys, durant els quals vaig enterrar moltes hores dins d'aquests murs cercant i regirant, però, al contrari del que vaig pensar de bon començament, a cada passa s'obrien més i més interrogants i nous camins, fins que en van ser tants que em perdia amb enorme facilitat. Tanmateix, vaig fer un gran esforç, vaig continuar amb la meva tasca i vaig llegir tot el que vaig poder, fins que els meus ulls digueren prou. La meva vista flaquejava i vaig visitar un oftalmòleg, que em prohibí terminantment llegir durant dos mesos. No es pot imaginar vostè quin va ser el meu sofriment, apartat de la font que podia atorgar-me la gràcia de les respostes, però no em quedava altre remei, si desitjava seguir contemplant el món que Déu ens ha regalat. De manera que per espai de seixanta llargs dies em vaig refugiar en l'oració i en la meditació i vet aquí que vaig descobrir, lluny de la meva suposada taula de salvació, allò que amb tant d'afany havia perseguit. I la resposta era tan simple, tan senzilla, que em vaig quedar bocabadat davant de la saviesa del Creador. —M'apuntà amb el seu dit índex—. El passat, amic meu, pot ser tan instructiu com destructiu. La resposta a les seves inquietuds mai no la trobarà aquí, sinó que es troba en un altre lloc.

—On? —vaig preguntar molt interessat.

—Encara que escali el més alt dels cims o que explori la més profunda de les simes, el misteri seguirà sent misteri i el seu cor romandrà en tenebres. No persegueixi miratges, no demani a l'exterior allò que només es troba dintre seu, o no li serà atorgada la llum que mostra la realitat. —Es va posar dempeus i aixecà els braços intentant abraçar tot el que ens envoltava—. Té vostè a l'abast dos mil anys de glòries i misèries, d'errors i d'encerts, de tristeses i d'alegries, de bondats i de maleses. Tant les unes com les altres serviran perquè la pobra mirada del mortal tingut per gran gosi jutjar, qualificar i condemnar l'Església i, per tant, equivocar-se.

—Llavors, per a què serveix tot això? —vaig preguntar sorprès.

—Perquè homes com vostè descobreixin la trampa mortal del passat —em respongué, i de nou s'assegué. El seu rostre s'havia il·luminat i els seus ulls romanien clavats als meus—. L'home neix a cada instant, busca Déu, el perd, el retroba i torna a perdre'l, per seguir buscant-lo. Cerqui al seu interior i no es perdi en el laberint del passat ni es deixi enganyar per la trampa de la història. La seva fita es troba cap endavant, mai cap enrere. Déu està davant de vostè. No perdi el temps recollint les floretes que hi ha a la vora del camí, o acabarà per imaginar que la seva tasca aquí a la terra es redueix a obtenir un bon pom i, quan el tingui, no sabrà què ha de fer amb ell.

Increïble! Havia entrat en aquell laberint i aquell home em deia que busqués en el lloc on jo mai no havia trobat res. El vaig mirar incrèdul.

—Veu aquella posella? —em demanà, tot assenyalant amb el dit, mentre em dedicava un somrís. El molt pocavergonya havia copsat el meu estat d'ànim. Vaig mirar en la direcció que m'indicava i vaig afirmar amb el cap—. Prengui qualsevol dels volums i llegeixi'l. Jo li garanteixo que, si morbositat és el que busca, mai no haurà llegit històries tan retorçades, que farien morir d'enveja qualsevol escriptor, i que són certes i reals. Hi ha papes que van ser l'antítesi de la santedat i eren homes que van estar al front de l'Església, d'aquesta mateixa Església que avui lluita per tal de recobrar la veritat, la mateixa veritat per la que van morir els primers cristians, molts noms dels quals estan escrits en algun document perdut en l'interior d'un d'aquells nou armaris que representen el començament. Endavant. Prengui'n un. Què espera?

Es va fer un silenci sepulcral i, tanmateix, totes aquelles poselles farcides de llibres i documents, deixaven escapar riallades. Enormes riallades que se'n fotien de mi!

Em vaig aixecar a poc a poc i les vaig contemplar fins que van deixar de riure's de mi.

—Gràcies per les seves paraules. Han representat una gran ajuda —vaig respondre amb veu baixa.

—Espero veure'l de nou —em va dir, somrient.

—Gràcies un cop més. Fins aviat —i li vaig tocar la mà.

Tot just en sortir, em vaig creuar amb el vell sacerdot que m'havia obert la porta. S'estava davant d'un plec de llibres que ordenava pacientment.

—Ha trobat el que buscava? —em demanà mirant-me per damunt de les seves ulleres.

—Penso que sí, moltes gràcies.

—No hi ha perquè donar-les —contestà i s'enterrà de nou en el seu treball.

10.- QUI CANTA LES VERITATS

Eren dos quarts de dues quan entrava a la basílica de Sant Pere. La impressionant arquitectura em commogué. L'havia vista cent cops i mai no se m'havia ocorregut aixecar la mirada i contemplar-la, simplement contemplar-la, fins aquell dia. Em vaig aturar tot just al punt central del cercle damunt del qual es projecta l'enorme cúpula de Miquel Àngel i em vaig oblidar del món, del meu treball, dels arxius secrets, de Gina, de Bolone, de *el Romà,* Frascatti, Benovski, els meus pares, amics, enemics, companys, coneguts, desconeguts, turistes, curiosos, bojos, obsessos, fanàtics, sants, àngels i dimonis, per ser autènticament jo, encara que només fos durant un instant. La resposta estava allà, al capdamunt de la cúpula, en el punt culminant, i jo també hi estava, allà dalt. Vaig implorar perquè aquells moments esdevinguessin eternitat i, en aqueix precís instant, els budells em cantaren i vaig caure de dalt de tot per recuperar la noció de matèria. Tenia fam en el més pur sentit físic de la paraula.

De manera que vaig abandonar la plaça de Sant Pere per dirigir-me a una taverna que coneixia des de feia anys. Vaig encarregar un entrepà i una gerra de cervesa. Em costava fer-me a la idea, però havia d'acceptar que continuava sent el mateix. La meva visita als arxius secrets del Vaticà i la conversa amb Benovski no m'havien transformat, malgrat que m'havien proporcionat un segon de plenitud que difícilment s'esborraria dels meus records.

En sortir de la taverna vaig enfilar el mateix carrer que havia pres per arribar fins al Vaticà i tot just davant de l'aparador on havia vist aquell home que el contemplava amb tant d'interès, em vaig endur una sorpresa majúscula. L'aparador era completament buit i la botiga tancada. Què era, llavors, allò que havia despertat la curiositat d'aquell home? No hi havia més que una explicació. Jo! Però, per què?

A primera hora de la tarda vaig decidir atansar-me a la redacció. Necessitava meditar i la meva taula de treball em resultava prou agradable per aquella tasca. A més, disposava d'un curiós cartell amb grans lletres que deia: «EL GENI PENSA. DO NOT DISTURB!». I el penjava davant de taula de temps en temps per gaudir d'uns minuts de tranquil·litat. El millor de tot era que aquest truc funcionava i tothom s'abstenia de molestar-me. Fins i tot Frascatti normalment respectava l'ordre, si el tema no era de vida o mort.

Durant tot el trajecte no vaig deixar de llençar esguards als aparadors de les botigues. Representaven magnífics miralls que em permetien controlar el meu entorn sense despertar suspicàcies en un possible perseguidor. Però no vaig descobrir ningú en particular. M'estaria tornant paranoic?

A una illa de cases de l'edifici on *Notizia* ocupava tres plantes em vaig aturar sorprès. En aquell instant no ho hauria pogut jurar, però em sembla que vaig reconèixer a Brukner en l'home que acabava de pujar en un «Lancia» vermell. Vaig dubtar-hi. Hans Brukner no s'atansava per Roma, a menys que tingués lloc algun fet excepcional, com la mort d'un Papa o del president. Però, en els darrers dies, tret d'un passament de comptes entre mafiosos i de l'assassinat d'un conegut advocat, no hi havia res que motivés la presencia de la seva, com ell deia, alta persona. Al final vaig concloure que potser es tractava d'un error i no li vaig concedir major importància. Després de tot, Roma rebia moltes visites durant tot l'any i tots tenim el nostre doble en algun indret d'aquest planeta. De manera que bé podia haver vist el germà bessó de Hans. Tanmateix... o jo estava molt sensible o eren massa coincidències o la meva imaginació m'estava jugant males passades.

En atrapar la meva taula vaig copsar la figura oval de Frascatti que s'atansava en mànigues de camisa, tot lluint la seva calba. Sense pensar-m'ho dos cops vaig obrir el calaix superior, vaig traure el cartell anunciador del meu estat poc comunicatiu i el vaig exposar a la galeria. Vaig seure i vaig aclucar les parpelles. Frascatti, si és que venia per mi, no arribà a la seva destinació i jo no em vaig preocupar per saber si havia girat cua o s'havia dirigit als lavabos.

En els meus intents per ordenar un xic les idees em vaig adonar que l'arxiver major em portava molt avantatge i, secretament, vaig tornar a donar-li les gràcies per les seves reflexions. Possiblement hauria pogut redactar una bona sèrie d'articles només prenent nota de les dades que m'oferien els arxius secrets. Fins i tot n'hi havia prou per imaginar un bon plec de novel·les del més pur estilo periodístic, que em proporcionarien fama i diners. De fet, el noranta·i·passo per cent, per no dir el cent per cent, dels lletraferits somiem amb escriure un llibre o una novel·la, i aquesta podia ser la meva gran oportunitat, malgrat que no sentia cap mena d'inclinació per aprofitar·la. Benovski, el polonès d'ulls llampants i enorme figura, tenia raó: sobre el passat ja hem escrit massa, sobre el present ben poc i sobre el futur un bon plec de bajanades i algun encert, que serveix d'excepció per confirmar la norma.

Inspirat com estava, em vaig posar a escriure un article en el qual bolcava les meves reflexions. El vaig acabar cap a les sis i em va semblar d'una gran sinceritat. El vaig tancar i el vaig passar a la carpeta de l'Anna, la secretària de Frascatti i em vaig aixecar amb l'ànim de recollir els estris i desaparèixer.

Encara no havia atrapat l'ascensor, que el meu cap em va aturar.

—Què és això? —em preguntà amb cara de pocs amics, mentre brandava l'article amb aire amenaçador. Déu meu! Fins i tot l'havia imprès.

—El meu article —vaig contestar ben seriós.

—El teu què? —cridà, i deixà anar una rialla que no presagiava res de bo—. Treballes en un diari. *Notizia* és un diari, per si no te n'has assabentat, i no pas uns quaderns filosòfics —va fer.

—Què té de dolent el meu article? —vaig aixecar jo també la veu. Si s'havia de cridar, no me n'estaria.

—Gairebé res. Si és perfecte —va dir amb ironia—. Pretens que inserim entre les notícies la gran revelació que tot el que llegeixen els nostres lectors no són més que caduques i inútils bajanades?

—Jo no he dit això —em vaig queixar.

—No, per suposat —seguí Frascatti ironitzant—. Tu et limites a dir que el periodista es dedica a omplir forats a les pàgines d'un diari amb les futileses que passen al món.

—Això és el que tu has volgut llegir, no el que jo he expressat. La meva intenció és sacsejar la gent i fer que tregui ferro al passat i visqui el present, procurant no dependre de fantasmes que creem els que escrivim. I això dels fantasmes és cert —em vaig deixar anar. Volia guerra? Jo també—. La competència ens obliga a buscar l'impacte i oblidem que informar és també formar, no deformar...

—No estic per jeroglífics ni per jocs de paraules. Això no es pot publicar, i punt —cridà ensems que em llençava amb violència el meu escrit.

Em vaig quedar palplantat com un idiota, contemplant com s'allunyava i sense poder creure l'escena que acabava de protagonitzar. Era inaudit! El primer article, en tota la meva vida professional, que podia cridar ben alt, als quatre vents, que era meu, completament meu des de la primera fins a l'última síl·laba, i em costava una esbronca de campionat. Vaig plegar amb ràbia els fulls, me'ls vaig ficar a la butxaca de l'americana i vaig pitjar amb fúria el botó de l'ascensor.

Vaig tornar a casa maleint Frascatti, el consell d'administració del diari, el món de les notícies, els interessos econòmics, socials i polítics i tot allò que em va passar pel cap. Em sentia violent, més que emprenyat, amb ganes de plantar-me davant del meu superior i cantar-li la canya. Durant tot el camí em vaig fixar en la gent. Anaven adormits, amb cara d'idiota, no hi eren i es movien com zombis. Als seus ulls es podien llegir les seves tragèdies i els seus rostres apareixien coberts d'ombres i arrugues producte de la preocupació. Quants n'hi havia que pensaven que aquesta vida és un fàstic? Quants vivien en perpètua angoixa davant la perspectiva de perdre tot el que tenien, espantats per les alarmants notícies sobre l'atur, la crisi i la possibilitat d'un holocaust nuclear amb totes les nefastes i horripilants conseqüències i seqüeles? I Frascatti gosava dir que jo escrivia filosofia. Valga'm Déu! S'havia tornat cec, sord i imbècil. Mut, encara no, perquè cridava de valent.

Vaig arribar a casa i li ho vaig abocar tot, a Gina, amb ets i uts i algun epítet gens afalagador. Ella m'escoltà sense badar boca fins que vaig buidar tot el pap, que falta em feia.

—Puc llegir-lo? —em preguntà quan ja m'havia calmat un xic.

Vaig posar la mà a la butxaca de l'americana i vaig treure els folis mig esparracats. Ella s'assegué i s'oblidà de mi durant uns minuts, mentre jo no deixava d'observar-la i cercava els seus gests d'aprovació, però el seu rostre era tan impenetrable com el d'un jugador professional. Quan va acabar la lectura, em va tornar els papers.

—En una cosa té raó Frascatti —va fer a poc a poc—. Aquest article és impublicable. Desfermaria una polèmica com mai no s'ha vist.

—Tu també? —vaig cridar.

—No m'interrompis, que encara no he acabat —em tallà—. Frascatti té raó en aquest punt, però s'equivoca en un altre. Jo i mil més estem fins al capdamunt de llegir desastres i d'enfonsar-nos en un abisme negre i pessimista, sense esperança. Cada dia prego a Déu perquè algú se m'aplegui i cridi ben fort: prou! Tu ho has fet i crec que és el millor article que mai no has escrit. És sincer i està carregat d'esperança, dues coses que semblen haver-se dissociat des que es va inventar el periodisme professional. A voltes penso que en el vostre treball, per tal de ser sincer, s'ha de trepitjar amb acritud, treure els drapets al sol, dir que tot va malament sense donar cap alternativa ni cap solució, apallissar el contrari (que normalment és qui pren les decisions, qui us és més antipàtic o qui va en contra dels vostres interessos) i criticar fins i tot allò que és incriticable. Fa molts anys que no llegeixo en cap diari un article signat per algú d'esquerres que lloa una decisió d'un govern de dretes o viceversa. En tot cas, he llegit periodistes que manifesten no casar-se amb ningú i que critiquen i estomaquen tothom fins no deixar res dret. Et confesso que llegeixo la premsa perquè tu hi escrius, que si no...

Em trobava davant d'una dona de cap a peus, orgullosa, ferma, desafiant i capaç de sorprendre'm a cada passa. Com no podia estar bojament enamorat d'ella? Tota la mala llet que duia al damunt s'esvaí. Frascatti no sabia ni on era la seva mà esquerra. Com se li havia ocorregut rebutjar el millor article de la meva vida?, em vaig demanar amb arrogància i vaig tancar el tema.

En fi! Que ja se sap que qui canta les veritats perd les amistats.

11.- UNA CONVERSA D'ALTURA

L'endemà al matí em vaig llevar de molt bon humor, vaig trucar Pasquale Chigi i li vaig pregar que m'aconseguís uns minuts del preciós temps de *el Romà.*

—Li va bé aquesta tarda a les quatre? —em preguntà amb veu segura.

—Sí —vaig respondre ben sorprès.

—L'esperem a aquesta hora.

Vaig donar les gràcies i vaig penjar. No m'ho podia creure. Ni tan sols s'havia pres la molèstia de consultar-ho. Hauria begut...? No! En Pasquale aquesta possibilitat era inconcebible.

Des de feia uns dies saltava de sorpresa en sorpresa. Primer l'oferiment de *el Romà,* després la segona entrevista amb el Papa, més tard la meva visita als arxius secrets i la conversa amb Benovski, el dia anterior el moc de Frascatti i l'agradable sorpresa de Gina i, ara, la sorprenent actitud del cara de pal Chigi. Necessitava una copa amb urgència i me'n vaig anar a Cellini, vaig demanar un Martini amb una bona dosis de ginebra triple seca i vaig mirar de centrar les idees. Alguna cosa dintre meu em cridava que el meu entorn s'estava accelerant, malgrat que no sabia cap a on anava.

Vaig fer un mos en un *self-service* que hi havia a prop de *Notizia* i vaig passar un moment per la meva taula de treball per recollir el bloc de notes. Tot just arribar al carrer vaig tornar a veure el Lancia vermell en el que havia cregut reconèixer uns dies enrere a Hans Brukner i, gairebé sense pensar-ho, vaig prendre nota de la matrícula en un impuls incontrolat. Quina importància podia tenir aquell automòbil?, em preguntava més tard. I vaig esparracar aquell paper.

A la porta del Palau Pontifici tenien ordre de conduir-me a presència del Papa. Tanta influència tenia Chigi...?, vaig somriure, i en aquell precís instant vaig veure el mateix home que s'havia quedat extasiat davant de l'aparador buit i que ara semblava molt interessat per l'arquitectura de la plaça de Sant Pere. Potser, una altra coincidència?

No parava de fer-me preguntes, com si comencés a despertar a la vida o com si fins aleshores no hagués estat conscient que el món que m'envolta es mou i és viu, i situacions que sempre havia trobat naturals adquirien un significat nou per a mi. Fins i tot els moviments de les sotanes, la marcialitat dels guàrdies suïssos, els passadissos del palau, els ornaments, el silenci, els terres polits i brillants i la llum del sol que es filtrava per les finestres havien canviat i em mantenien alerta. Aquella sensació duia a la meva memòria certes experiències d'altres èpoques, dels meus temps de reporter per les selves equatorianes. La llum era més llum, més intensa, més clara. L'aire vivia al meu voltant, adquiria ànima i penetrava els meus pulmons inundant-los d'energia i proporcionant-me una lucidesa ja oblidada feia dies. Però aquell cúmul de vivències i de sensacions durà només uns minuts, fins que vaig escoltar la veu de Pasquale Chigi.

—Ha arribat ben puntual.

—Valoro molt el temps de Sa Santedat —vaig respondre, deixant de banda l'home de la plaça.

—Segueixi'm, per favor.

El cara de pal es movia amb una desimboltura que no li era habitual, amb la seguretat de l'home que se sent important, detall que em va ser confirmat per la forma com saludava dos prelats que es creuaren amb nosaltres. No vaig poder aguantar.

—El noto diferent —vaig comentar—. Potser ha passat alguna cosa especial?

—Cada dia succeeixen coses especials i, com diu Sa Santedat, només hem d'obrir els ulls i contemplar·les per descobrir que són absolutament normals.

El to de veu i la forma com parava del Papa em feien pensar que es trobava molt a prop de *el Romà*. Llavors ho vaig copsar. I és clar! Per la salutació que acabava de rebre dels prelats, la naturalitat amb la que donava ordres, el seu posat ferm quan caminava pel mosaic del Palau Pontifici i la confiança i familiaritat amb les que parlava de *el Romà*, únicament se m'ocorria una idea.

—És molt complicada la tasca de secretari particular d'un Papa? —vaig gosar preguntar.

—Se n'ha d'estar molt atent, a molts detalls —em respongué amb superioritat.

Vet aquí la clau del misteri. Sorprenent, però cert. El cara de pal havia esdevingut un home important i, ara, reclamava un tracte diferent. Allà estaven passant moltes coses, i jo no me n'assabentava.

UN VOT PER L'ESPERANÇA

—Sempre m'ha meravellat l'ull clínic de Sa Eminència el cardenal Bolone, a qui aquesta decisió del Papa ha deixat sense un de seus millors i més ferms puntals —el vaig afalagar.

—Sa Santedat diu que la vida és moviment, continu canvi, que ha de ser acceptat tal com arriba. No hi ha ningú que sigui imprescindible, malgrat que tots som necessaris.

Ai, Déu! Aquell home vomitava contínuament frases de manual. Em recordava els mormons, aquells joves americans que es dediquen a predicar i que han rebut instrucció gairebé militar, en el terreny espiritual.

—Sa Eminència s'haurà posat content per vostè. Sé que el té en gran estima, però estic convençut, d'altra banda, que no li haurà fet gaire il·lusió haver de prescindir dels seus serveis —vaig somriure.

—Sa Eminència se'n va alegrar molt, quan Sa Santedat el va consultar sobre la meva humil persona, i jo no he fet altra cosa que complir amb el que Déu ha posat a les meves mans, segons les paraules de Sa Santedat Pere II.

La mare que el va parir! Amb tots els meus respectes, el cara de pal Chigi era el més gran dels babaus que havia trobat en tota la meva vida. No feia més que repetir com un lloro el que els altres deien i expressaven.

«El Papa diu...», «Sa Eminència diu...», «Les Sagrades Escriptures diuen...», «Sant Pau diu...»... I ell? Què deia ell? M'hauria agradat saber si era capaç de dir alguna cosa per ell mateix. o potser la seva inseguretat arribava a l'extrem que li espantava només la idea de tenir una idea? De debò que havia conegut persones espantades i mecàniques, però Chigi se'n duia tots els premis. El conceptuava com un home castrat des del mateix instant de la seva concepció, perquè no podia haver estat abans, i que el cel em perdoni per les meves dures paraules, que no eren altra cosa que el fidel reflex dels meus pensaments en aquells moments.

Pasquale Chigi era el prototip d'home que necessita sentir-se segur i emparat, que sent pànic de descobrir que no és ningú per ell mateix i s'esgarrifa davant la idea que algú el descobreixi. Era l'exemplar camaleònic de l'homenet que ha estat enlairat. No era un home segur d'ell mateix, mai no ho va ser i jo dubtava que gaudís d'alguna possibilitat d'arribar a ser-ho. Segur que en els seus temps de seminarista va viure enganxat a les faldilles dels seus preceptors, els feia la rosca i es comportava com el nen bo i aplicat que amb tanta prodigalitat i amb tant de detall modelaven els llibres religiosos de certa època. Després, devia d'abandonar el seminari de la mà d'un bisbe que veia en ell una eina de treball on descansar molts afers rutinaris. I així, de segon lloc en segon lloc, va anar a petar al Vaticà. I de segon lloc en segon lloc havia arribat a la cota màxima a la que podia aspirar, malgrat que jo considerés que no tenia prou capacitat per ocupar un càrrec per al que feia falta una gran dosi d'imaginació, do del que Pasquale freturava pels quatre costats. La seva ment era quadriculada, del més pur estil germànic, freda, calculadora i científica, que necessitava mesurar-ho tot, anotar-ho tot, establir el pro i contra i prendre decisions sempre correctes, sense concessions ni marges d'error. No gaudia d'audàcia i es limitava a reaccionar com una computadora. Per això em vaig sorprendre molt quan em vaig assabentar que jo gaudia de les seves simpaties. Sempre vaig pensar que no tenia cap mena de sentiments i, d'altra banda, mai no vaig fer cap mèrit per obtenir aquesta distinció, com no fossin les comptades ocasions en les que m'havia interessat per ell i havia procurat que reaccionés i veiés el món sota una altra perspectiva més oberta, acció de la que sempre acabava per desistir-hi. L'única explicació al seu corrent de simpatia podia trobar-se en la famosa llei dels pols oposats que s'atreuen, perquè, malgrat tot, confesso que Pasquale Chigi no em queia pas malament. Misteris de la natura humana.

—Vostra Santedat, el senyor Darino és aquí —anuncià després de trucar la pesada porta del despatx privat de *el Romà*. Va esperar pacientment fins que li van concedir permís per entrar-hi, obrí la porta cerimoniosament i acotà respectuosament el cap.

No hi havia res a fer amb el pobre Pasquale. Havia nascut per ser segon, va ascendir com un segon, vivia com un segon i moriria com un segon. Què diferent que era l'home de faç morena i ulls vius que va venir cap a mi amb el braç estès i la mà oberta, a punt d'agafar la meva!

—Segui, si us plau. Com es troba avui? —em preguntà.

—No ho sé pas —vaig respondre mentre Pasquale desapareixia d'escena i jo escoltava tancar-se la porta.

—Això és bo. Significa que segueix buscant.

—Buscar? —vaig somriure—. M'he trobat tantes sorpreses en tan poc temps, que encara no he pogut pair-les.

—Doncs no ha fet res més que començar —deixà anar una riallada.

El Romà semblava que no canviava mai, que estava per damunt de les alteracions d'humor i que vivia en una dimensió diferent de la normal, sense perdre, no obstant això, el contacte amb el món que l'envoltava. Els seus moviments, al contrari que Pasquale, eren elàstics, relaxats i elegants. Els del, ara, secretari mostraven la tibantor pròpia de qui s'esforça per mantenir una imatge exterior que no es correspon amb la realitat interior. Suposo que els estava comparant perquè no aconseguia esbrinar les raons que havien impulsat *el Romà* a prendre al seu servei personal un home tan allunyat d'ell.

—Sap? L'estava esperant. Sabia que voldria parlar amb mi, sobre tot després del seu encontre amb monsenyor Benovski —em digué.

—Les notícies volen.

—No s'ho pensi. No he parlat amb monsenyor des que vostè va venir per darrer cop. Hi havia parlat abans, per pregar-li que li donés un cop de mà en la seva recerca i coneixent-lo a vostè, si em permet aquesta petita arrogància, i coneixent monsenyor, la resta cau pel seu propi pes, que és tot just el que jo esperava i desitjava — m'explicà.

—Ja és l'única cosa que em quedava per escoltar i sentir-me com un titella —vaig fer—. O sigui que, segons puc deduir, m'ha estat dirigint com un ninotet.

—No exactament —em corregí—. Seria més adient dir que he procurat que fos conscient de tot allò que passa al món en aquests dies.

—M'agradaria que s'expliqués.

—En la nostra darrera conversa li vaig dir que havíem de canviar el concepte d'Església, però abans necessitem espavilar l'home, rentar-li la cara amb aigua fresca i desvetllar-lo d'una vegada. Assolit aquest objectiu, ens trobarem en una posició força avantatjosa, l'ésser humà podrà pensar sense embuts i les veritats brollaran amb la mateixa naturalitat que retorna la vida en primavera i, quan això passi, sobraran els dogmes, perquè ja hauran fet la seva feina.

—Està dient que vol abolir els dogmes? —vaig preguntar força interessat. Allò era una bomba.

—Estic dient que els hem de convertir en part de la vida de cadascú; estic dient que hem d'entendre els misteris; estic parlant d'un nou estat de consciència col·lectiva, d'un real i autèntic apropament a Déu; i estic anunciant un xarampió que assolarà el món i delmarà la seva població —m'explicà molt seriós. El seu somriure havia desaparegut i el seu rostre mostrava ombres de preocupació.

—Em pot posar un exemple, si us plau? —vaig demanar.

—Un exemple... —afirmà amb lents moviments de cap—. Prenguem el misteri de la Santíssima Trinitat. Sempre hem sentit dir que hi ha tres persones en un sol Déu i que això constitueix un misteri indesxifrable per al pobre mortal. Aquesta asseveració és certa en part, perquè amb els medis que la ment posa al nostre abast és pràcticament impossible dilucidar el conflicte que sorgeix quan pensem en tres que són un sense perdre la seva identitat, amb la qual cosa les matemàtiques deixen de ser vàlides. Tanmateix, si ens enlairem un xic i aconseguim transcendir del món de les idees i ascendim al de les realitats, ens adonarem que no hi ha misteri, sinó una veritat tan clara, tan diàfana i tan evident com la llum del sol que ens il·lumina i ens dóna calor, i que sense la seva energia moriríem irremissiblement. —Va fer una pausa, aixecà les celles i em digué—: Si no entén alguna cosa del que dic, li prego que m'interrompi, per favor.

—No s'amoïni, Pere, que no me n'estaré —li vaig assegurar.

—Pare, Fill i Esperit Sant, tres persones, cadascuna d'elles és Déu i les tres són un sol Déu. Quin embolic! No creu? —va fer, i jo vaig assentir—. Un cop has estat a un nivell espiritual i retornes a la vida quotidiana, has de cercar paraules per expressar el que has apercebut i sentit, però la paraula és pobre, més que pobre!, és paupèrrima. Tanmateix, amb una mica d'esforç, podem encertar i donar amb una explicació més o menys comprensible per a la ment, que, malgrat que mai no substitueix la vivència, aportarà un raig de llum i, potser, el desig d'explorar més enllà de nosaltres mateixos, a les regions on l'esperit s'allibera i va a la recerca del seu Creador. Miraré de relatar·li el que jo vaig sentir en certa ocasió.

Aclucà les parpelles i romangué quiet, estàtic, com adormit, mentre jo feia l'esquena enrere i hi parava bé les orelles. Quan vaig tornar a escoltar la seva veu, sonava diferent: més llunyana i més profunda, com si brollés abans d'atrapar les cordes bucals.

—El Pare era la ment que ordenava i dirigia, el Fill era l'acció i l'energia i l'Esperit Sant l'amor que impulsava. La Intel·ligència és irreductible, l'Energia és irreductible i l'Amor és irreductible. Totes tres existeixen i tenen raó de ser per elles mateixes. Constitueixen l'essència i el punt de partida de tot allò que existeix i les tres posseeixen la mateixa categoria, les tres són forces, les tres actuen i s'apleguen. Si ens fixem en el món on vivim, descobrirem que hi ha dues grans veritats evidents: tot està en continu moviment i tot roman en diví equilibri, res se surt de la seva trajectòria dins del conjunt de l'univers, malgrat que si ho mirem aïlladament pugui adoptar l'aparença del caos, però a tot efecte li correspon una causa i tot te la seva raó de ser i d'existir, per molt que diguem que no la veiem. Vet aquí la mà de Déu, del Suprem Creador, del Gran Arquitecte de l'univers, a qui no se li pot escapolir el més petit detall. I si baixem a nivells tan elementals com són les ciències, tot i el nostre afany per deïficar-les, descobrirem que un cos es troba en repòs quan sobre ell actuen dues forces que s'equilibren i que es produeix el moviment en el precís instant que una tercera hi entra en joc. Malgrat que la força té entitat pròpia, mai actua en solitari. Se n'adona? —Em preguntà sense obrir els ulls i jo vaig afirmar fascinat per les seves paraules—. Déu és únic, Déu és el Creador, Déu és el Pare, el Fill i l'Esperit Sant. Déu és la Intel·ligència que ordena, l'Energia que actua i l'Amor que ens empeny a moure'ns. Quan vostè fa alguna cosa, ho fa perquè la seva ment li ho ordena, les seves energies ho executen i el seu amor l'ha empès a fer-ho. Necessita el concurs de tres forces i està fet a imatge del seu Creador. No és el ninot d'argila que ens explicaven en altres temps, és molt més que això, és un univers condensat. Vet aquí la mà de Déu, el Creador, Jehovà, Yavé, el Totpoderós, Al·là, l'Un o com vulgui dir-li. Aquí es troba Ell amb les seves tres persones i la seva unicitat. No oblidi que persona és tot allò que és per ella mateixa i el Pare és la intel·ligència, és irreductible i és persona; el Fill és l'energia, és irreductible i és persona; i l'Esperit Sant és l'Amor, és irreductible i és persona. Tres forces pures, al màxim nivell, que existeixen per tota l'eternitat i que generen la creació contínua, el moviment perpetu, l'evolució i tot allò que podem imaginar.

Es quedà mut. Havia conclòs la seva explicació i obrí lentament els ulls. Vaig tenir la sensació que tornava d'un llarg viatge. Jo em vaig quedar força pensarós. La magnitud de les explicacions de *el Romà* feien miques els meus esquemes mentals i, per primer cop a la meva vida, m'adonava que ens havien estat cridant veritats com a punys, malgrat que això era el pitjor, que ens les cridaven, no que ens les explicaven, i era lògic que ens rebel·léssim contra elles, contra els seus propagadors i contra tot. La visió que tenia de l'univers havia canviat completament en ben pocs minuts i qualsevol vestigi d'interès per tots els enigmes que guardaven els arxius secrets del Vaticà havia desaparegut. Acabava de descobrir tot el que amagaven les paraules de monsenyor Benovski: al nostre interior hi havia matèria suficient com per dedicar-li tota una vida.

—He aconseguit que s'adoni que quan un misteri es desvetlla deixa de ser un dogma? —em preguntà després de recuperar la mirada profunda i viva.

—Sí, i... no —vaig respondre—. Veurà: del que he escoltat podria deduir que Déu és tot i, llavors, tindrien raó els panteistes.

—No. Déu és l'Esperit que es bressola damunt les Aigües. No és l'aigua.

—Ara ja no entenc res.

—Doncs, com diria Sherlock Holmes, és elemental, estimat Watson —somrigué—. Déu és la Llei que tot ho governa. És així de simple.

—M'ha deixat fora de combat —vaig respondre—. Confesso que no m'ha resultat fàcil seguir-lo de bon començament. Després, quan he aconseguit centrar-me, ha esdevingut un camí de roses.

—Vostè ho ha dit: «quan he aconseguit centrar-me», que és just el que l'home necessita per veure-hi clar.

—Un pensament molt bonic, malgrat que la meva experiència em diu que es tracta d'una utopia —vaig negar lentament.

—Per què? —em preguntà sorprès.

—Perquè l'home no escolta ni està preparat per fer-ho. Llavors, com aconseguirà que l'entenguin? —vaig replicar.

—No pretenc que m'entenguin —va fer—. Les meves pretensions van més enllà i apunten cap a l'essència personal i cap a la recerca de Déu. No persegueixen explicacions i exposicions més o menys brillants i fascinadores, perquè ningú no comprèn res fins que no ho ha viscut, fins que ja forma part d'ell.

—Es ficarà en un bon merder, si em permet l'expressió.

—És possible —afirmà— Però potser tot és més simple del que imaginem. No s'adona que hem desvirtuat les paraules de Crist, amb bona fe en moltes ocasions, però les hem desvirtuat? Les seves paraules eren senzilles i eternes i nosaltres hem procurat interpretar-les més i millor i el nostre afany ens ha conduït de mica en mica, a través de dos mil anys d'història, fins al present.

—Hem evolucionat —vaig apuntar.

—De debò? I cap a on? —rigué—. Abans he dit que les ciències són nivells mentals, malgrat que els brindem aquesta adoració que caracteritza la nostra societat tecnificada, però és gràcies a aquests nivells elementals que farem un gran salt cap endavant. Impressionant! —va fer uns ulls com unes taronges—. Vivim l'era de l'electrònica i els avenços són gegantins. En només uns anys hem passat de la ploma a l'ordinador i la nostra vida ha canviat completament. L'home viu dins i fora de la terra, fins a l'extrem que els laboratoris a l'espai han esdevingut un tema vulgar que ja no sorprèn ningú. I, no obstant això, les paraules de Crist tenen idèntica força i han romàs vigents segle rere segle, sense perdre un àpex d'energia i de veritat —somrigué i m'assenyalà amb el dit índex—. Tal vegada ha arribat l'hora que l'Església ha de situar-se davant tothom i arrossegar enlloc de ser arrossegada.

—Com? —li vaig preguntar. Cada nova paraula em xuclava.

—Què és el que preocupa al món? Les relaciones prematrimonials, el divorci, l'avortament, la moral, el celibat sacerdotal i la marca de fulles d'afaitar que empro cada matí...? Doncs bé, punt i final. Tot això ha de ser escombrat i substituït per allò que és autèntic, real i immutable. Per aquesta raó el necessito a vostè i a mil com vostè, a un milió, perquè s'escoltin a vostès mateixos i trobin Aquell que ens va donar l'existència. Els sants ja no tenen cap paper en aquesta obra. Busco persones senzilles i normals, gent dels que es mouen i desitgen continuar en moviment. Ens entenem ara?

—Penso que sí, malgrat que només ho penso.

—Significa això que ha canviat d'opinió respecte a l'oferiment que li vaig fer? —em preguntà.

—Significa que continuo creien que a vostè li falta un bull, amb tots els meus respectes, i que a mi també me'n deu de faltar un altre, perquè m'agrada la seva bogeria. La resposta segueix sent la mateixa i li prego que no m'ho demani per tercer cop. Jo no sóc sant Pere —vaig fer broma.

—No s'amoïni, que no ho tornaré a fer. Jo tampoc sóc Jesucrist —rigué—. Malgrat que ambdós ens preparem per enfrontar-nos a moments molt difícils.

Desmantellar un imperi material i convertir-lo en un regne espiritual no és una tasca gens fàcil. N'hi haurà molts que s'hi oposaran i la lluita serà aferrissada.

—I en dos mil anys l'Església no ha comptat amb ningú que veiés les coses com vostè les veu? —li vaig preguntar.

—Amic Darino, Déu és qui decideix el com, el quan i el perquè. La Llei és la Llei. Si ens estiguéssim equivocant i pretenguéssim fer allò que s'oposa als seus designis, no dubti que tard o d'hora el fracàs seria estrepitós. En aquesta confiança visc i em bellugo. Puc assegurar-li sense cap dubte, sense la més petita vacil·lació, que la vida és senzilla, amable i agradable, però nosaltres l'hem convertida en un infern. Ho és fins a l'extrem que ningú se n'adona i vivim en un mar de complicacions inútils creades per la nostra pròpia imaginació, quin resultat es tradueix en bogeria col·lectiva que ens arrossega. Ha arribat, per tant, l'hora d'explicar amb paraules planeres totes les veritats que s'amaguen dintre de cadascun de nosaltres i que esperen que siguem capaços d'obrir-los les portes i permetre que surtin a la llum. —Va fer un curt silenci, i afegí—: Li comunico que demà mateix començo a caminar i espero que pari atenció, que escolti i que escrigui amb sinceritat. És tot el que li demano, i a canvi li ofereixo diversions sense límit i un món nou. Ens deixarem de viatges a l'estil d'Ulisses i posarem rumb a casa.

—Sí, crec que ja és hora que ens tranquil·litzem tots plegats, siguem capaços d'oblidar-nos del rellotge i ens asseguem per ordenar el nostre caos —vaig reflexionar, tot pensant en Frascatti, en Gina i en l'article que mai no va veure la llum.

Quan ja ens acomiadàvem, el vaig aturar un instant.

—Puc fer-li una pregunta molt terrenal?

—Endavant —em convidà.

—De debò confia en mi?

—Sí. Que potser dubta de la meva paraula? —se sorprengué.

—No —vaig negar amb el cap.

—Llavors?

—Necessitava preguntar-li-ho per a la meva tranquil·litat. Res més que això —vaig somriure.

Tanmateix, la seva resposta i la seva reacció m'havien deixat força capficat. Perquè eren sinceres. Per això, precisament. Qui m'estava seguint, llavors, si és que em seguia algú?

12.- ANAR AMB MOLTA CURA

La Història i la llegenda diuen que Hermes Trimegiste va ser tres cops gran, eminència de l'Egipte i tingut pel més savi de tots els savis. També és el pare de l'Hermetisme i va deixar per la posteritat la Taula Maragdina. Un dels seus principis enuncia que «com és a dalt és a baix i com és a baix és a dalt». Tant més penso en aquesta afirmació que més clar veig el seu significat i major aplicació hi trobo.

En una de les converses que havia tingut amb *el Romà* m'havia dit que les ciències pertanyien al nivell físic, al de l'experiència immediata, i que elles empenyerien l'home en el seu camí cap al despertar. És característic en mi que frases pronunciades per altres persones restin dormides al meu interior fins que un dia es desvetllen i m'ofereixen tota la seva riquesa.

Dos dies després de l'última conversa amb el Papa vaig poder comprovar que el meu gresol continuava funcionant i transmutant idees. Va ser amb motiu d'unes paraules que pronuncià *el Romà* en l'habitual missatge dels diumenges, després de resar l'Àngelus. «Doneu a l'home una idea on pugui recolzar-se i canviarà completament el seu interior», digué. I a mi em va venir al cap el record d'un grec, Arquimedes, que fa més de vint-i-dos segles enuncià: «Doneu-me un fulcre i mouré el món».

Com és a dalt és a baix, com és a baix és a dalt. Vet aquí la meravella de la Llei de la Correspondència. Un principi físic, el de la palanca, el podem aplicar al nivell mental de l'ésser humà. El punt per recolzar-s'hi era la idea, la palanca venia substituïda per la ment i la voluntat es transformava en força impulsora, per concloure que tres eren els elements necessaris i tres el número màgic que produeix el moviment. No deixava de ser curiós que aparegués la Santíssima Trinitat.

Tanmateix, *el Romà* no es limitava a pronunciar frases i a llençar al vent paraules que omplissin les oïdes del món, sinó que demanava i exigia lluita i combat, i no pas agressió. Quan s'enlairà la seva veu per damunt de la plaça, aquells que l'escoltaven es miraren sorpresos. Les seves paraules adquiriren un to vehement que no encaixava amb l'esquema que se li suposa a la figura d'un Papa, malgrat que, de mica en mica, se sentien arrossegats per la força d'aquell home d'ampli somriure i sincera mirada, capaç de convertir unes innocents paraules en un cop de mall i el més dur dels atacs en una carícia infantil. Aquell missatge de començaments del mes de març, un diumenge davant d'una multitud espectadora, causà no poc enrenou i l'endemà els diaris tornaven a dedicar amplis titulars a un Papa que seguia sent un misteri per a la major part dels lectors. Tothom, sense cap excepció, comentaven que el missatge apuntava en la direcció d'encetar un profund canvi en les estructures del Vaticà que constituiria una autèntica revolució.

El Romà havia parlat de l'ésser humà sense concrecions, sense particularismes, sense dirigir-se als joves o als grans, als ancians o als nens, als catòlics o no catòlics. Senzillament parlava de l'home de cada dia, amb els seus ideals, les seves creences, els seus sentiments, els seus pensaments, les seves flaqueses i les seves grandeses. I la gent se l'escoltava. Tenia l'extraordinària facultat d'aconseguir que cada una de les seves paraules, fins i tot les síl·labes, brollessin de ben endins del seu ésser. Unes poques aparicions en públic havien estat prou perquè el món veiés en l'home de la sotana blanca un líder indiscutible i dirigís la mirada cap al Bisbe de Roma. Renaixia l'esperança, incipient, però esperança, al cap i a la fi.

Un parell de setmanes més tard s'anunciava el seu viatge. L'itinerari cobriria mitja Europa. El nord d'Itàlia constituiria la porta d'entrada a Suïssa, per continuar per Alemanya, els Països Baixos, Anglaterra, Irlanda, França, Espanya, Portugal i de nou cap a Itàlia, on visitaria Sicília. En total gairebé un mes i mig d'intens treball en el que alternava les aparicions en públic amb llargues xerrades amb els bisbes de les regions que visitava i amb els representants d'altres esglésies, entre les quals deixà un reguerol de records inesborrables. I, per què no dir-ho?, una bona colla de suspicàcies.

A mesura que avançava en el seu camí, la seva popularitat creixia, i els seus detractors també, tot i què guardaven un prudent silenci. Prudent i potser perillós silenci.

L'home de la sotana blanca burlava i franquejava constantment els cinturons de seguretat fent les delícies dels que l'aclamaven i portant de corcoll els serveis especials de protecció, que feien mans i mànigues per no perdre el control de la situació. Aquest menyspreu absolut per les fronteres artificials que els responsables de la seva integritat miraven d'erigir entre la seva persona i la gent va ser acollit amb mostres d'autèntic entusiasme i el convertí en un gran conductor. Les multituds l'escoltaven embadalides i eren capaces d'aguantar a peu dret hora rere hora, tant a ple sol com sota un aiguat.

Un altre detall que contribuí fortament a la seva popularitat residia en l'espontaneïtat dels seus discursos, despullats d'artifici i que mai no llegia. Deixava molt clar amb allò que no pretenia vendre una imatge, sinó donar el que posseïa, malgrat que fos poc. Així, a Irlanda, on la lluita entre catòlics i protestants seguia manifestant-se en tota la seva brutal cruesa, va parlar de l'estupidesa del gènere humà en termes força punyents i va fer una clara distinció entre l'essencial i l'accessori, fins a l'extrem de dir que l'home només pot dir-se home quan actua amb llibertat, paraula que no tenia res a veure amb el domini polític o armat d'un país, i sí amb el domini i coneixement de la pròpia identitat, molt per damunt del personatge que pretenem representar i defendre cada dia.

—L'home ha perdut la facultat de discernir entre el que és urgent i el que és important, i ha deixat que el primer trepitgi el segon i l'ofegui —va dir en un de contactes amb la gent d'Irlanda—. El que és essencial sembla tan poca cosa que roman sepultat sota les runes del que és accessori, però el dia que l'home enretiri les deixalles i hi grati a la recerca dels fonaments, descobrirà que tot ha caigut i que no estava fermat damunt la roca.

Heu lluitat els uns contra els altres durant anys i panys i seguireu lluitant per tota l'eternitat, vivint com estúpids que cerquen la victòria que, si arriba, s'haurà construït damunt de la rancúnia, l'odi i la venjança, que no son altra cosa que sorra mullada que acabarà per engolir-vos. Catòlics o protestants, vosaltres us dieu seguidors de Crist...? Vosaltres únicament us seguiu a vosaltres mateixos, a la vostra arrogància i a la vostra ceguesa. Viviu lluny del nostre temps i al marge de tot vestigi d'intel·ligència i us comporteu com éssers que no han evolucionat. De debò creieu que una victòria sobre les creences dels altres és agradable als ulls de Déu...? Ni tan sols hi heu pensat, perquè tot el vostre coratge es perd en assassinar en nom de la llibertat i en nom d'una fe absurda i cega.

A partir d'aquell dia s'extremaren les mesures de seguretat al voltant d'ell, i Marcel Perraux, a l'altra riba del canal, començà a sentir-se seriosament preocupat. Més encara, quan *el Romà* li comunicà el seu desig de no utilitzar el vehicle blindat que li oferien.

—Senyor president, amb tots els meus respectes, li diré que penso que aquest Papa s'ha begut l'enteniment i busca que el matin. —manifestà molt seriós quan el president Poincaré el va cridar per preguntar-li sobre les mesures de seguretat que acompanyarien el pontífex en els seus desplaçaments i durant tota l'estada al país gal.

—Jo també penso el mateix, però hem d'afrontar els fets —li contestà el president francès—. A aquestes alçades és impossible suspendre la seva visita. De manera que l'honor de França és a les seves mans i si alguna cosa li passés seria un desastre. Li ordeno que el protegeixi a qualsevol preu, malgrat tots els enrenous i inconvenients, però aconsegueixi que abandoni França sa i estalvi.

Durant la setmana que precedí l'arribada de *el Romà* a Orly, les comissaries i presons de França van acollir més de cinc mil sospitosos i delinqüents. Perraux havia cursat ordres estrictes i la policia francesa, els serveis de seguretat i l'exèrcit es desplegaren per tot el país. El Papa havia esdevingut un perill.

El dia que l'avió del pontífex aterrà a l'aeroport de París tota la zona estava acordonada i la ciutat presa per la policia. Hom calculà que una de cada quatre persones que contemplava al Papa pertanyia a algun dels cossos de seguretat de l'estat i els periodistes vam ser identificats un per un i no ens van perdre de vista ni un moment durant tot el temps que durà la nostra estada, treball gens senzill. N'érem una bona colla que creixia dia rere dia, des que va passar per Holanda, país més que famós per les seves discrepàncies amb els papats anteriors. Va ser, precisament en aquest país, on va fer el segon anunci de canvis.

—Heu demanat molt i jo us dic que ha arribat l'hora que se us demani a vosaltres. I afegeixo que aquells que més demanaven tal vegada, després, es mostraran incapaços de seguir el ritme que se'ls imposi.

I els rotatius de tot el món tornaren a fer càbales sobre el significat d'aquelles paraules i ompliren pàgines i més pàgines.

Exceptuada la clara al·lusió a la situació política d'Irlanda, no va haver cap més atac a estaments, malgrat que les seves paraules bé podien interpretar-se com burxes que perseguien enderrocar personalismes i enlairar l'home senzill, destapar els interessos de grup i alertar sobre la ceguesa i la sordesa del que es pensa que posseeix la veritat i la imposa als altres. Potser, en aquest punt, va ser molt més concís i contundent durant el seu pas per Espanya, on el caràcter llatí era força més acusat i amb clares tendències a l'individualisme. També aquí dedicà paraules a derruir el mur de «Què diran?», i va donar mostres d'un bon coneixement de la idiosincràsia de cada nació o, més concretament, de cada regió. El seu pas per Escòcia, Gales, Anglaterra, Bretanya, Catalunya, País Basc, Andalusia... era una constant referència a les peculiaritats i un record perenne que la individualitat és necessària fins que no esdevé fanatisme, instant en el que perd la raó de ser, ennuvola la vista i es transmuta en font d'eterns conflictes. I també atacà els grans poders per mostrar-los-hi que la diversitat és riquesa i que la riquesa, sobretot la interior, hem de preservar-la.

En una de darreres etapes, Sicília, quan, en vist de la seva trajectòria, tothom ens imaginàvem un atac frontal contra la Màfia i la seva tristament famosa llei del silenci, l'*omertà*, les primeres paraules ens confongueren a tots plegats. Més aviat semblaven una lloança de tan cruel, absurda i ignominiosa lacra. Tanmateix no trigà gaire a canviar el to, quan enuncià la seva llei del silenci: «No jutgeu i no sereu jutjats; no parleu malament de ningú, perquè desconeixeu el que hi ha dintre del seu cor.» Aquesta era la seva llei del silenci, a la que afegia: «No tingueu por dels que us amenacen, la seva ira s'atura al vostre cos i mai no atraparà la vostra immortalitat.» I les últimes paraules serviren per atacar durament, no a aquells que causaven la por, sinó a aquells altres que l'acceptaven i esdevenien còmplices d'una llei que ja era institució secular. De manera que el seu comiat va ser força menys apoteòsic que la seva arribada. Molta gent, temorosa de les paraules del Papa i de les consignes de Vittorio Darelo, el principal capo de l'illa, es van estimar més quedar-se a casa.

Dues setmanes després Darelo era detingut per la policia, tres homes i una dona morien assassinats i el capo tornava a casa per manca de testimonis que tinguessin prou coratge per declarar en contra seva. Una vegada més s'imposava la llei del silenci i la Màfia seguia intacta.

Allò era la follia i una altra sorpresa m'esperava a Roma. Un Frascatti de cara llarga es queixava de les meves cròniques, que deia que semblaven dissertacions filosòfiques i em sermonejava constantment. Vaig decidir que havia de tenir una conversa amb ell i vam estar discutint al seu despatx durant gairebé dues hores i, finalment, vaig descobrir el que s'hi amagava, darrere la seva actitud. El tema no hauria tingut major importància si fos perquè les consignes procedien d'Amadeo Grimaldi, posseïdor de gairebé el trenta-vuit per cent de les accions de *Notizia,* d'una notable influència sobre la resta dels accionistes i de certa fama d'home ben relacionat amb els grans senyors de la Màfia. Si a tot això hi sumem que Grimaldi havia iniciat la seva ascensió cap a la presidència del govern, no era gens d'estranyar que Frascatti, l'home que sempre havia lluitat per la llibertat d'expressió, estigués espantat.

Vaig abandonar la redacció emprenyat. Tants anys predicant sobre el que significa ser un bon periodista, sobre el que és informar amb valentia i imparcialitat, i, ara, quan em llençava a tomba oberta i bolcava sobre els meus escrits tota la sinceritat a la recerca de l'interior de l'ésser humà, Frascatti s'espantava i em llençava els gossos. I és clar que, a l'altre plateret de la balança pesava el fet que *Notizia* havia augmentat el seu tiratge i que els meus articles interessaven el públic, però jo em demanava fins a quin punt serviria per contrarestar les pressions de les altes esferes.

Sense adonar-me'n, la utopia de *el Romà* s'havia apoderat de mi i m'havia convertit en un dels seus seguidors més fervents i els meus escrits eren l'eco de les seves paraules. En aquells dies em sentia massa entusiasmat com per interposar entre ell i els meus pensaments la força del meu sentit crític. Per expressar-ho d'una forma planera diria que estava xuclat pel carisma de l'home de la sotana blanca, feia meus els seus suposats fracassos, com el comiat de Sicília que motivà que de la meva ploma brollés un dels més durs atacs que la Màfia havia rebut per part de la premsa i que segurament va ser la gota que feia vessar el vas de la paciència de Grimaldi. Tanmateix, el Mario de cada dia, ebri de la força i de l'ímpetu de *el Romà,* es mostrava incapaç de mantenir-se en la postura imparcial i arrasava amb tot. Seguir Pere II a través de mig continent, escoltar-lo dia rere dia i contemplar les multituds delirants m'havien fet abandonar la meva tasca crítica i m'havien transformat profundament, fins a l'extrem que no em vaig adonar que darrere les paraules de Frascatti s'amagava una advertència.

—Vas massa embalat —m'havia dit.

Aquell dia era divendres i havia quedat que recolliria a Gina cap a les set i marxaríem de cap de setmana amb Serena i Michele a la seva casa de Viterbo. De manera que em vaig dirigir cap al cotxe que estava aparcat davant de l'edifici de la redacció i el vaig posar en marxa. Anava a abandonar l'aparcament quan vaig veure el Lancia vermell on un parell de meses abans havia cregut reconèixer Hans Brukner. Automàticament vaig buscar a la butxaca el bloc de notes i llavors vaig recordar que havia esparracat el paper on guardava el número de matrícula. Tanmateix, encara estava imprès a la meva memòria i coincidien.

Em vaig oblidar del compromís amb Gina i vaig seguir l'automòbil vermell pels carrers de Roma fins que entrà en l'aparcament d'un dels edificis comercials de la Porta Pia. Vaig aparcar damunt la voravia i vaig baixar el para-sol per deixar a la vista el cartell de PREMSA. Normalment aquest truc funciona i m'estalvio un bon plec de multes.

Només em van caler deu minuts per esbrinar que l'amo del Lancia era un americà nomenat Harry Huges, que regentava una empresa d'importació i exportació amb les oficines a la planta quatre d'aquell edifici. El porter es mostrà molt amable i em facilità tota la informació que desitjava només ensenyar-li les meves credencials professionals. És un plaer treballar d'aquesta manera. Possiblement era nou.

Vaig tornar al cotxe, però per un estrany pressentiment no vaig abandonar el lloc de seguida i vaig poder comprovar que l'home que havia cregut confondre amb Hans Brukner no era altre que el mateix Falcó Alemany, que va sortir de l'edifici en companyia de l'americà i van entrar en una cafeteria propera. Em vaig quedar allà fins que abandonaren la cafeteria i tornaren a l'edifici comercial. Ja no en tenia cap dubte. Es tractava de Hans Brukner.

Després de rumiar-m'ho una estona vaig decidir que ja no tenia objecte seguir en aquell lloc. Ara ja podia localitzar-lo amb facilitat. Em vaig dirigir cap a l'hospital Gemelli per recollir Gina, que m'esperava amb una cara que li arribava als peus. No n'hi havia per menys. Arribava amb hora i mitja de retard. Em vaig disculpar i li vaig explicar el que feia al cas, des de la meva entrada a *Notizia*, tot passant per la llarga conversa amb Frascatti, fins el meu encontre amb Hans Brukner. I la disculpa: m'havia quedat sense bateria al mòbil.

—Potser ja no treballa com a periodista i es dedica al negoci de la importació i l'exportació —va dir ella.

—Qui? Hans? —vaig fer incrèdul—. Impossible. Hans mai no abandonaria el periodisme. És la seva vida i la seva vàlvula d'escapament. Ssense poder escopir tot el verí que duu dintre seu moriria.

—Bé, dóna'm una altra explicació plausible —replicà.

—Si la tingués no estaria tan capficat —em vaig queixar—. Quan Hans es mou vol dir que alguna cosa bruta s'hi cou.

—Escolta, avui és divendres i hem quedat amb Serena i Michele, de manera que ja t'ocuparàs del teu Hans dilluns. Entesos? —em tallà.

Vaig afirmar amb el cap, sense gaire convenciment. Em conec prou com per saber que passaria tot el cap de setmana donant-li voltes al tema.

Dissabte al vespre Serena proposà anar a sopar a un restaurant molt bonic, on disposaven de petits reservats. Em va agradar la idea. I a Gina, per descomptat. Abans, però, vam fer unes copes. Jo vaig beure una mica més del compte i em sentia eufòric.

El problema va ser que quan vam arribar al restaurant ens preguntaren si havíem fet reserva.

—No —respongué Michele—. No és el primer cop que venim i mai no l'hem feta.

—Ho sento, però estem plens —ens va dir l'amo.

—I aquestes taules?

—Ho sento de debò. Avui no sé què ha passat —es disculpà.

A mi m'havia de venir amb aquestes històries!, vaig pensar, i vaig treure un bon bitllet que li vaig allargar. Llavors, s'obrí la porta i aparegueren dos homes ben vestits. Els vaig contemplar i un d'ells va veure el bitllet a la meva mà i se sorprengué. Aquella cara m'era familiar. On l'havia vista? Impossible recordar-ho, per més que m'hi esforçava. De manera que vaig somriure en senyal de disculpa. Tots hem fet el mateix alguna vegada. Els dos homes van creuar pel nostre costat i es dirigiren cap a un dels reservats. L'amo del restaurant no va acceptar el suborn i ens va pregar que marxéssim.

No ens va quedar altre remei que buscar un altre restaurant i jo vaig haver de fer un notable esforç perquè Serena i Michele no notessin el meu estat interior. Fins i tot va haver moments en els que vaig estar a gran altura, però a Gina no la vaig enganyar. Em coneixia massa.

Podia haver resultat un cap de setmana fantàstic. Els nostres amfitrions eren gent extraordinària, però em vaig passar el temps desitjant tornar a Roma i la nostra estada transcorregué amb exasperant lentitud. Finalment, diumenge al vespre, emprenguérem el viatge de retorn i Gina aprofità per parlar del tema.

—Li he estat donant voltes al que em vas explicar divendres i penso que potser l'has encertada. M'ho diu la meva intuïció femenina —somrigué.

—De què estàs parlant? —vaig preguntar desconcertat. Les dones sempre s'imaginen que seguim els seus pensaments.

—Hans Brukner.

—Ah, bé! M'alegra que m'ho diguis. Sempre he confiat en la intuïció de les dones, sobretot en la teva —la vaig afalagar.

—Suposo que ara iniciaràs una d'aquestes caceres durant les quals no et veig el pèl —va dir.

La vaig mirar de cua d'ull i vaig somriure. Efectivament, aquesta era la meva intenció. Muntaria guàrdia i perseguiria Hans i el seu amic americà fins que aconseguís esbrinar quina en duien de cap.

L'endemà, dilluns, a primera hora vaig comunicar a Frascatti que abandonava la línia filosòfica per dedicar-me a temes més materialistes, però em vaig negar a revelar-li el motiu de les meves cuites. L'única cosa que li vaig dir és que podia estar relacionat amb el Vaticà, però que no era segur. Confesso que esperava trobar més forta oposició o més interès pels meus projectes, però Frascatti es limità a assentir i va dir:

—Molt bé. Ja ets prou gran i ja saps allò que fas. Ves amb molta cura.

Ja era el segon cop que pronunciava aquelles paraules i, sensibilitzat pels darrers enfrontaments, per la presencia de Hans a Roma i per aquella sensació que algú em seguia, em vaig tornar suspicaç i vaig pensar que una frase tan curta podia significar molt.

Quina decepció! Frascatti, a qui coneixia des feia anys i panys, es comportava com un perfecte desconegut. En altres temps, si hi hagués alguna cosa per parlar, m'ho hauria explicat tot sense embuts. Fins aquest extrem arriba la por?, em demanava. I és clar! Després de tot, era comprensible. Frascatti era un pare de família amb tres fills, un bon lloc de treball i la situació econòmica estable. Un blanc perfecte per qualsevol que desitgés collar-lo, però, tant pot canviar un home quan se sent acorralat? El seu humor era de gossos, comentaven a la redacció, i s'havia convertit en un petit tirà que no trobava res ben fet.

Dimarts vaig descobrir algunes coses més, com, per exemple que «Import-Export & CIA», havia obert una delegació a Roma poc després de l'elecció de *el Romà* i es dedicava al negoci de la importació i l'exportació de qualsevol mena de mercaderia: des d'ous a tractors o camions, tot passant per oli, vi, sabates... Huges mantenia estrets contactes amb l'ambaixada americana, sobre tot amb John Traves, l'agregat cultural, de qui deien que era membre de la CIA. Per suposat que totes les activitats de l'empresa eren perfectament regulares i els seus beneficis prou importants com per poder afirmar que es tractava d'un negoci rendible i sanejat. El que ja no estava tan clar era que el seu quarter general es trobava a Lanley, a l'estat de Virgínia, i, si la memòria no em fallava, just en aquesta mateixa ciutat es trobava també el quarter general de la CIA. Altres detalls curiosos eren que Huges es movia amb facilitat per altres ambaixades, com la britànica, la francesa o l'alemanya, i freqüentava el domicili del general Beil, destacat militar de l'OTAN. Massa coincidències, vaig pensar.

A qui no vaig aconseguir veure va ser a Brukner, malgrat que el porter de l'edifici comercial de la Porta Pia m'indicà que un home alt, ros, amb marcat accent alemany i autoritari es deixava caure per allà de temps en temps. Era una descripció que quadrava a les mil meravelles amb Hans.

Dimecres al matí seguia vigilant l'edifici i vaig veure com s'aturava un taxi i com sortia d'ell Hans Brukner. Duia una bossa de mà i feia tota la fila de trobar-se de pas per Roma. Mentre pagava i acomiadava el taxi, vaig creuar cuita-corrents i em vaig posar a caminar distretament per la vorera en direcció al taxi. Hans em va veure. Jo vaig fingir cara de sorpresa i em vaig dirigir cap a ell. Crec que es podia endevinar el seu disgust i el desig de sortir cames ajudeu-me com si tingués alguna cosa per amagar.

—A què treu cap aquest plaer? —vaig somriure mentre li tocava la mà.

—Estimo Roma —respongué, i em tornà el somrís.

—Has vingut per visitar algú? —vaig fer amb naturalitat.

—A un amic que fa temps que no veig.

—Em sorprens. No sabia que perdessis el temps visitant amics. Sempre he cregut que Hans Brukner mai no donava un pas que no li reportés algun benefici —vaig ironitzar. Aquelles eren les seves paraules en una altra etapa de la seva vida.

—Els anys ensenyen —somrigué de nou—. No tot és treball en aquesta vida.

—Això és nou.

—Doncs, ja veus. Fins i tot algú com jo és capaç d'adonar-se d'aquesta veritat.

El vaig contemplar. La seva fingida modèstia no podia enganyar-me i llegia als seus ulls el desig de fondre'm. Les properes passes havien de ser molt precises, si és que no volia que Hans se m'escapés per sempre més.

—Espero que algun dia vinguis a Roma per visitar-me a mi. Quan ho facis, creuré de nou en els miracles —vaig riure i li vaig oferir la mà.

—Tens la meva paraula.

Ens vam acomiadar i vaig començar a caminar. Cinc passes més enllà em vaig tombar i vaig fer:

—Records a Huges i a la «Companyia».

—A qui? —preguntà, però ja era massa tard. La seva cara de sorpresa l'havia delatat. Vaig bellugar la mà com quan acomiades algú al tren i el vaig deixar bocabadat. Acabava de clavar-li una bona puntada de peu al cul.

Qui ho anava a dir! Hans Brukner col·laborava amb la CIA. Vaig somriure. Li havia arrencat la careta, malgrat que, poc després, em vaig adonar de la meva estupidesa. El desig de veure derrotat un home que sempre havia jugat amb mi acabava de llençar per terra tots els meus projectes. Ara ja no seria tan fàcil esbrinar el que Hans i l'americà maquinaven. Tant és!, vaig fer. No era la primera vegada que me'n passava una d'igual i sempre me n'havia sortit. El plaer de contemplar la ira en el rostre del Falcó Alemany havia pagat la pena.

Després de gairebé cinc dies d'absència vaig tornar a seure'm a la meva taula de treball de *Notizia* amb un ampli somriure als llavis. Els meus companys em miraven com si fos una cosa rara i Frascatti aparegué amb cara de gos rabiós.

—Vol saber una notícia sorprenent? —li vaig preguntar.

—Què?

—Hans Brukner treballa per la CIA i és a Roma en companyia d'un americà molt relacionat amb les altes esferes de l'OTAN —vaig deixar anar.

Però la sorpresa va ser per mi.

—A aquestes bajanades t'has dedicat? Pensava que anaves darrere d'algun afer realment important —i em va deixar bocabadat.

No vaig poder més, em vaig aixecar de la cadira i me'n vaig anar a buscar-lo. El vaig atrapar i m'hi vaig encarar.

—Un moment. No creus que sigui important el que acabo de comunicar-te? —vaig preguntar emprenyat.

—Per a qui? —respongué aturant-se i mirant-me amb desinterès.

—Collons! Què tens?

—Més de la meitat dels periodistes treballen per a un o per a un altre, bé sigui la CIA, el DIGOS, la policia, la Màfia o la mare que els va parir. La teva gran notícia és una merda. Ho has entès bé?

Em vaig quedar uns moments en silenci, movent el cap a dreta i esquerra, incrèdul davant les seves paraules. Després, lentament, vaig aclucar les parpelles i les vaig obrir de nou. L'home que tenia al davant podia ser qualsevol excepte Frascatti i així mateix li ho vaig abocar:

—Quan torni Frascatti li dius que m'agradaria parlar amb ell. El recordo amb gran afecte —i me'n vaig tornar, a la meva taula.

Als volts de les set vaig abandonar la redacció. Feia fresca i em vaig estimar més caminar una estona abans d'anar-me'n a casa. Tot estava canviant molt de presa i jo no entenia res de res. Frascatti, que uns mesos enrere m'havia demanat que acabés amb tota l'onada d'atacs contra el Vaticà, ara semblava un atacant més. El defensor de la llibertat d'expressió, que hauria fet un bot en assabentar-se que Brukner era un agent de la CIA i ho hauria arrasat tot, es limitava a acceptar el fet com una part d'una situació normal. No!, em negava a creure que Frascatti hagués canviat fins aquell extrem. Algú el devia de collar i molt, perquè el meu cap no era un home qualsevol. El coneixia des de feia molts anys i em constava que havia defensat els seus companys. Fins i tot jugant-se la feina. Tanmateix, ara, vivia en una altra galàxia, en la que la companyonia, l'honestedat, la lluita diària per informar i la il·lusió havien deixat d'existir. Sí, sobretot la il·lusió havia desaparegut, i el seu desinterès era realment preocupant.

Vaig arribar a casa tocades les vuit. Gina tenia el sopar a punt i estava alegre, fins que em va veure la cara.

—Què ha passat? —preguntà.

Ens vam seure al sofà i li vaig relatar tot el que havia succeït aquell dia. En primer lloc la meva alegria per haver tret la careta a Hans i, després, la desil·lusió davant l'absurda reacció de Frascatti. Gina m'escoltà com només ella sap fer-ho, sense badar boca i molt a prop meu.

—Està passant un mal moment. Recorda com estaves tu fa un parell d'anys, quan la teva famosa depressió —em va dir quan vaig acabar el meu relat—. No et podíem ni tocar i vaig pensar que t'hauria de recollir amb pinces. Em sembla que li hauries de donar un cop de mà. No creus? De vegades amb unes paraules n'hi ha prou per canviar completament unes actituds i, no fa gaire, em vas explicar que havies rebutjat un lloc que t'oferia perquè no ets un ocell engabiat. T'imagines el que devia de sentir en escoltar aquestes paraules?

Quina dona!, vaig pensar. Cada dia estava més maca. S'atansà un xic i em besà amb tendresa.

—El que tu necessites, ara, és un bon sopar i tot allò que vindrà després —va dir amb picardia i s'escapolí amb l'agilitat d'un gat, per aturar-se a la porta de la cuina i afegir—: He dit després, no pas abans.

Vaig fer l'esma d'aixecar-me i perseguir-la, però en aquell precís instant van trucar a la porta de l'apartament. Gina em va fer un senyal perquè no em mogués i se'n va anar a obrir. Era el veí del cinquè tercera. Vaig escoltar que parlaven. Després, Gina entrà a l'habitació, va prendre l'abric i les claus del cotxe.

—Què passa? —vaig preguntar.

—Que el nostre veí té el seu cotxe encaixat entre el teu i un altre i no pot sortir, però tu tranquil que jo ho solucionaré.

—Si tu no saps conduir...

—Ja el mourà ell. Per això he agafat les claus. Descansa —em tallà i va desaparèixer abans no pogués protestar. Mai no m'ha agradat que ningú toqui el meu cotxe, però no vaig insistir-hi. Vaig tancar els ulls i vaig aprofitar la seva absència per pujar els peus damunt la tauleta de centre. A ella no li agrada gens ni mica, però ulls que no veuen...

Gina tenia raó, pensava. Frascatti devia d'estar depressiu i necessitava ajuda. Parlaria amb ell i me l'enduria a Cellini, i, si era necessari, ens emborratxaríem fins que no ens coneguéssim, malgrat que després el meu estómac cridés i es rebregués de dolor.

Seguia meditant sobre el tema quan vaig fer un bot i vaig baixar els peus de la tauleta. Acabava d'escoltar un soroll que m'havia sobtat molt i no era un cop de porta. Gina encara no havia tornat. A més, els vidres havien tremolat.

Només vaig trigar uns segons a identificar el soroll. Es tractava d'una explosió! Em vaig aixecar d'un salt i vaig córrer cap al finestral. I llavors vaig veure l'escena que s'oferia als meus ulls.

—Gina! —vaig fer horroritzat. I vaig colpejar els vidres.

13.- UNA LLUM A LA FOSCOR

Cinc hores assegut en una butaca d'una sala d'espera d'un hospital, mentre al quiròfan operen una dona a la que estimes amb bogeria i que la seva vida penja d'un fil, és una tortura que no la desitjo ni al pitjor dels meus enemics. Els minuts se succeeixen amb exasperant lentitud. Una porta que s'obre t'espanta i les cigarretes a mig fumar s'amunteguen al cendrer, mentre tu esperes d'un moment a l'altre que et comuniquin un desenllaç fatal. Hi ha temps més que sobrat per pensar en mil coses diferents, repassar tots els moments feliços al seu costat i lamentar totes aquelles ocasions que es perderen en estupideses. Si creus en alguna cosa, és el moment de clamar i preguntar-se el perquè. També és temps de resar. Et sents esgotat i, tanmateix, el teu cos es nega a admetre-ho i segueix tens i a l'espera.

Les blanques parets, a voltes, són el símbol de l'esperança i, d'altres, esdevenen fúnebre presagi. T'aixeques, camines, cremes una altra cigarreta, tornes a seure, et desesperes i acabes per preguntar qualsevol que llueixi una bata blanca. No hi ha notícies, et diuen, tot segueix igual. Hi ha qui et dóna ànims i alguna paraula de consol. Altres es limiten a dir·te que s'està fent tot allò que es pot. Es presenten companyes de Gina i gairebé sóc jo qui les ha de consolar. I així transcorren els minuts, entre patiment i ensurt, entre ràbia i dolor, entre preguntes per a les que no tens respostes, mentre et consumeixes lentament, impotent, perdut. Sant Déu! Quines cinc hores! Sort que l'encarregat de la investigació era l'inspector Angelo de Luca, un bon amic. Es presentà deu minuts després de començar l'operació i m'ho va posar fàcil.

—Sento haver de molestar·te amb les meves preguntes, però és necessari —em digué amb la seva habitual seriositat.

Angelo és un bon policia. Ho duu a la sang i no té horari quan el deure el reclama. Mai no ha acceptat cap suborn, això ho sap tothom, i ha plantat cara als seus superiors més d'una vegada, sobretot quan li diuen que certs afers han de ser tractats d'una manera diferent. Per a ell no existeixen diferencies, tant si es tracta d'altes esferes com si el succés té per escenari els baixos fondos. Ell és policia per damunt de tot.

—No t'amoïnis. Ja sé que és el teu treball, de manera que respondré totes les preguntes —vaig contestar i, avançant·me al seu interrogatori, vaig seguí—: No sé qui ho pot haver fet, malgrat que sé que la bomba duia el meu nombre escrit. Estava al meu cotxe i Gina no sap conduir ni mai no li ha temptat aprendre'n. Tampoc he rebut amenaces de ningú. Què més puc afegir·hi?

—Tots hem seguit amb força interès els teus articles. Penses que pots haver..., no sé..., ofès algú?

—Els accionistes de *Notizia* pensen que hauria d'abandonar aquesta línia —vaig manifestar.

—Grimaldi?

—No se te n'escapa cap ni una —vaig respondre amb una ganyota que pretenia ser un somriure—. A Grimaldi no li ha fet el pes que ataqués Darelo i la Màfia.

—Potser és un punt de partida, malgrat que l'estil no és l'habitual. Aquests empren altres mètodes —va dir Angelo mentre es gratava darrere l'orella—. L'explosiu era vulgar dinamita, però el mecanisme detonador no era cap bajanada i la càrrega havia estat calculada amb molta cura i situada sota el seient del conductor. L'home que va posar en marxa el teu cotxe va quedar fet miques.

—Pobre home —vaig mormolar.

—El treball és d'especialistes d'alt nivell, tècnics en explosius i la Màfia no s'hi mira tant i tampoc s'esquinça els vestits si mor algun innocent —explicà Angelo—. Gina es trobava a pocs metres i tombada d'esquenes. Aquestes dues circumstàncies aplegades al fet que l'explosiu hagués estat minuciosament calculat i preparat, són els factors que han permès que ella estigui al quiròfan i no al costat del teu veí. De manera que si hi ha alguna cosa més que puguis dir-me, més val que no te la quedis per a tu. Pensa que els que ho van fer possiblement no s'aturaran aquí.

—Si se m'acut alguna cosa et trucaré.

—No te n'estiguis. Tot i així, ordenaré que t'assignin protecció.

—T'ho agraeixo molt, però no la vull —vaig negar.

—Sempre has estat un caparrut —em va dir amb disgust—. No puc obligar-t'hi, però t'asseguro que m'encarregaré que coronin la teva tomba amb una formosa làpida que digui: «Aquí descansa Mario. Va morir per caparrut». Repeteixo que necessites protecció.

—He dit que no la vull —vaig insistir.

—Bé! Tu guanyes, però tingues present que fins i tot el teu àngel de la guarda pot sortir a fer un cafè o una becaina i deixar-te sol durant uns minuts. No s'ha de menester gaire més temps per morir.

Em va tocar la mà amb força i se n'anà. Vaig seure en una de les butaques que hi havia i em vaig armar de paciència. Havia silenciat els meus encontres amb Hans, la seva relació amb la CIA i l'home que em seguia. Si no ho hagués fet, Angelo m'hauria penjat una ombra i jo desitjava enganxar la meva altra ombra, que segur que hi tenia alguna cosa a veure amb tota aquella tragèdia. Maleït sigui! Si hagués estat més prudent, si hagués fet cas de la meva intuïció... Però, no. Sóc idiota i no tinc remei. Tan idiota que em creia un agent secret i amb prou capacitat per enfrontar-me a qui fos i vèncer-lo. Déu! Què inconscient que és l'estupidesa! Vivia convençut que tornaria a trobar aquell home de l'aparador, que l'agafaria pel coll i que aconseguiria que cantés. Llavors ja tindria el nom de qui s'amagava darrere de tot i el perquè.

Prop de les deu aparegué Frascatti. Estava profundament commogut i no encertava amb les paraules. Ara sí, que era el Frascatti que jo coneixia.

—Tots ho sentim de valent... He vingut en nom dels altres, saps...? Hem pensat..., bé, que tots plegats faríem massa enrenou i destorbaríem..., però..., tothom volia venir-hi...

—No t'hi escarrassis —el vaig tallar—. Prou que sé que aprecies la Gina i el que sents en aquests moments, tot i les diferències que haguem pogut tenir aquests darrers dies.

—Sempre he compartit les teves idees sobre el periodisme i crec que estàs fent una bona tasca i que el món ho necessita. Em creus, oi que sí?

—I és clar que sí, home! Tots plegats hem passat per moments dolents. D'això volia parlar amb tu. Fa poques hores Gina acabava de recordar-me la depressió que vaig patir fa un parell d'anys i m'ha obert els ulls.

—No, Mario, no estic depressiu —va dir—. Com t'ho explicaria...? —S'assegué i es fregà la cara amb les mans—. Veuràs, jo tinc dona i fills i...

—Qui és? —vaig demanar.

—Tu eres fora, feies el reportatge del viatge de Pere II i Grimaldi em va cridar al seu despatx i em va dir que no estava d'acord amb la nostra línia. Vaig mirar de raonar amb ell i defensar el meu punt de vista, però es mostrà inflexible i taxatiu. Llavors, vam tenir unes paraules i li vaig dir que, si intentava collar l'equip, organitzaria un escàndol que destaparia l'olla. Crec que, fins i tot, vaig fer esment de les seves relacions amb la Màfia. Dos dies després Francesca em va explicar que algú se li havia atansat i li havia dit que els nostres fills eren molt macos i que seria una pena que els arribés alguna desgràcia. Aquell home no feia broma. Chucho, el petit, va estar a punt de ser atropellat per un cotxe que va fugir i Anna, amb només dotze anys, va tornar de l'escola feta un mar de llàgrimes. Un home l'havia arrossegat a l'interior d'un portal i la va estar tocant. La pobra tremolava de cap a peus i Francesca estava molt espantada. Vaig pensar anar a la policia, però ella s'hi negà i em pregà que fes tot el que em demanaven. Te n'adones?

—Sí, però ells es fan més valents amb la teva actitud —vaig replicar.

—Tu no tens fills i no saps el que suposa estar tancat al meu despatx tot imaginant que alguna cosa els arriba. No saps el que representa —es queixà.

—Fa més de dues hores que Gina lluita entre la vida i la mort i jo estic tancat en aquesta sala sense poder fer-hi res, excepte odiar —vaig replicar amb ràbia.

—Ella és una persona adulta. Un fill és diferent —em respongué.

—Perdona —Ara m'adonava que ell també devia estar passant un calvari—. És que ella és tot el que tinc. Tot! Ho entens?

—Ets tu qui m'ha de perdonar, a mi. Estic fet miques i no sé el que em dic —es disculpà i enfonsà el rostre entre les mans. Feia pena veure'l en aquell estat. Ell, que era un bellluguí, un periodista fet i dret, dur i habituat a tot, plorava com un nen.

—Jo també estic fent l'idiota. Sóc tan estúpid que penso que si tu perds un fill encara te'n queden dos, com si Gina valgués per quatre, i m'oblido que estem parlant d'éssers humans i que tots valem el mateix. Per mi, Gina és el més important d'aquest món i per tu ho és cadascun dels teus —vaig reflexionar i vaig mirar de consolar-lo.

—Si puc ajudar-te en alguna cosa...

—Ja ho sé, gràcies.

Frascatti marxà i em va deixar amb el cor encara més encongit. En quina mena de món vivíem? La meva ment s'ennuvolà i vaig veure sang, molta sang. Ja no necessitava esbrinar qui era el meu perseguidor. Amb les paraules del meu superior havia assignat cada paper a cada actor i Grimaldi s'enduia el de protagonista. Desitjava amb totes les meves forces enganxar-lo pel coll i escanyar-lo lentament, contemplar com el seu rostre es desencaixava, els seus ulls sortien de les òrbites, els seus llavis canviaven de color i s'enfosquien i la seva llengua s'inflava, mentre la vida se li escapolia de mica en mica, conscient que moria a les meves mans. Fins i tot vaig arribar a imaginar que, en l'últim instant, afluixava la pressió dels dits per tal que pogués respirar un xic i, després, tornava a escanyar aquell podrit coll. Així una i altra vegada per mirar de fer més llarga l'agonia. Més tard vaig canviar d'idea i vaig aclucar els ulls per delectar-me amb les més sàdiques i refinades tortures. El veia cap per avall, suspès d'una biga, enganxat pels peus, mentre jo li arrencava la pell amb una navalla d'afaitar. Sants del cel! Quina quantitat d'odi duia al cor! No volia que morís, sinó que patís eternament, poder tancar-lo i torturar-lo cada dia, fins que arribés a desitjar la mort, fins que implorés la fi de tant de patiment i l'alliberament etern. En tota la meva vida havia odiat tant.

Mitja hora després, esgotat, vaig veure aparèixer un metge, em vaig aixecar i em vaig dirigir cap a ell.

—No vull amagar-li les dificultats, senyor Darino —va fer—. Té afectats ambdós ronyons i ens preocupen els hematomes que presenta a la base de l'occipital i a la regió del coxis.

—Li prego que no s'emboliqui amb paraules tècniques —el vaig tallar, abans no em deixés anar un discurs de metge.

—No tenia cap intenció de fer-ho. Seré breu, senyor Darino: necessitem el seu permís per extirpar el ronyó esquerre i la melsa —em digué en fred.

—És absolutament necessari?

—Temo molt que sí, i, tot i així, no puc garantir-li que surti amb vida. El ronyó dret tampoc treballa com caldria, ha perdut gran quantitat de sang i hem de caminar amb peus de plom. Es tracta d'una persona amb una lleugera diabetis —respongué molt seriós.

—Què passarà si no la intervenen?

—Sento parlar tan cru, però és l'única forma d'expressar-ho, o si més no l'única que conec. Tant el ronyó esquerre com la melsa han deixat de rebre rec sanguini. Si no els traiem estem deixant dos cadàvers dintre i morirà.

Em vaig quedar glaçat. Ara pensava que m'hauria estimat més un llenguatge més tècnic. Les seves paraules, més que crues, havien estat brutals i vaig haver de recolzar-me a la paret per no caure.

—Vol seure? —em demanà ensems m'agafava del braç.

—No, no, estic bé, gràcies —vaig mormolar. Què podia fer? En situacions com aquesta sempre estàs en mans dels metges. Em vaig aclarir la gola i traient forces d'on ja no n'hi havia, vaig afegir—: Facin el que creguin oportú, però salvin-la, per favor.

Em posà la mà a l'espatlla i fer que sí, amb el cap, en silenci. Després, abans d'abandonar-me i d'integrar-se de nou a l'equip que esperava la meva resposta dins del quiròfan, va dir:

—Tothom l'aprecia força. Els malalts l'adoren i a la capella hi ha qui resa per ella.

El vaig contemplar allunyar-se i vaig entrar de nou a la sala d'espera. Vaig seure en una de les butaques i vaig començar a plorar.

Minuts després una infermera em portà un entrepà i cafè i em comunicà que el doctor ho havia encarregat per a mi. Em vaig prendre el cafè i no vaig poder tocar l'entrepà. No tenia gens de fam. El rellotge seguia movent-se amb idèntica lentitud.

Els meus pares van morir poc després que jo acabés els meus estudis, no tinc germans i la poca família es troba escampada per tota Itàlia. Gina no és romana. La seva mare viu i té una germana carregada de fills, malgrat que ambdues es troben a més de quatre-cents quilòmetres. De manera que estàvem solos. I amb aquesta reflexió em vaig adormir.

Durant aquella petita becaina, vaig tornar a reviure tota l'escena. Veia amb absoluta claredat el meu cotxe encès i el cos de Gina estès a la vorera i il·luminat per la tètrica resplendor de les flames. Em podia contemplar a mi mateix, horroritzat, mentre cridava el seu nom amb angoixa, sense saber què havia de fer. I, després, com baixava les escales a salts, com atrapava el carrer, apartava amb violència la gent que s'havia atansat i com queia de genolls al costat de la meva estimada Gina i com l'abraçava. Després, el soroll de les sirenes, bates blanques dels infermers, l'uniforme dels policies, els bombers, la gent, l'ambulància...

Una mà em tocà l'espatlla i em vaig despertar sobtat. Què havia passat...? Vaig trigar un xic en ser conscient que em trobava a la sala d'espera de l'hospital Gemelli i que tenia davant meu *el Romà,* el Papa Pere II.

—Mario, Mario —em cridava amb la seva veu profunda i serena—. Com està Gina?

—Encara no ha sortit del quiròfan —vaig respondre amb cara de son.

Vaig consultar l'hora. Eren les onze. Gairebé no havien passat ni quinze minuts des que em vaig quedar adormit, però la son havia desaparegut. Aquells minuts d'abandó havien estat prou per restaurar part de les meves forces i em sentia millor. *El Romà* estava dempeus, davant meu, amb un vestit gris. Ningú que no el conegués bé s'hauria adonat que sota aquella senzilla roba de sacerdot s'amagava un pontífex.

—Com se n'ha assabentat? —vaig preguntar ensems que feia l'esma d'aixecar-me i ell m'obligava a continuar assegut.

—Les notícies volen, sobretot si porten desgràcies —m'explicà—. Com es troba?

—Fatal. Jo hauria de ser mort i, enlloc d'això, al dipòsit reposa el cos d'un home fet miques i Gina ja fa hores que és en mans dels cirurgians. Em sento horrible, amb ganes de cridar, de sortir corrents, buscar el culpable i passar-li factura —vaig contestar amb ràbia.

—No és moment d'odi, sinó d'amor.

—Miri, Pere, vostès ho tenen fàcil, però nosaltres, els simples mortals, actuem d'acord amb uns paràmetres molt vulgars. L'únic que tenim és la vida i ens agafem a ella com a un clau rogent. Totes les teories sobre l'amor, el perdó i la resta són molt boniques, mentre no t'arriba el torn —vaig replicar.

—Gina necessita tot el seu amor, tota la seva força i tots els seus sentits —em va dir mirant-me als ulls—. Aquesta és l'ajuda que està demanant, i no pas que vostè esdevingui l'àngel venjador i surti al carrer brandant la seva espasa de foc. Quan més odi i rancúnia guardi dins del seu cor, menys espai queda per l'amor. El positiu es troba en els seus sentiments per a ella. La resta no fa res més que emmetzinar·li la sang.

—Què vol, que em creui de braços, perdoni el malparit que ha ficat la bomba, el fill de puta que ho ha decidit i el cabró que ho ha ordenat? —vaig preguntar amb ira.

—Desitjo que lluiti per la justícia, però sense odi al seu cor, sense fer·se còmplice de la injustícia, que no és més que la carència de justícia, una il·lusió, una fal·làcia —M'assenyalà amenaçador amb el dit índex—. Si lluita contra els responsables la seva ment es tanca i s'ofusca. Si lluita a favor de la justícia la seva ment s'obre, busca nous camins i aprofita totes les oportunitats. Aquesta és la clau de l'èxit: lluitar per alguna cosa, buscar el moviment positiu i mai la negació, la destrucció i l'atac, sinó el combat. M'he explicat amb claredat?

—Amb molta claredat, però jo no em sento en disposició d'escoltar. Les paraules no serveixen quan els altres maten —vaig contestar—. Jo no sóc un màrtir de les catacumbes ni dels circs romans i no m'agenollaré davant dels lleons tot esperant que em devorin mentre els espectadors aplaudeixen. M'he explicat jo també amb claredat?

—Fantàstic! Es posarà al mateix nivell que ells i aplicarà la llei del Talió, una llei caduca i superada per una altra de més alt rang fa més de dos mil anys, i el sacrifici de Gina serà tan inútil com tots els que el van precedir —va fer amb tristor—. Però aquesta és la seva decisió.

Anava a respondre quan va aparèixer el metge. El seu rostre revelava cansament i gravetat. Em vaig dirigir cap a ell i el vaig interrogar sobre el resultat de l'operació, malgrat que ja m'ensumava que les notícies no podien ser gaire afalagadores.

—No puc donar·li gaire esperances —em comunicà amb una mirada que deia «ho sento» amb cada síl·laba—. Ha entrat en estat de coma i no queda altre remei que resar i esperar un miracle. Prou és que segueixi amb vida.

—La podem veure? —intervingué *el Romà.*

—És parent seu? —preguntà el metge.

—És Sa Santedat Pere II —em vaig afanyar a dir i el metge es va quedar bocabadat.

—Els proporcionarem bates, sabatilles i mascaretes, malgrat que haig de pregar·los que no s'hi estiguin gaire estona. Només un moment —respongué. Després, va agafar del braç *el Romà* i l'apartà del meu costat—. Hi ha poques esperances —vaig escoltar que feia la seva veu, gairebé un murmuri—. Ella és creient i penso que agrairia...

En aquells instants em vaig imaginar el que representaria tornar a casa i torbar·la buida. Després d'escoltar les paraules del metge, ja la donava per morta i sentia pànic d'haver d'enfrontar·me amb la nostra llar, amb les seves pertinences, els records i la seva absència. Havíem estat tan feliços... Les parets del nostre apartament estaven impregnades dels seus pensaments, de les seves paraules, dels seus sentiments, dels seus somnis i del nostre amor. També se'm feia molt costa amunt entrar a la unitat de cures intensives. Desitjava mantenir viu el recordo de la seva alegria, de la seva vitalitat i del seu somriure, malgrat que l'última imatge fos el seu cos estès damunt la vorera enmig d'un bassal de sang, escena que se'm representava constantment i que aixecava i encenia fogueres d'odi dins del meu cor.

UN VOT PER L'ESPERANÇA

Va ser *el Romà* que em va agafar pel braç i m'obligà a seguir el metge fins l'antesala de la UCI, on una infermera ens va lliurar bates, sabatilles, barrets i mascaretes.

Minuts després estava davant del llit que ocupava Gina.

Romania bocaterrosa, amb la cara girada cap a la dreta, envoltada de tota mena d'aparells que controlaven les seves constants vitals, intubada i cosida a punxades en ambdós braços. El seu son era el que precedeix la mort i vaig haver de fer un notable esforç per no començar a plorar. Vaig prendre-li la mà i vaig atansar els llavis fins a aquells dits immòbils. La vida se li estava escapolint per moments. Ho pressentia.

Vaig aixecar la mirada i vaig fixar els meus ulls en els de *el Romà,* que s'havia situat a l'altre costat del llit i tenia la seva mà damunt de la de Gina. Aclucà les parpelles i aixecà el rostre cap amunt, com si resés. Li ho vaig agrair infinitament. Jo no podia fer-ho.

Transcorregueren uns minuts, durant els que em vaig sentir perdut i vaig clamar al cel tot exigint un miracle. Vaig imprecar Déu des del meu interior, amb violència, em vaig queixar de la seva justícia, incomprensible per a mi, i vaig mirar de fer-li entendre que s'equivocava, que era jo qui hauria de morir i no pas ella, criatura innocent. Vaig obrir els ulls i vaig veure *el Romà* en la mateixa postura d'oració. Llavors vaig recordar les seves paraules, quan em deia que Gina estava reclamant tot el meu amor i que únicament podria donar-li-hi si no hi havia lloc per a l'odi dins del meu cor. Una vegada més el gresol es posava a treballar i recuperava paraules per dotar-les de significat.

Què era l'odi, sinó el pol oposat de l'amor? En certa ocasió vaig arribar a comparar l'odi i l'amor als dos extrems d'un termòmetre: en la part superior la calor i en la inferior el fred. Ambdós no són més que dos punts d'una escala, dos noms aplicats al mateix concepte, dues formes de veure el món. Així eren l'amor i l'odi. Amor és donar sense contrapartida, era el que jo desitjava sentir per Gina, esperant només que ella m'atorgués el plaer d'estimar-la, única font de felicitat. Donar sense més, pel plaer de donar, relegant la meva persona a segon pla, obligant a que tot el que representa el meu jo diari i el meu personatge creat per buscar la meva satisfacció es diluís per donar pas a la meva autèntica identitat: la que no jutja, no qualifica i no compara, sinó que tan sols viu, sent i estima.

El Romà tenia raó. El meu odi brollava del que significava despullar el meu entorn i sobrevalorar la meva persona. Si ho analitzava amb cura, el meu dolor provenia de la meva espoliació, i no pas de l'estat de Gina. Em sentia ultratjat, perdut, sol... i em feia por tornar a casa i comprovar que tot allò que m'envoltava, que jo tenia per sagrat, important, etern i immutable, el nostre amor, era tan vulnerable i tan mutable com qualsevulla altra cosa i podia desaparèixer en uns segons per quedar convertit en record, únicament en record. I tot això m'esgarrifava i em deixava penjat al buit absolut, sense res ferm on poder agafar-m'hi. Van ser uns instants de vertigen, de pànic, de negació, de dubte, de comprovar que fins i tot les rajoles del terra de l'hospital, dures com una roca, eren insegures, podien trencar-se, perdre la seva solidesa, desfer-se i esdevenir sorra vulgar, desaparèixer. Va ser llavors quan em vaig demanar si existia alguna cosa real, autèntica, vertadera, immutable, eterna, sòlida i indestructible, i vaig desitjar que aquesta cosa fos el meu amor per Gina, més enllà del nostre físic, del món i de la mort. *El Romà* obrí els ulls i em mirà d'una manera força estranya. Els seus ulls semblaven traspassar-me.

—La ciència no és perfecta. Fa tot el que pot i cada dia coneix un xic més, però és molt més el que desconeix —va dir amb veu profunda. Romangué uns segons en silenci i afegí—: Li desitjo que trobi aviat el seu camí, el vertader, l'autèntic, aquell que vostè intueix i que sembla que se li escapoleix. —Va fer una pausa i conclogué—: Penso que ja hem de sortir. Gina està en molt bones mans.

Vam abandonar l'habitació i ens dirigirem als vestuaris per treure'ns les bates, sabatilles i demés estris i recuperar el nostre aspecte normal.

M'estava traient la bata quan, per l'escletxa de la porta del vestuari, vaig veure passar la infermera que tenia cura dels controls de Gina. Caminava força de presa. Gairebé corria. Em vaig espantar i vaig fer l'esma de tornar al costat d'ella, però *el Romà* m'aturà. Mai no hauria dit que els seus dits prims i llargs poguessin immobilitzar-me amb tanta facilitat.

—Tot va bé, Mario. No hi ha res que l'hagi d'amoïnar —va fer amb convicció, i jo me'l vaig creure i vaig seguir traient-me bata amb lents i mecànics moviments. Em sentia un autòmat.

De sobte, vaig veure passar el doctor seguit per la infermera. Caminaven de presa, nerviosos, i parlaven.

—Tot va bé —vaig escoltar de nou que feia la veu de *el Romà*.

Jo em sentia idiota perdut. Suposo que la tensió suportada durant aquelles hores em tenia drogat, fins al punt que ja no discutia res. Havíem acabat de canviar-nos i abandonàvem el vestuari, quan el metge ens va atrapar.

—No m'agrada donar falses esperances, però crec que hi ha novetats —va fer força optimista—. Gina ha abandonat l'estat de coma i sembla que està reaccionant.

—La vull veure altre cop —vaig demanar.

—No, ara no pot ser.

—Quan podré veure-la? —vaig insistir.

—D'aquí un parell d'hores podré contestar amb prou exactitud aquesta pregunta, malgrat que, si tot va bé, fins demà a la tarda no sabrem el que pot succeir. El millor és que se'n vagi a casa i procuri descansar. Té la meva paraula que el trucaré tan bon punt hi hagi notícies.

—M'estimo més quedar-m'hi —li vaig contestar.

—Mario, està esgotat i el millor que pot fer és dormir —intervingué *el Romà*—. No s'ha de preocupar per res. Tot va bé i demà a la tarda, quan hagi descansat, la podrà veure.

Era la tercera vegada que em deia que tot anava bé. El vaig mirar als ulls, després vaig mirar el doctor, que afirmava en silenci. Em sentia cansat, molt cansat. La tensió de les darreres hores havia acabat amb les meves reserves i el cafè ingerit no havia fet altra cosa que alterar en major grau, si això era possible, el meu estat nerviós. En altres circumstàncies no hauria acceptat el consell, però la veu de *el Romà* invitava a seguir-lo i el seu to, farcit d'autoritat, malgrat que no agressiu, donava a les seves paraules un toc de segur convenciment. Vaig afirmar amb el cap.

—Gràcies per tot —vaig dir al metge.

—És la nostra feina —respongué.

—Sigui com sigui, gràcies. Esperaré qualsevulla notícia amb vertadera impaciència.

Abandonàrem l'hospital cap a les tres de la matinada. Feia fresca. Em vaig pujar el coll de l'americana i vaig ficar les mans a les butxaques. A unes passes de la porta ens vam trobar amb Pasqualina, una companya i amiga de Gina. Ambdues havien començat a treballar a l'hospital el mateix dia i es portaven molt bé. Pasqualina arribava tot corrents i s'aturà només reconèixer-me.

—Me n'he assabentat fa una estona —em va dir entre esbufegades per causa de la corredissa—. Com es troba?

—Ha estat una operació molt complicada, però sembla que reacciona bé —li vaig contestar.

—Quina alegria! —li va sortir de l'ànima—. No haig de treballar fins demà al vespre, bé fins aquesta nit, que ja som en un altre dia, i he pensat demanar permís per quedar-me amb ella.

—No saps com t'ho agraeixo. A mi m'han futut fora, malgrat que m'han promès que estaré informat de tot —vaig fer amb tristor.

—No pateixis. Si hi ha alguna novetat et trucaré jo —m'assegurà i, després, la vaig veure dubtar.

—Ja t'ho explicaré demà. Ara, fins i tot, les cames em fan figa —em vaig disculpar.

—La curiositat pot esperar —somrigué i posà la seva mà damunt el meu braç i el va prémer afectuosament—. Et trucaré si hi ha alguna cosa —repetí i va pujar les escales.

—L'acompanyaré fins a casa seva —va dir *el Romà* i el vaig seguir fins a un Fiat gris ben discret, que estava aparcat un xic més enllà.

Tan bon punt vaig atrapar el cotxe vaig sentir un calfred i m'assaltà el temor que pogués esclatar només entrar-hi i posar-lo en marxa. *El Romà* va copsar els meus pensaments.

—Si hem de morir és que ha arribat la nostra hora, malgrat que em molestaria una mica que així fos. Encara em queden algunes coses per fer —somrigué i obrí la porta amb absoluta tranquil·litat.

Vaig tenir un petit ensurt en escoltar el brogit del motor que es posava en marxa, però no succeí res fora del normal. Més tranquil, vaig aclucar les parpelles i vaig intentar descansar. Havia estat un dia extraordinàriament llarg i defallia. Sort que Gina havia reaccionat... Si més no, era una petita llum a la foscor.

—Sap per què l'home se sent atret pel foc i pel mar? —vaig escoltar que feia la veu de *el Romà* al meu costat.

—Què? —vaig obrir els ulls.

—No s'ha quedat mai hipnotitzat davant les espurnes que s'escapen dels troncs que cremen a la xemeneia o pel moviment de les ones del mar? —preguntà.

—Sí, prou sovint.

—I no sap per què?

—Mai no m'ho he demanat —vaig respondre. Què hi tenia a veure tot allò amb el present?

—Quan l'home comença a fer-se preguntes i descobreix que tot és relatiu, que res roman, sinó que es mou i està en continu canvi, acaba per trobar-se penjat al buit, fins que s'adona que l'única cosa que no canvia és el moviment.

—Fins aquí ja he arribat —vaig somriure.

UN VOT PER L'ESPERANÇA

Gina em preguntava de tant en tant per què l'estimava i jo sempre li responia que definir l'amor és impossible, que es tracta d'un sentiment i que no hi ha paraules per fer-ho. Era mentida. El cert és que no disposava de cap resposta perquè no sabia què havia de respondre, perquè era conscient que la seva joventut, la seva bellesa, la seva energia, el seu caràcter i tot allò que veia en ella no serien eterns. Aquest pensament em trasbalsava i em produïa incomoditat. Què passaria el dia que em despertés i veiés una persona diferent de la que em vaig enamorar? El temps, malgrat que he arribat a la conclusió que no existeix, que no és més que un engany de la nostra ment, un paràmetre per mantenir viva la consciència del moviment, esdevé tortura infinita. En aquell moment, durant el curt silenci que regnà a l'interior del Fiat camí de casa, amb *el Romà* al meu costat, m'adonava que jo m'havia passat la vida perseguint l'eternitat i no havia estat conscient d'allò fins aleshores. Una vida no era prou per mi i la creença que podia viure amb l'esperança i la fe posades en alguna cosa més enllà de la mort em sonava a estupidesa. Jo desitjava, anhelava posseir l'eternitat i que tot el que m'envoltava romangués al llarg del temps.

El cotxe s'aturà davant del portal del meu apartament i jo vaig mirar *el Romà.* Va ser com un llampec, alguna cosa instantània, com un fogot i, en un instant, vaig descobrir el que ell pretenia fer, el que significava despertar l'home, caminar cap a la vida eterna, obrir els ulls i contemplar el camí que condueix a l'Ésser Suprem.

—Per què parla ben poc de vostè mateix i sempre es refereix a l'home? —li vaig demanar.

—Els homes som egoistes, ens veiem únicament a nosaltres mateixos i ens comportem com si fóssim el centre de l'univers i tot girés al nostre voltant. I no som més que un minúscul fragment, una partícula infinitesimal, la més petita de les partícules de pols que hi ha en tot l'incommensurable. Com puc parlar de mi si no tinc cap valor davant de la Creació, si sóc una part d'aquesta Creació, i no la Creació en ella mateixa? —em va dir mirant-me des de la profunditat dels seus ulls obscurs—. Tot allò que ens arriba i ens trasbalsa, fins i tot la mort d'un ésser estimat o la major de les desgràcies, no ens passa a nosaltres, sinó que, senzillament, succeeix. És una manifestació de la Suprema Intel·ligència que tot ho ordena. És un terrible cop descobrir que no som tan importants com ens pensàvem, que som una part del tot i no un apart del tot, i aquest descobriment porta aparellada la negació de tot allò que hem anat construint a la nostra ment dia rere dia, mes rere mes, any rere any. És canviar de posició el nostre punt de mira i contemplar com l'univers sencer s'atura i marxa en una altra direcció. És un morir per renéixer. És començar a viure l'eternitat des del temporal, sense dates de caducitat És, en una paraula, el gran salt de la humanitat. —Callà un instant, somrigué, i va fer—: Formosa teoria, oi que sí?

—Sí, molt bonica, però...

—Però s'ha de viure perquè esdevingui realitat —em tallà—. Vet aquí el repte. Aquesta és també la missió de l'Església: conduir l'home fins al llindar. Després, l'home començarà a caminar despert, dempeus, sense temor, sabent que existeix un més enllà i abandonant la fe cega, punt d'arrencada per multitud de fanatismes. La fe és un ham que ens ajuda a seguir cercant el coneixement de Déu, però quan la fe deixa de ser un medi i esdevé un fi, tot s'esfondra, com les torres bessones del Word Trade Center de Nova York. Llavors sorgeix la necessitat d'imposar obligacions i crear dogmatismes erronis i ens oblidem que els camins per arribar-hi són molts i que el dogma no és res més que un d'ells. Els dogmes són fars de llum que altres homes trobaren i situaren en el firmament com si fossin estrelles que guien el navegant. Complir unes normes perquè altres homes les dictaren i creure en uns dogmes per la senzilla raó que darrere d'aquesta creença hi ha la promesa de salvació, és una pèrdua de temps i una estupidesa, mentre no existeixi el desig d'anar més lluny, d'atansar-se a la font, Déu.

—Per què m'explica tot això?

—Perquè haig de demanar-li perdó —em respongué.

—Perdó?

—Sí —afirmà diverses vegades amb el cap—. He iniciat un camí i l'he arrossegat amb mi. Li vaig dir que hi hauria perills, però ni jo mateix podia imaginar que en fossin tants i tan grans.

—No es turmenti. Ja sóc prou gran i prenc les meves pròpies decisions. De manera que no m'hi ha arrossegat —vaig somriure.

—En moments com aquest, acabo dubtant de tot. Durant segles s'ha demanat a Roma, com a cap dels catòlics, que dicti normes per seguir. Mentre alguns han considerat que papes, bisbes i cardenals caminàvem molt a poc a poc, altres eren de l'opinió que anàvem massa de pressa i s'allunyaven de la doctrina predicada per Jesús. Estic espantat, Mario, i ara veig que tant els uns com els altres es veuran desbordats. Si segueixo endavant els conduiré fins a un cul de sac sense sortida, com no sigui cap amunt. Totes les estructures tremolaran i el caos s'apoderarà dels cors i és possible que tots els que es pensen que són els cridats se sentin rebutjats i es perdin. No oblidem que aquell que es valora serà devaluat i tot el que creu posseir la veritat morirà víctima de les seves mentides —De sobte adoptà un tarannà seriós i aixecà el dit índex per apuntar-me, acusador—. Ara, surti d'aquí, tanquis a casa seva, afegeixi llenya a la foguera de l'odi i planifiqui la seva venjança. Després, mori lentament consumit per l'infern que es desfermarà dintre seu. Però tingui present que ho farà tot sol. Malgrat que sento gran afecte per vostè, no podré acompanyar-lo.

Se'm va glaçar la sang a les venes, un escruiximent recorregué la meva esquena i en els seus ulls vaig veure el més enllà.

L'endemà al matí em feia mal l'estómac i em sentia dèbil, malgrat que estava més descansat. El telèfon no havia sonat en tota la nit, de manera que vaig maleir Pasqualina i el metge. M'havien enganyat. Em vaig llevar d'un bot i em vaig vestir sense afaitar-me ni rentar-me la cara. Ja estava a la porta quan vaig recordar que el contestador automàtic portava incorporat un dispositiu que el connectava a les dotze i el mantenia actiu fins dos quarts de vuit i, pel que feia el mòbil, la bateria ja feia hores que era ben morta. Vaig girar cua i vaig investigar si havia rebut alguna comunicació.

Sort que havia recordat aquest detall! Hauria estat força molest plantar-me a l'hospital fet una fúria per haver de presentar excuses immediatament. Hi havia tres trucades. Una del metge i dos de Pasqualina. En elles m'informaven que Gina havia tingut una recuperació espectacular, fora de normes, i que podia visitar-la aquell migdia. Semblava talment un miracle. Desitjava sortir corrents, però vaig romandre assegut. Abans havia de complir amb un altre compromís.

A les deu en punt entrava a la redacció. Vaig donar les gràcies a tothom que s'interessava per Gina, els vaig explicar la seva reacció positiva i em vaig dirigir al despatx de Frascatti. Anna s'aixecà en veure'm i m'expressà el seu sentiment pel que havia passat. Vaig agrair les seves paraules i vaig tallar quan abans millor. Anna era molt dels drames. Vaig trucar a la porta de Frascatti, vaig entrar-hi i vaig dipositar a les seves mans l'article que acabava d'escriure i que havia decidit lliurar en pròpia mà.

—Com està Gina? —em demanà.

—Viu i viurà —vaig fer amb un ampli somriure i absolut convenciment.

Frascatti aclucà les parpelles, inspirà profundament, va deixar escapar l'aire dels pulmons i va fer un gest afirmatiu amb la cap. Se'l veia feliç amb la notícia. Després, va cridar l'Anna, li va passar el meu article i li ordenà:

—A primera pàgina per demà.

—No el vols llegir? —li vaig preguntar sorprès.

—En tinc prou de mirar-te la cara per saber que és extraordinari —em contestà. En aquell precís instant sonà el telèfon interior. Frascatti despenjà i parlà només uns segons. Va tornar a penjar, em mirà, senyalà cap al sostre i digué—: És Grimaldi. Sap que ets aquí i t'espera a dalt, al despatx del consell d'administració.

La sang em va bullir. El primer impuls va ser pujar i posar en pràctica totes les meves fantasies mentals de la nit anterior, però les últimes paraules de *el Romà* pesaven massa. Horrors!

Vaig abandonar a poc a poc el despatx de Frascatti, vaig prendre l'ascensor, vaig caminar tot el passadís que conduïa fins al sancta santorum i vaig respirar fondo abans d'entrar-hi.

L'elegant Amadeo Grimaldi, amb el seu ben tallat vestit blau fosc, va venir cap a mi i m'oferí la mà. L'hi vaig tocar i vaig fer un esforç per prémer-la.

—Em sento molt trasbalsat per l'accident de la seva... —dubtà un instant— esposa —va fer finalment. Era un home que passava per bon creient i practicant.

—No és la meva esposa ni ha estat un accident —no vaig poder estar-m'hi.

—M'he estimat més la paraula accident. És menys dura i no crec encertat posar més llenya al foc. Quant si és la seva esposa, la seva amiga o la seva companya, crec que vostè l'estima prou com per entendre que les meves paraules no amaguen cap mena de doble sentit —respongué amb cortesia—. No desitjava ni desitjo ferir els seus sentiments i li prego que em perdoni.

—Ho sento. Estic un pèl susceptible —em vaig disculpar.

—Segui, si us plau. —M'indicà una de les butaques. M'hi vaig seure—. Vull que sàpiga que, malgrat les diferències de criteri que haguem pogut tenir, he sentit el succés com si es tractés de la meva pròpia persona. M'entén?

Doncs, no. El cert era que no ho acabava d'entendre. M'estava dient que ells, la Màfia, no hi tenien res a veure amb l'atemptat. Em vaig quedar confós. La Màfia té una norma sagrada: la paraula. Si ells ho haguessin fet no es disculparien d'aquella manera. Al contrari: em farien arribar el missatge que havia tingut sort i que allò m'ho podia prendre com un avís. Això em constava. Llavors, qui havia estat...? I la imatge de Hans substituí la de Grimaldi.

Vaig afirmar amb el cap per donar a entendre que copsava el seu missatge.

—Vull que sàpiga que acabo d'escriure un article i que Frascatti ha ordenat que surti demà a primera plana, malgrat que ni tan sols se l'ha llegit. No sé si li agradarà... —vaig fer i vaig esperar la seva reacció. Vaig copsar una lleugera tensió a la seva cara, però mantingué el tipus i no va fer cap mena de comentari. De manera que vaig seguir—: És un cant a l'amor en la mateixa línia que els meus darrers treballs.

—Llavors segurament és un gran article i mereix el lloc —respongué—. Haig d'afegir que la meva oposició als seus darrers treballs no és per causa del tema, sinó que podia fer posar en dubte la tradicional imparcialitat del diari. Tanmateix, haig de confessar que l'acceptació que han tingut per part del públic esborren completament els meus dubtes i que sóc amb vostè.

Continuava sent l'home astut i diplomàtic. Sempre quedava bé i mai no cometia errors, sinó que, en tot cas, tenia canvis de criteri, com ell deia força sovint. Estava clar que l'augment de tirada era alguna cosa que li proporcionava bons beneficis i Grimaldi era, abans que res, un home d'empresa. No per casualitat s'havia afanyat a pujar les tarifes publicitàries.

—Gràcies, moltes gràcies.

—També desitjo sortir al pas de certs rumors referents a algun petit incident que ha patit el senyor Frascatti en la persona dels seus fills. No en tenia cap notícia i puc assegurar-li que, si hagués estat al cas, hauria pres abans les mesures adients. De fet, ja hem donat part a la policia i se li ha proporcionat protecció —afegí. Jo vaig afirmar de nou amb el cap—. Li comunico tot això i m'agradaria que, si necessita alguna cosa, sigui quina sigui, no dubti a recórrer al diari. Vostè, igual que qualsevol dels nostres col·laboradors, és un element valuós per a la direcció. Sense vostès, nosaltres no podríem fer res.

Em va acompanyar fins a la porta i em repetí el seu oferiment. Li vaig donar les gràcies i vaig sortir.

Vaig trigar més de trenta minuts per poder tornar a la meva taula de treball. Tothom que es creuava amb mi m'aturava i no paraven de fer-me preguntes i més preguntes, fins que no vaig tenir més remei que pregar-los que tinguessin un xic de paciència. Havia d'anar a l'hospital.

Finalment vaig atrapar la meva taula i vaig veure que havien dipositat al damunt gairebé totes les publicacions del dia i que totes, sense cap excepció, donaven la notícia de l'atemptat i la coronaven amb comentaris prou eloqüents sobre la repulsa que tan brutal acte generava dins del món informatiu. Em vaig emocionar. Al costat de les publicacions hi havia un bon plec d'encàrrecs i notes telefòniques d'amics i col·legues. Liliana, la telefonista, me'n va portar quatre més i aprofità l'ocasió per interessar-se per Gina. La seva tasca no incloïa repartir encàrrecs, però jo coneixia prou bé la innata curiositat d'aquella dona, que la convertia en una bona font d'informació per aquells que gaudien de la seva simpatia. Sortosament, jo n'era un.

—El senyor Grimaldi li ha demanat al senyor Frascatti una còpia del seu article —m'informà en to confidencial. Després, s'atansà un xic i baixant la veu afegí—: No s'hi ha d'amoïnar, ha dit que és molt bo i que causarà sensació. —I se n'anà amb sigil com l'espia que acaba de passar una informació vital. Mira que li agradaven a Liliana les intrigues!

Vaig abandonar *Notizia* i vaig prendre un taxi que em conduí fins l'hospital Gemelli. Durant el trajecte vaig meditar sobre Hans. No tenia sentit que hagués estat ell. Li havia tret la careta aquella mateixa tarda. Per tant, no havia tingut temps per preparar l'acció. Era evident que qui anava darrere meu, ja feia dies que ho preparava. Si més no, això es desprenia de les explicacions d'Angelo. Tornava a estar com al començament i instintivament em vaig posar alerta i em vaig dedicar a observar tots els cotxes que seguien el taxi.

Vaig entrar a l'hospital a quarts de dues i m'informaren que havien traslladat Gina a una habitació. Era un bon senyal. Magnífic senyal! Vaig prendre l'ascensor i, durant el trajecte, vaig reprendre els meus pensaments de la nit anterior, quan vaig descobrir que el concepte d'amor era un miratge, i em vaig adonar que jo buscava en ella alguna cosa més que un contacte físic, uns pensaments, una personalitat, un caràcter o uns sentiments. Jo buscava a la Gina sense nom, a la dona sense sexe, buscava la seva ànima, igual que buscava la meva. El seu cos, els seus pensaments, les seves emocions i sentiments, malgrat que són necessaris, no eren altra cosa que mitjans posats al nostre abast, portes d'entrada cap a l'amor sense límits i cap a la unió sense fronteres, i em vaig alegrar que fos així. Si Gina tornava a preguntar-me per què l'estimava, li respondria «perquè ets tu», i sabria molt bé el que deia i tindria la seguretat que ella copsaria tota la dimensió que s'amagava darrere tan poques paraules.

L'ascensor s'aturà i el cor se'm desbocà. Vaig empènyer la porta perquè s'obrís ben de pressa i vaig caminar ràpid. Alguna cosa al meu interior em xiuxiuejava que ella m'estava cridant, que pressentia la meva visita i que desitjava veure'm. Vaig atrapar la porta de l'habitació quan Pasqualina l'abandonava. Se la veia cansada, però somrient.

—Està millor. Dèbil, però bé, que és el que importa —em comunicà amb veu baixa—. No la molestis gaire i procura que no parli i que dormi. És el més important en aquests moments.

—Quan fa que està desperta?

—Només uns minuts. Jo diria que t'hi esperava —somrigué.

Li vaig donar les gràcies i vaig entrar a l'habitació. La persiana estava baixada, l'estada en penombra i plena de silenci. Vaig esperar fins que els meus ulls s'habituaren a l'absència de llum i vaig escoltar la veu de Gina, dèbil, llunyana i apagada, que em cridava.

—Mario.

—Sí, sóc jo. No parlis o m'estovaran —vaig gosar fer broma. Estava molt emocionat i les llàgrimes brollaven amb facilitat. Em sentia infantil plorant, alegre. Em vaig atansar al llit, vaig prendre la seva mà entre les meves i vaig fregar la seva galta amb els meus llavis.

—T'estimo, Mario —mormolà.

—Jo també —vaig respondre.

—Que plores?

—Si no calles, Pasqualina em farà fora —li vaig contestar. Un lleuger sentiment de vergonya pels meus plors m'embargava. Massa sovint m'havien dit que els homes no ploren. Tantes, que m'ho havia arribat a creure. Quina bajanada!

—Estic bé. Això no ha estat res —vaig escoltar que feia la seva veu.

—No parlis més o Pasqualina em fotrà un tou que m'hauran d'internar a mi també —vaig somriure. Sempre fèiem broma sobre el físic de la seva amiga, que tenia unes espatlles dignes del més bèstia dels estibadors.

La seva mà va prémer la meva. Va romandre en silenci i poc després s'adormí. Vaig continuar al seu costat durant força estona, fins que va entrar Pasqualina i em va fer un senyal perquè la seguís. Quan ja érem al passadís, tancà la porta.

—Has menjat alguna cosa? —preguntà.

—No —vaig negar. Tampoc havia esmorzat. I menys encara, havia sopat la nit anterior.

—Doncs ves a omplir la panxa, que fas una cara d'afamat...

—S'ha dormit —vaig comentar.

—I què et pensaves que podia fer amb els sedants que li hem ficat al cos? —rigué.

—Llavors, a què treia cap tot allò que procurés que dormís i que no la molestés?

—Era per donar-li una mica d'emoció a la situació —va fer broma. Després, es posà seriosa—. Mario, hi ha una cosa que has de saber —va dir, i a mi se m'encongí el melic—. L'operació ha anat bé, però, a més del ronyó i la melsa, que li han hagut de treure, té una lesió a la columna. És prematur i els metges no volen pronunciar-s'hi, però tenen por que quedi paralítica de les dues cames.

—El més important és que viu —vaig respondre sense rumiar-m'ho—. T'agraeixo molt que m'ho hagis fet saber. Ella en sap alguna cosa?

—No. Encara no és segur. Comprens?

Vaig prémer els llavis i vaig guardar silenci. Dins meu lluitaven els dos Marios: el que s'espantava davant la imatge del que podria ser la meva vida al costat d'una persona invàlida, amb tot el que significava de subjecció i de dependència, i el que estava disposat a sacrificar-ho tot, a pensar en Gina i a ajudar-la a superar una situació traumàtica. Per ella, dona dinàmica i habituada a moure's amb tota llibertat, si havia de passar la resta de la seva vida enganxada a una cadira de rodes, amb total dependència dels altres, seria un drama de proporcions incalculables. Sí, Gina patiria horrors. Més per mi que per ella. Eren massa les proves que havia rebut de la seva generositat com per posar-ho en dubte. I va vèncer el Mario fort, generós i sincer.

—Comprenc —vaig fer amb un somriure.

Amb aquella rialla pretenia fer-li passar el missatge que estava disposat a acceptar qualsevulla condició amb alegria. La vida de Gina, la riquesa que em proporcionava la seva companyia, la felicitat que em procurava poder tornar-li les seves atencions amb mi, la paciència i la comprensió es trobaven per damunt de tot, de qualsevulla circumstància adversa. Pasqualina copsà els meus pensaments, va posar la seva mà damunt del meu braç, s'atansà i dipòsita un petó a la meva galta. Em vaig sentir orgullós. Amb aquell petó acabava de dir-me que jo era un gran tipus.

14.- LA GRAN REVOLUCIÓ

El segle XX es coneix com la Centúria de l'Acceleració i no és gens d'estranyar. Els salts se succeïren amb velocitat de vertigen. Dues guerres, de tal magnitud que mereixeren el qualificatiu de mundials, ocuparen la primera meitat del segle i s'arribà a les portes dels anys 50 amb la mirada posada a la lluna, quan la base de partida no fregava gairebé el motor d'explosió.

La segona conflagració serví per l'adveniment d'una nova generació amb noves idees, nous projectes i noves fites. L'Atlàntic ja no era una frontera, les distàncies es reduïren i, amb l'arribada de l'era de l'espai, les dimensiones es multiplicaren. Era lògic pensar que la mentalitat d'aquelles generacions de postguerra també s'eixamplarien i portarien canvis importants.

L'explosió demogràfica, tan natural després d'una guerra, creà un exèrcit de joves que començà a tenir pes específic durant la segona meitat de la dècada dels 50. I, així, s'arribà a l'any 1960, que fou l'inici d'una dècada que passaria a la història com la Revolució de la

Contracultura. En aquests deu anys el món va patir un revulsiu que inicià un canvi d'estructures a una escala sense precedents, malgrat que pocs eren conscients de tal magnitud. Un jovent amb imaginació es posà a caminar i ho arrabassà tot. Va ser la dècada dels Kennedy, dels Beatles, de la moda Op-Art, dels Hippyes, de l'entrada de corrents orientals al món occidental, de Jean Paul Sartre, del Maig Francès...

Després, els joves s'adormiren, es desorientaren, i la força i l'empenta dels seus anhels de pau i les teories de Gandhi evolucionaren i van donar lloc al moviment verd, la imatge Punk i tot un seguit multicolor de tendències i moviments contraposats que tenien per comú denominador el descontentament i la frustració. La crisi i l'atur revelaren que les estructures ja no servien, que eren caduques. L'evolució tecnològica i l'entrada a la dècada de la revolució electrònica (la dels 80), amb l'aplicació massiva de la nova tecnologia a tot allò que ens envoltava, ens conduí a un món increïble on la realitat superava amplament la imaginació. Tot esdevenia automàtic, l'home treballava menys hores i vivia amb més comoditat, però tant més gran és la cara d'una moneda, que més gran esdevé la seva creu.

Un concepte encunyat feia anys cobrava viva actualitat i es convertia en un drama lacerant. Ja era una realitat el que es coneixia amb el nom de civilització de l'oci. Dues terceres parts de la humanitat seguien vivint al Tercer Món, però hi havia un altre món, el primer, que havia arribat a un grau de desenvolupament tan alt que tenia plantejat un repte: com ocuparien el seu temps de lleure? En aquest punt es trobaven els Estats Units, Japó i Alemanya i, després d'ells, a poca distancia, la Gran Bretanya trucava a les portes, Franca, Suècia,

Dinamarca, Holanda, Bèlgica, Suïssa, Noruega i altres empenyien els britànics, mentre que els països meridionals com Itàlia, Espanya, Grècia i Portugal s'arrapaven a la cua de la serp multicolor i eren arrossegats cap al carcany del monstruós déu de l'oci. Era una qüestió de temps, tan sols de temps, i Europa sencera seguiria copiant els models marcats pel colós americà.

Les grans fàbriques, totalment automatitzades, produïen i produïen sense descans i induïen a consumir més i més. Els ritmes musicals es tornaren cada cop més trepidants. La vida esdevingué un terbolí que anava darrere de la felicitat i un intent per omplir les buides hores de lleure. El mercat de serveis entrà en l'espiral creixent que mirava d'esprémer-se el cervell per donar cabuda a totes les idees i ja es dirigia cap a aquesta felicitat artificial. Els gurus apareixien fins i tot dessota les pedres, les reunions espiritistes i ocultistes atreien un nodrit grup d'insatisfets i el sexe adquirí rang de déu i molts eren els que entraven dins la seva òrbita i molts aquells que acabaven fastiguejats, trencats i aparcats a la cuneta. La droga formava part de la vida diària d'homes i dones que ja ho havien tastat tot, segons les seves pròpies paraules. Un cap afaitat, un rostre pintat, una vestimenta repel·lent i un llenguatge empobrit es convertiren en símbol d'alliberament. A mi em feia tota la fila de trobar-me davant de la decadència.

Així naixeren dues grans tendències: els conservadors, a qui el sistema els semblava prou adient i que s'havien emmotllat a les estructures, i els destructors que sota el lema de «Tot allò que recorda el Sistema ha de ser destruït» perseguien l'establiment d'un nou ordre basat en la llibertat de l'individu i que, sense adonar-se'n, eren tan conservadores com els primers.

Els destructors preconitzaven la seva distinció respecte dels conservadors i respecte de tot el món, però adoptaven els mateixos paràmetres que aquells i havien creat un estil de vida, igual que els conservadors, i formaven grups homogenis amb formes de vestir, de parlar, de caminar i de comportament ben definides, igual que els conservadors. En quina cosa es distingien...? Únicament en les seves manifestacions externes, perquè el seu interior era idèntic. Desitjaven enderrocar un ídol per implantar-ne un altre i continuar adorant-lo.

Allò no era una revolució. En tot cas era un simple canvi de decoració. Era la decisió d'una dona capriciosa que renova el mobiliari de la seva llar farta de seure's al mateix sofà i contemplar el mateix aparador. Ni tan sols era un canvi de residència.

El propi sistema, amb molta més intel·ligència, absorbia, païa i es nodria d'aquells canvis, creant una estructura econòmica i comercial que mantingués quiets i tornés productius els que perseguien la seva destrucció. D'aquesta manera, amb senzilles normes psicològiques, convertia qualsevol pseudorrevolucionari en home famós, li omplia les butxaques i l'allistava dins les seves files. Així van néixer gent de la moda, perruquers, filòsofs, escriptors, cantants, músics, pintors... que escopien i cridaven contra el sistema, per tal que aquest es refermés encara més. El procés era extremadament simple: generar els seus propis moviments revolucionaris perquè els disconformes deixessin anar els seus impulsos destructius i s'adormissin en els seus somnis tot restant presoners de la creença que estaven assolint els seus objectius. Hi havia per treure's el barret davant de tan gran saviesa i perfecció. Res no podia destruir-lo i manegava els fils de la seva pròpia destrucció, mercès a la seva capacitat camaleònica d'adoptar el camuflatge adient per a cada circumstància.

El seu més ferotge i acarnissat enemic, l'extrem oposat, el món comunista, havia fet un gir de cent vuitanta graus i ara era el seu més preat aliat. La Xina es desvetllava, Rússia iniciava una lenta revifalla i altres països se li sumaven. Els murs queien, com el de Berlín, símbol d'un passat caduc i de la nova globalització, pantalla que pretenia amagar que el propi sistema havia trobat la forma de perpetuar que sempre existiran rics i pobres.

És un procés prou demostrat en màrqueting que quan dues empreses volen fer-se amb el control absolut del mercat, refermar la seva permanència i destruir tot possible competidor, no han de fer altra cosa que muntar una campanya publicitària on es recordi constantment al consumidor l'existència d'ambdues i la necessitat de triar per una de les dues. Est o Oest, Occident o Orient, vet aquí el dilema, que diria Shakespeare. La resta no hi compta, no existeix, i ambdós es perpetuen. L'un, amb els seus atacs, no fa res més que recordar i perpetuar el contrari i viceversa: jo t'ataco perquè tu m'ataquis i, així, l'home, amb la seva ment dual i obtusa, ens sosté. D'aquesta manera, només ens faran por els que se situen al marge de les nostres postures i busquen un camí nou sense connexió amb nosaltres, mentre que tota barreja d'ambdós ja ens està bé i anirà a petar, indefectiblement, a alguna de les nostres òrbites i serà controlada.

L'home continuarà buscant una sortida immers en el laberint creat pel sistema, però els poderosos no fan altra cosa que engrandir aquest laberint amb gran rapidesa i l'home segueix donant voltes i més voltes, esmaperdut, fins que perd completament el rumb i oblida que la seva fita era sortir i creu que l'objectiu és continuar caminant. Llavors sorgeix la patètica imatge de l'ésser que es torna un caminant mecànic que se'n va cap a la dreta o cap a l'esquerra en funció de la informació que se li ensenya.

Fins i to els que semblen quedar-se quiets, que la seva voluntat i la seva trajectòria són rectes i estan ben dirigides cap a un objectiu concret, els que hem catalogat com a homes d'ideals clars, no són res més que titelles, pobres caps d'un moviment polític necessari al sistema. Són màquines esgarrades que giren al voltant d'un punt fix i lluiten per atraure cap a ells tots els que arriben a imaginar que ells són la porta de la llibertat. Són, en una paraula, els fanàtics, els extremistes, els dements que veuen el món per una escletxa i amb llum monocromàtica.

Un cop més em treia el barret davant de tanta perfecció i, una vegada més, em demanava si hi havia alguna cosa capaç de canviar aquell ordre i transformar-lo en un ordre superior. En quina cosa es diferenciaven els imperis persa, romà, egipci, el de Felip II o el napoleònic dels moderns rus i americà? Potser en les formes, en l'aspecte extern, però en res més, perquè el poder, l'afany de domini, l'ús de la força bruta i la creença que es troben en possessió de la veritat seguien sent les característiques de tot imperi.

Tanmateix, res en aquest món posseeix els atributs de perfecció i d'eternitat, ni tan sols el propi món que, com tots bé sabem pot ser destruït en gairebé unes hores i veurem les seves deixalles escampades per tot l'univers, que ja tindrà cura de reabsorbir-les i transformar-les.

Llavors, on anirà a petar l'ésser humà amb tota la seva càrrega d'arrogància i d'egocentrisme?

Aquest va ser el terrible missatge amb què *el Romà* va omplir l'èter durant el mes de juny i que motivà que els joves comencessin a escoltar-se'l i els poderosos tremolessin dalt dels seus trons i llencessin feroços atacs contra l'Església, a la que acusaven de demagògia i amb clares tendències revolucionaries i desestabilitzadores. El Papa Rossi complia les seves promeses fetes als Països Baixos i les seves prediccions prenien cos i aquells que més demanaven eren els que ara s'esparveraven i protestaven amb més força.

A poc que analitzéssim l'atrapada de les seves paraules entendríem el motiu de l'horror. Si l'home despertava del seu llarg son descobriria que el laberint on l'havien tancat era artificial, una il·lusió, un monumental, tètric, ridícul i esparverador miratge i que no tenia per què malbaratar la seva vida mirant de sortir d'un lloc que no existia i acabar perdut per camins i caminois que no conduïen enlloc. Capitalisme, comunisme, socialisme, liberalisme, globalisme, proteccionisme i totes les seves barreges no eren més que conceptes que queien amb una sola bufada. Religions, creences, tendències, idees, ideals i fanatismes eren focs follets que es desfeien només gratar-los. L'autèntic, allò que roman, que té solidesa, és l'home i el seu Creador. El sistema, per ell mateix, no era més que un artifici, un esquer sense consistència, sense força i sense valor. El pecat era l'error i l'engany. L'avarícia, la luxúria, l'enveja i tots els defectes que podem imaginar no eren més que el producte d'una creença tan falsa com el mateix concepte de pecat. És a dir: pensar que som elements únics i que l'univers gira al voltant de la nostra persona.

El Romà parlava de l'home com a manifestació de Déu, l'Ésser Suprem, Intel·ligència Total, Amor Infinit i Poder Absolut. Aquí calia trencar amb tot el que havíem après, calia esdevenir un infant i despertar a una nova visió de la vida. Veure i viure com un nen de pit, sense fronteres, però amb tota la intensitat i l'experiència d'un adult. *El Romà* oferia un nou al·licient a la nostra existència: el de desenvolupar-se i cercar la font del saber i de tot goig. Era un revolucionari als ulls dels que ostentaven el poder, quan no feia altra cosa que treure la pols de conceptes enterrats molt temps enrere, i no obstant això tan vitals.

Durant tot el mes de juny li vaig seguir les passes amb gran interès i vaig freqüentar el Vaticà amb assiduïtat. Semblava que ja ningú em seguia a mi. Bolone em confirmà el rumor que l'IOR estava sent desmantellat i que el complex aparell burocràtic de la Santa Seu estava patint una profunda reestructuració i simplificació que mantenia inquiets i preocupats tots els seus habitants, que veien perillar les seves comoditats i prebendes. També vaig trobar en diverses ocasions Chigi i em vaig aturar per xerrar-hi una estona. El pobre sacerdot no es pronunciava en cap sentit, tot i que, en aquella ocasió, no era per seguir el seu costum, sinó que vaig endevinar als seus ulls el desconcert que regnava dintre seu. Aquests no eren els canvis que ell esperava, però el seu sentit del deure i la disciplina l'obligaven a seguir el ritme marcat en contra dels seus desigs.

A finals de mes els rumors es posaren de nou en marxa i arribaren fins a les meves orelles. Un grup de cardenals, encapçalats per Albi, es mobilitzava. A la seva ment una idea: l'Església seria destruïda si *el Romà* continuava el seu incontenible avanç. Al desmantellament de tot l'aparell burocràtic, econòmic i financer podia succeir-li un altre d'imprevisibles conseqüències, com deixaven entendre. Tota la complexa burocràcia vaticana desapareixeria i, amb ella, la influència política i social que gaudia la Santa Seu. L'home de la sotana blanca llançava a les masses missatges massa perillosos, explicava que ningú posseeix la potestat de jutjar i de legislar en matèria espiritual, que el camí cap a Déu neix de l'interior i necessita la llibertat absoluta de pensament, la independència i la no subjecció a models prefabricats. I el que era més dur d'acceptar: l'home ha vingut a la terra per ser feliç, per gaudir-ne, no pas per patir. Aquestes asseveracions podien conduir al caos a milions de ments tradicionals i s'havia d'evitar a tot preu.

El Romà deia que l'home viu immers en un món material que ha d'entendre per tal d'acceptar-ho i que la llibertat no és la facultat de fer desfer tot el que vol, sense tenir en compte la resta, sinó la suprema decisió d'executar el que hem de fer sense dependre absolutament de res, tant si es tracta d'un acte heroic com si és el més vulgar dels treballs. D'aquí neix el goig i l'alegria, no del gaudiment de les vanitats, però, per això, l'home ha de sentir-se home, no màquina, ha de viure el present intensament, sense remordiments, sense destorbs, sense complexes. En aquest viure quotidià es troba la seva realitat immediata i la porta per a la seva realitat transcendent. Sentir-se viu és el primer graó, no pas complir un bon plec de receptes que acaben produint frustracions i sentiments de culpabilitat. Frases com «el just peca setanta cops al dia» han de reprendre el seu veritable significat, el de mantenir-se vigilant, no el d'estar penedint-se a cada instant i pregant el perdó dels pecats.

Tanmateix, tot allò que de bonic tenien les seves paraules era silenciat pel grup de cardenals i els atacs se succeïen i s'estenien, malgrat que la seva veu començava a ser corejada per altres cardenals, que comprenien el sentit del seu missatge i es buscaven a ells mateixos amb sinceritat.

A finals d'aquell mateix mes Gina abandonà l'hospital. Els metges no es posaven d'acord. Alguns deien que no tornaria a caminar i altres, més optimistes, mantenien una dèbil esperança. Jo procurava ser a casa la major part del temps possible i Giacomina tenia cura d'ella. Ens costava un ronyó, però vaig renunciar a les copes a «Cellini», fumava la meitat del que tenia per costum, gairebé no anava a sopar fora i em vaig donar de baixa al club. Llavors vaig descobrir la llarga llista de coses supèrflues que havia convertit en imprescindibles i em vaig sentir alliberat. Els meus pulmons m'ho agraïren i el meu estómac deixà d'existir. Em semblava increïble no haver-ho descobert fins aquell instant.

A començaments de juliol arribà la primera d'una llarga sèrie de notícies que es convertiren en costum a la setmana següent. Macobe, el bisbe del Senegal, va ser detingut i interrogat sobre les seves suposades instigacions a la desobediència de les lleis i els seus sermons empastifats de tons revolucionaris. Ens vam abocar damunt dels ordinadors. El volien jutjar. Als sis dies li arribà el torn a l'arquebisbe de Philadèlfia. En aquest cas l'acusació era un intent de crear un moviment comunista. Després, el cardenal arquebisbe de Los

Àngeles també visità la comissaria. I, així, vaig assistir a una desfilada de més de quinze prelats, sense comptar-hi els sacerdots que van patir atacs personals, insults i agressions físiques, fins i tot per part d'altres sacerdots. En poc menys de quinze dies l'Església va ser cercada i assetjada per tots els costats i aquelles escaramusses esdevingueren alguna cosa molt més seriosa: tres sacerdots havien mort apedregats. El món s'havia begut l'enteniment.

Quan tots esperàvem un canvi de rumb, una intensa ofensiva diplomàtica de la Santa Seu, *el Romà* es dirigí a la multitud congregada a la plaça de Sant Pere i clamà bé alt que les portes de l'Església estaven obertes de bat a bat. Allò significava que ell no accediria davant les peticions dels sacerdots, bisbes i cardenals que exigien un respir i una represa dels esquemes anteriors. Qui desitgés abandonar el sacerdoci ho podia fer amb tota llibertat, ningú els subjectava, com no fos la seva pròpia consciència. Els temps de la subjecció per la força havien conclòs.

Una setmana més tard les peticions de secularització s'amuntegaren damunt la taula i *el Romà* va ordenar que s'analitzessin i es despatxessin amb la màxima celeritat. Un home que dubta és un home que pateix i potser ha de perdre el que té per adonar-se'n del seu valor. Si torna serà per quedar-s'hi. Si no torna, tal vegada, aquest no era el seu camí.

La gent es duia les mans al cap i veia en l'actitud de *el Romà* el signe de l'Anticrist. Veus de tots els racons del món s'aixecaren i clamaren que allò era la destrucció de l'Església, el fi de l'obra de Crist. Però *el Romà* no retrocedí.

—De què teniu por? —preguntà durant una improvisada roda de premsa—. Si l'Església és una institució divina, a sant de què tan escarafalls? Potser la vostra fe és tan pobre que necessiteu posar dogal a tot aquell que va creure erròniament que la seva vocació era el sacerdoci? Els que han estat empresonats i desitgen alliberar-se i, per això, volen retractar-se de tot el que van dir, poden fer-ho, perquè significa que no van ser sincers. El servei a Déu és entrega total, absoluta, sense reserves. No heu demanat a l'Església llibertat? Doncs ja teniu fins i tot la llibertat de morir. Ningú, aquí a la terra, us jutjarà. Ningú, absolutament ningú, té aquest poder i desgraciat del que ho faci. Tot el que desitgi buscar a Déu és lliure de fer-ho i lliure d'alliberar-se ell mateix. Aquesta és la llibertat que hem de defensar. Les lleis les complim perquè som lliures, no perquè siguin obligatòries. Així, tota llei injusta desapareix, tota llei que persegueix només la comoditat del poderós és injusta i tota llei que contribueix al desenvolupament personal és justa. Tota llei ha de ser el reflex de la Llei i ningú no està al marge ni per damunt d'ella. Per més gran que sigui el seu poder a la terra no s'escaparà de la Llei Universal.

—Què en pensa, del divorci? —preguntà una periodista.

—El que jo penso o deixo de pensar sobre un tema concret, quin sigui, poc importa. El que sent cadascú de nosaltres en el més profund del seu ésser és el que compta. Pocs són aquells que saben el que s'amaga dins del més íntim del seu sentiment, sinó que estan adormits. El matrimoni, en el seu aspecte espiritual, no és un contracte, malgrat que les lleis humanes així ho cataloguen. El matrimoni és un vincle que rep el nom de sagrat. Un cop es consuma és absolutament impossible desfer-lo. Està per damunt de qualsevulla llei humana, però no pensi que el matrimoni queda consumat pel simple acte de jeure plegats homes i dona. Quants cops hem escoltat de boca d'uns pares frases tan absurdes com «he casat la meva filla o el meu fill»? Quantes vegades us han dit «ens va casar aquest o aquell sacerdot»? Des de quan els pares o els sacerdots són els ministres del matrimoni? Potser no ha quedat clar que els ministres del matrimoni són els propis contraents? Ningú els empeny a acceptar un vincle d'aquesta categoria. La seva llibertat d'elecció és una exigència i molts matrimonis d'avui en dia, malgrat que tenen fills, encara no han estat consumats. S'adona del significat d'aquesta exigència? Per molts enrenous que hi posem, per molta obligació que imposem, ningú no pot manar en la inconsciència ni en l'estupidesa. Cal una gran dosis d'humilitat per comprendre que el matrimoni és una escola d'infinites possibilitats on aprenem convivència, caritat, paciència, humilitat i generositat. És molt còmode dir «m'hi he equivocat». El difícil és buscar la causa de l'error i esmenar-ho i aquesta causa no està habitualment en el matrimoni, sinó dins d'un mateix, en l'egocentrisme que ens aboca a considerar el nostre company o companya com una possessió. Quan estem disposats a reconèixer i a acceptar descobrim que tot és senzill i que, identificada la causa, posar-hi remei pot esdevenir un joc d'infants, com també ho és el capriciós oronejar de flor en flor al que ens ha acostumat el ritme de vida actual. Cada cop que algú parla en aquests termes s'aixeca una veu que crida bé alt «Prou sermons!» Tal vegada la guineu no va dir que el raïm encara no era madur, quan resulta que estava dolguda perquè no l'atrapava? —Va fer una pausa, mirà a la periodista, somrigué i afegí—: Que jo li expliqui els meus pensaments no la tranquil·litzarà. Busqui amb sinceritat i trobarà aquesta pau que ha perdut. Deixi que el seu vertader jo aflori, sentis copartícip de l'univers i serà protagonista de la seva pròpia existència. Ara no és ni això.

Tots els periodistes que hi vam assistir, a aquella roda de premsa, ens vam quedar bocabadats. Prou sabíem que la nostra companya estava en vies d'obtenir el divorci.

Cada dia els periodistes el posaven a prova i *el Romà* acceptava el repte amb un somriure. Les seves paraules m'interessaven i la seva personalitat atreia poderosament la meva atenció. Les múltiples aparicions en públic i els seus compromisos m'impedien veure'l amb la freqüència que hauria desitjat. No em quedava altre remei que conformar-me amb ocasions que el podia enxampar al vol.

Els periòdics, tots sense excepció, augmentaren les tirades. La gent llegia amb avidesa tot el que es referia a l'Església, que ocupava amb freqüència les primeres plenes dels rotatius. Dubto que, en tota la seva història, qualsevol tema relacionat amb Roma tingués tanta ressonància. Un moviment del Papa es convertia en motiu d'especulació i era interpretat de mil maneres diferents per les dues tendències oposades del món catòlic: els espantats que pregonaven que la Cadira de Pere estava en mans de l'Anticrist i que Satanàs caminava en llibertat i aquells que el defensaven a cap i espasa. Però el més important era que enmig brollava una tercera via, força curiosa. Molts sacerdots, que havien fundat comunitats de base, començaren a repetir les paraules de *el Romà* i aglutinaren grups de joves i grans que feia molt de temps que no trepitjaven una església. Eren homes i dones que ajudaven el proïsme sense enarborar la bandera del cristianisme, sense preguntes, que acceptaven qualsevol que desitgés unir-se a ells sense obligar-los a ser catòlics, sense una espurna de proselitisme, sense més condicionant que el de buscar-se a ells mateixos i a Déu. Algunes d'aquestes comunitats saltaren a la palestra amb motiu d'un suposa escàndol, però es feia notar la unió que regnava entre els seus integrants i els membres d'altres comunitats diferents, com si entre ells existís un vincle més enllà de les distàncies i de les ideologies. Era un moviment que bé mereixia un estudi en profunditat.

A la redacció de *Notizia* vaig assistir a un espectacle que era fidel reflex del que passava al carrer. Els meus companys discutien entre ells, uns a favor i els altres en contra de *el Romà* i dels seus plantejaments.

En certa ocasió li vaig preguntar a Frascatti quina opinió li mereixia el Papa Pere II i em va confessar que estava desconcertat, que totes les seves estructures mentals queien i que vivia un mar de confusions, fins i tot ja no sabia distingir amb claredat entre el bé i el mal i en res va contribuir a clarificar la seva nebulosa el fet que *el Romà* digués que el bé i el mal només existien dins el nostre cervell. Allò era massa. O es trobava una sortida o ell s'ofegaria, em va dir Frascatti. I jo vaig recordar les paraules de *el Romà* quan em va dir: «Situarem l'home en un cul de sac sense sortida, com no sigui cap amunt.»

Jo, per part meva, apuntava que amb aquella doctrina s'estava orquestrant un possible final per al sistema i una possible porta cap a un nivell superior del pensament i de l'esperit. Però... permetrien els poderosos que fos així?

15.- CITA A JERUSALEM

Dies després de la meva conversa amb Frascatti, Michele i Serena van venir a sopar a casa. Gina es passà la tarda donant-me d'indicacions des de la seva cadira de rodes per tal d'aconseguir que jo fos capaç de preparar una menjar decent, objectiu que vam assolir després que ella em fes fora desesperada i donés els últims tocs. Estava molt bonica i francament recuperada. Mai no vaig imaginar que arribés a prendre's la seva nova situació amb tanta filosofia. Em feia portar-li tots els diaris i m'obligava a explicar-li tot allò que tenia relació amb *el Romà,* cosa que jo feia amb tot luxe de detalls, mentre ella seguia preguntant més i més. El dia que li vaig relatar la visita del Papa a la UCI, on ella havia estat internada, s'emocionà i plorà. En diverses ocasions vaig estar temptat de convidar *el Romà* a sopar amb nosaltres, però Gina estava encara un xic dèbil i dubto que ell hagués pogut acceptar. El sopar amb Serena i Michele seria com una prova de foc. Jo sabia que, inevitablement, sortiria el tema de més actualitat i podia ser motiu de discussió, cosa que no li convenia a Gina en absolut.

—Te n'adones de l'embolic que ha organitzat Pere II? —va fer Michele durant el sopar.

—Més o menys —vaig respondre. Digués el que digués, jo estava disposat a donar-li la raó en tot per evitar qualsevol enfrontament.

—A casa tinc enregistrats uns trenta discursos seus i els he escoltat un fotimer de vegades —em va explicar—. Hi ha per espantar-se, t'ho asseguro.

—Tan dolent és el que diu? —demanà Gina.

Vaig encetar una oració, mentre mirava de tallar el tema, però Michele arribava amb ganes d'escopir tot el que duia al pap i res no l'aturaria, com no fos un mastegot a la galta. De manera que em vaig resignar a escoltar i intentar suavitzar qualsevol sortida de to.

—Al contrari, és extraordinari —exclamà Michele—. M'he passat tota una vida perseguint el que sempre he tingut davant del nas i el Papa m'ho ha servit en safata de plata. —Somrigué i ens mirà, a Gina i a mi—. Tots busquem la felicitat, oi que sí...? Vosaltres sabeu que Serena i jo hem viatjat força, que coneixem l'Egipte, l'Índia, el Japó, Austràlia, Europa sencera, Canadà, els Estats Units, Brasil... i una bona colla de racons d'aquest planeta. Doncs bé, fa pocs dies he descobert que viatjava darrere d'una quimera. Sempre que emprenia un nou viatge em deia a mi mateix que el secret de la felicitat havia d'estar en algun lloc de la terra i que jo el trobaria, però sempre tornava amb un bon plec de rodets fotogràfics i una tremenda desil·lusió. Les pedres d'Egipte, les tombes i les piràmides no em van revelar res de nou. La misteriosa Índia i el complex Japó no deixaren en mi altra cosa que records i experiències sorprenents. Brasil, amb tot l'embruix, em desil·lusionà i tampoc hi vaig torbar res. —S'aturà per prendre alè i continuà—: Serena i jo hem escoltat les paraules del Papa i les hem meditat. Us dic que aquest home és pura dinamita. Us heu adonat que no parla de misteris...? Tot ho explica amb una senzillesa esparveradora. No hi ha més que escoltar-lo i la foscor s'il·lumina. Ja no necessito seguir buscant fora d'aquí. Al meu interior hi ha prou material com per omplir tota una vida.

—Sí —intervingué Serena—. Hem descobert que podem prescindir de moltes de les comoditats que ens envolten, que no serem més alegres per beure un o un altre refresc, ni ens sentirem més segurs per disposar d'un iot i ser l'enveja dels nostres amics.

—Ella segueix sent ella, malgrat que deixi de visitar cares perruqueries, malgrat que no llueixi el model de la temporada. La seva bellesa està en ella mateixa, al seu interior, a la seva mirada, als seus gests i pertot el seu ésser.

—Si us estimeu més podem desaparèixer sense fer soroll —vaig fer broma. Tothom va riure i jo vaig respirar alleugerit, l'atmosfera era molt cordial i les meves pors s'havien esvaït.

—Però això no és tot —afegí Michele eufòric—. Igual que jo, altres arribaran a idèntica conclusió i tot el muntatge caurà. Us n'adoneu? Hem lluitat contra la globalizació, perquè no està ben plantejada i ara tot, absolutament tot, se n'anirà en orris, l'home anirà a la recerca del que és útil i fugirà del que és superflu. Ja no dependrà d'uns objectes materials, sinó que els tindrà al seu servei. Fins i tot el diner perdrà el seu excessiu valor i quedarà reduït al rol que li correspon, un sistema de bescanvi.

—M'estàs parlant de l'any 3000? —vaig demanar amb una rialla foteta.

—No. Estic parlant de demà, d'unes hores si molt m'apures —contestà sense tenir en compte el meu tarannà irònic—. Que no ho veus? És aquí mateix, al tombar. Per què creus que tots lluiten contra el Papa? Per esport...? No. Carreguen contra ell perquè se senten amenaçats i veuen en les seves paraules la causa de la seva possible destrucció. La nostra civilització està cementada en la por i en les rivalitats. Què succeirà si l'home comença a desterrar els seus temors i ajuda el seu proïsme? Interessant pregunta. No penses?

El sopar va ser un èxit i ens acomiadàrem ben entrada la nit. Gina estava esgotada. La vaig ajudar a ficar-se al llit i vam estar parlant sobre el que s'havia comentat durant la vetllada. Ella compartia l'opinió de Serena i Michele, mentre que a mi em sonava a música celestial. Massa bonic, però... No era precisament això el que feien les noves comunitats universals, com les anomenaven ja? El cert era que tant Gina com jo havíem resultat gratament sorpresos pels nostres amics. Tants anys d'amistat i desconeixíem el que guardaven dintre del seu cor, les seves il·lusions, les seves cuites i els seus anhels. L'amistat semblava una cosa tan simple com una companyonia per divertir-se, quan podia transformar-se en una palanca impulsora del nostre desenvolupament. Quants homes i dones s'haurien trobat per sopar i haurien parlat de temes afins aquella mateixa nit?, em vaig demanar i vaig deixar volar la imaginació tot creant un món nou basat en les formoses idees de pau i amor.

El Romà no revelava res de nou, senzillament repetia una cosa impresa dins dels nostres cors des de l'origen dels temps i ho feia amb paraules simples que arribaven a qualsevol que tingués un pèl d'humilitat per escoltar i, a més, podia fer-ho des d'un lloc que les regles del joc li conferia autoritat. Per assignar-li un qualificatiu diria que parlava un llenguatge universal. Per primera vegada la força se centrava en el missatge i es desviava de la persona que parlava, focus de polarització al llarg dels segles. Sí, cert era que la figura de Jesús s'erigia en un exemple que havíem d'imitar i que la seva importància estava demostrada a bastament, però el que Ell va venir a fer en aquest món no era convertir-se en objecte d'adoració, sinó en missatge que cal entendre, igual que va succeir amb Buda o Mahoma, per nomenar algun. La imatge és vàlida malgrat que produeixi esquinçar de vestits i gran controvèrsia, i es tracta, no de comparar les persones esmentades, sinó que cada una d'elles té el seu lloc, la seva transcendència i el seu moment. Sota l'òptica del musulmà Mahoma és l'enviat de Déu i a Jesús el tenen per un profeta més; si parla un budista els papers es capgiren i el mateix passa amb el cristià. I, no obstant això, si es deixen de banda els protagonismes i es despullen les paraules per buscar l'essència, ens trobem davant d'un prodigi: tothom, absolutament tothom, va a la recerca del camí que mena cap a l'Ésser Únic, el Creador. A què treu cap, doncs, mantenir aquestes distàncies, com no sigui per perpetuar l'afany de domini i de protagonisme de qui es pensa que posseeix la veritat? Potser no és tan cristiana l'església Ortodoxa com pugui ser la Catòlica?

Gina s'adormí tot escoltant les meves reflexions en veu alta. La pobra devia estar rendida. Massa enrenou per a un sol dia. Jo vaig romandre despert durant força estona amb la vista perduda a la foscor de l'habitació dèbilment il·luminada per la claredat de la lluna que es filtrava per les escletxes de la persiana. Tot canviava molt de pressa i tenia l'estranya sensació de trobar-me a les portes d'una gran revolució, on no hi mancarien persecucions, plagues, guerres i morts. Em semblava que *el Romà* era com un profeta capaç d'escorcollar les ombres del més enllà. Ja no en tenia cap dubte.

Durant el transcurs de les gairebé dues hores vaig continuar en vetlla, meditant sobre la figura de Jesucrist. Aixoplugat pel silenci de la nit, les idees brollaven del meu cap amb una claredat diàfana i vaig descobrir que tot el que havia passat, la vinguda de Jesús, la seva vida, els seus miracles, el calvari i la seva mort, constituïen els graons d'un procés lògic, absolutament calculat, meticulosament preparat i perfectament executat. No podia ser d'altra manera. Les seves paraules no podien brollar d'uns llavis que no fossin els seus en el moment que van ser pronunciades, ni abans ni després, i davant dels que el van escoltar. Ell tenia autoritat per fer-ho, l'autoritat que li conferia la saviesa, i les circumstàncies eren les més adients. Fins i tot la seva mort apareixia com necessària, imprescindible, perquè el seu missatge perdurés al llarg dels segles. Si no hagués patit el turment que li infringiren mai no s'hauria assolit que bona part de la humanitat es fixés en ell. Hem de menester d'un fet dramàtic i luctuós perquè quedin impresos a les nostres ments tots els detalls que el van acompanyar.

I, ara, en el món de les comunicacions instantànies, es revelava un altre instant propici perquè un altre home, hereu de l'autoritat de Jesús, amb ment clara i cor fort, cridés ben alt la importància d'un missatge davant del seu missatger, malgrat que tots sabíem que un extens cor de veus aixecaria les seves protestes i intentaria de fer-lo callar.

L'endemà al matí em vaig llevar d'hora. Roma estava farcida de turistes que avançaven les vacances, el sol lluïa en tot la seva esplendor i jo em sentia ple d'energia. Des que havia abandonat les copes a «Cellini» i havia rebaixat l'índex de nicotina de la meva sang, els meus ànims havien crescut força. Tenia més fam i la meva panícula adiposa amenaçava de tornar-se crònic. De manera que vaig prendre la determinació de llevar-me un xic més aviat i fer exercici. Em vaig vestir el xandall, em vaig calçar les sabatilles d'esport i vaig sortir al replà de l'escala amb la intenció de córrer una estona pel carrer. L'ascensor seguia en pana i vaig baixar per l'escala. M'aniria bé, pensava amb optimisme.

Només posar el peu sobre el replà del cinquè s'obrí la porta del que havia estat l'habitatge de l'infortunat veí que ocupà el meu lloc en el fatídic viatge cap a la mort. El cor em va fer un bot. La seva vídua, vestida íntegrament de negre, donava instruccions a uns homes de com tractar els mobles.

Dos dies després de l'atemptat havia parlat amb ella. No m'odiava ni em feia responsable de la seva desgràcia, malgrat que se'm feia difícil de creure. Havia llegit el meu article sobre l'amor, el que vaig escriure l'endemà del luctuós fet, i amb llàgrimes als ulls em va abraçar. Em vaig sentir malament, fatal. Vaig mirar de transmetre-li tot el que sentia, vaig intentar explicar-li el meu desig que hagués estat jo i no pas el seu marit, que era el que corresponia, però aquella dona, extraordinària i valenta, havia encaixat el cop tant millor que qualsevol.

No obstant això, cada cop que em creuava amb ella se-
guia present al meu interior un sentiment de
culpabilitat, com si li hagués furtat la vida del seu espòs.
Jo, no tan sols havia salvat la vida sinó que, a més,
conservava Gina.

—Passa alguna cosa? —li vaig preguntar.

—Ens mudem —contestà amb un somriure—. Els
meus pares m'han convençut i ens n'anem a viure amb
ells. Continuar aquí és un suplici —va fer amb veu
apagada—. Els meus fills me'l recorden a tothora. Jugava
amb ells i s'estirava al terra com un nen i encara el veig.
M'entén?

—Sí. Crec que sí —vaig dir amb un nus a la gola.

—Continuï escrivint com fins ara. No abandoni
mai, per favor.

La vaig mirar als ulls. Era tota una dona. Si és que
els que ens han abandonat ens poden veure, estic segur
que els seu espòs devia sentir-se molt orgullós del que
havia deixat darrere seu. Vaig afirmar lentament amb el
cap i li vaig demanar:

—Puc ajudar-la en alguna cosa?

—És vostè molt amable, però ja està tot fet —
somrigué—. Com es troba la seva esposa?

—S'està recuperant.

—Podrà caminar altre cop?

—No ho sabem. Pel moment hem de tenir
paciència.

—Els desitjo molta sort.

—No sé què dir... —em vaig quedar com suspès a
l'aire.

Somrigué de nou i va fer un gest amb la mà, tot
acomiadant-se abans de tancar la porta. Ja no tenia esma
per córrer, vaig girar cua i vaig pujar les escales. Sempre

l'havia nomenat senyora Prastelli i no en coneixia el nom de pila. Em vaig sentir molt trist. Sense buscar-ho, la terrible escena que va posar punt i final a la vida del seu marit i que va ser a punt d'acabar amb la de Gina, tornà a representar-se dins meu amb tota la seva brutal cruesa i la sang em pujà al cap, ensems una onada d'odi m'envaïa. Qui havia estat el malparit fill de puta que va ficar la bomba?, cridava dintre meu.

Vaig repassar els fets un per un i vaig descartar Grimaldi. No s'hauria disculpat com ho va fer. Àngelo de Luca m'havia dit que tornarien a intentar-ho, però no havia estat així. Per què? Potser havien comès un error? Per què no? Tal vegada, després de l'atemptat, es van adonar que s'havien precipitat, que no calia matar-me. I vaig començar a pensar en Hans Brukner, el *Falcó Alemany*. Aquell mateix matí l'havia deixat amb el cul enlaire. Si tramava alguna, bé podia pensar que jo estava al cas i podia ser important, tant com per treure'm del davant. Després devia d'adonar-se que jo no en sabia res, excepte que era un agent de la CIA. Si totes les meves suposicions eren certes, només hauria d'esbrinar què es proposava fer per poder acusar-lo directament a ell.

Vaig entrar a l'habitació. Gina ja s'havia desvetllat i Giacomina no trigaria en arribar. Li vaig desitjar bon dia i em vaig vestir cuita-corrents, li vaig fer un petó i vaig sortir esperitat. Dins del meu cervell una destinació: la Porta Pia.

Vaig arribar davant de l'edifici comercial cap a les nou i em vaig plantar com un gos guardià. Poc després apareixia el «Lancia» vermell i es ficava a l'aparcament. Huges conduïa i Hans anava al seu costat. Vaig entrar en un bar i vaig trucar Frascatti per demanar-li que em deixés el seu cotxe. No hi va posar cap pega. Podia recollir-lo a l'aparcament de *Notizia.* Sortosament, Frascatti tornava a ser el mateix de sempre, les seves pors havien desaparegut i les amenaces també.

Una hora més tard tornava a ocupar el meu lloc de guàrdia davant de l'edifici, malgrat que, en aquesta ocasió, arribava al volant de l'antediluvià «Fiat» del meu cap. Feia por conduir-lo. Minuts després el «Lancia» va aparèixer per la rampa de l'aparcament i jo em vaig disposar a seguir-lo. La sang em colpejava les temples i cada cop sentia més la temptació de cometre una bogeria, però un camió s'aturà al meu costat i em va blocar la sortida. Vaig maleir al camioner i el vaig escridassar perquè l'apartés, cosa que va fer emprenyat, discutint i amb lentitud, mentre jo contemplava amb creixent desesperació com els meus perseguits s'allunyaven i desapareixien de la meva vista.

Me'n vaig tornar, a la redacció, fet una fúria, emprenyat i insultant tots els camioners de Roma i vaig agafar el telèfon per comunicar-me amb Àngelo i explicar-li tots els meus raonaments. Em va agrair la informació i em va pregar que em quedés quiet i tranquil. Em coneixia prou bé com per saber que no ho faria, malgrat que, en aquesta ocasió, el destí es posà del seu costat i desvià la meva atenció de Hans Brukner. Aquell mateix matí *el Romà* feia pública la seva intenció de visitar Terra Santa. Quina notícia!

Qualsevol desplaçament del Pontífex atrau l'atenció del món periodístic i més encara quan no feia gaire, en unes declaracions, havia esmentat la possibilitat de canviar el Vaticà per Jerusalem, vertadera seu del Papa, segons les seves paraules. I, ara, arribava l'anunci del seu viatge a Israel.

Em vaig reunir amb Frascatti i m'ordenà que abandonés tot el que portava entre mans i que em centrés en aquell viatge. Vaig replicar que no podia deixar Gina i em respongué que *Notizia* posaria a la seva disposició, dia i nit, una infermera, però que jo havia d'acompanyar el Papa en un viatge que podia ser realment històric.

Durant la tarda em vaig atansar al Vaticà i vaig aconseguir parlar amb Bolone. El pobre anava de corcoll. La venda de les accions que la Santa Seu posseïa havia esdevingut el tema estrella dels alts cercles financers, que veien en allò un perill. Què dic, un perill! Una catàstrofe! *El Romà* volia que es fes cuita-corrents i els grans cervells de les finances cridaven esparverats que una acció precipitada generaria pànic en no poques borses. De fet, únicament els rumors ja havien desfermat el vendaval i les borses havien reaccionat amb violència, fins a l'extrem que els grans inversores es duien les mans al cap i les caigudes van ser monumentals.

El pobre Bolone es trobava entre dos focs. El meu bon amic el cardenal estava pàl·lid i demacrat, havia perdut uns quants quilos i semblava molt més vell. Sé que, fins i tot, havia rebut amenaces...

Dins dels murs de l'estat pontifici es respirava un ambient enrarit. Els rumors corrien com dimonis i el malestar abundava. Les últimes manifestacions de *el Romà* sobre la pobresa havien caigut com un gerro d'aigua freda i alguns cardenals havien fet velades al·lusions que apuntaven cap a un possible desequilibri mental del Pontífex. A tot això havíem de sumar-hi les notícies de les darreres setmanes sobre revoltes i apallissaments de sacerdots amb morts inclosos. I les autoritats de diversos països, sobre tot sud-americans, havien romàs impassibles i amb els braços creuats, mentre *el Romà* seguia carregant contra els sords, muts i cecs. Aquell bé podia resultar un estiu més que calent. Tòrrid! En algun país les comunitats universals van ser declarades il·legals i van ser objecte de persecució. Vaig tenir l'estranya sensació que retornàvem al passat: l'època nazi amb els jueus, la postguerra civil espanyola amb els comunistes i maçons, la inquisició i les catacumbes. L'aire feia pudor de mort i de barbàrie.

—Això és massa —cridava el cardenal.

Vaig deixar Bolone immers amb les seves preocupacions i me'n vaig anar a trobar Pasquale Chigi, que estava més desorientat que ningú. En ben pocs mesos el Vaticà havia passat de ser un santuari amb intrigues soterrades a un viver de serps. Fins i tot, es remorejava que algunes obres d'art havien desaparegut hàbilment distretes i romanien amagades en algun cau de Roma. Tanmateix, no es va presentar cap denuncia.

—Sa Santedat, i Déu em perdoni, s'ha begut l'enteniment —va fer Chigi—. Pretén quedar-se a Jerusalem —i posà uns ulls com a taronges—. Abandonarà Roma per sempre més.

—Les seves raons tindrà.

—A vostè l'escolta —em va prendre del braç—. Parli amb ell, digui-li que és una bogeria, faci que reflexioni. Roma és la ciutat dels papes. Ho ha estat sempre i sempre ho serà.

—En altres temps va ser Avinyó —li vaig recordar.

—Eren temps de follia —contestà—. El Papa no ho pot fer. Significaria la destrucció de l'Església, la fi de tot. Miri de convèncer-lo, per favor.

Mai no havia vist Chigi tan desencaixat i em vaig espantar. De manera que vaig decidir parlar amb *el Romà*. Desitjava esbrinar quina era la raó que podia impulsar-lo a prendre aquella determinació. Chigi em conduí fins al despatx de Pere II i anuncià la meva visita, que va ser acollida amb alegria.

Em vaig endur una sorpresa majúscula quan vaig trobar un *Romà* de rostre cansat i abatut. La seva mà tocà la meva i la premé amb força. Aquell home patia. Els seus ulls enrogits i les seves parpelles inflades revelaven les llargues nits d'insomni. Feia poc més de deu dies que no el veia i vaig notar que el seu cabell s'emblanquinava, el seu rostre mostrava l'ombra d'alguna arruga i els seus pòmuls apareixien lleugerament més marcats.

—Com està Gina? —s'interessà amb un somriure. Fins i tot en les pitjors circumstàncies seguia sent el mateix, i es preocupava pels altres i actuava com si el temps no existís.

—Cada dia millor, gràcies.

—Espero que els metges s'equivoquin de nou. No crec que sigui una dona com per quedar-se estacada a una cadira de rodes.

—Jo també ho espero.

—Mario, estem davant d'un penya-segat —em va dir molt seriós.

—Ho sé. El món sencer n'és conscient —vaig respondre tot pensant que havia copsat el significat de les seves paraules.

Albert Salvadó

—Desitjo amb totes les meves forces fugir-hi, no fer la passa que s'ha de menester, i quedar-me quiet. — Aixecà els braços enlaire i tancà els punys com si clamés al cel. Després, estirà els braços com si fos a la creu amb els palmells cap amunt i els deixà caure pesadament i afegí—: Però, allò que s'ha de fer no admet espera i haig de sobreposar-m'hi i llençar-me al buit.

—No entenc gaire bé què vol dir.

—Molta gent no ha sabut escoltar o, potser, jo no he estat capaç d'explicar-me —va fer amb tristor—. Mai no he pretès enderrocar les estructures existents. Les meves paraules van en el sentit de descobrir que tot el que fem està escrit i que, quan abans acceptem que és així i ens posem a favor del vent, abans assolirem l'equilibri necessari per arribar fins a Ell. L'home no ha de destruir res, sinó millorar i adequar el que ja existeix. Aquest és el camí de l'evolució, del desenvolupament, el caminoi que condueix cap a la felicitat. Tanmateix, les meves paraules han estat interpretades com un símbol de la destrucció, de l'abolició de les lleis i de les estructures, un símbol llibertinatge i d'anarquia. —Va fer un silenci, bellugà el cap a dreta i esquerra, com si no entengués el que estava passant, i prosseguí—: Jo sabia que seria així, jo estava informat de tot el que m'hi esperava i vaig voler evitar-ho, em vaig oposar als designis de Déu. Vaig cometre un terrible error i, ara, tinc davant meu un altre dilema: si marxo a Jerusalem serà el caos i si em quedo aquí haig de retractar-me de tot el que he dit i enfonsar el món en la desesperació. La meva missió consistia a ficar l'home en un cul de sac i, amb això, jo mateix creava la meva pròpia trampa mortal —sospirà llargament—. Déu sap prou bé el que fa, però, de vegades, demana massa.

En aquells instants el vaig compara amb Jesús a l'Hort de les Oliveres, quan es queixava, quan adoptava el posat més humà que existeix: el del temor, el de la por davant dels esdeveniments que ja arriben. Veia en ell a l'home extraordinari que lluita amb ell mateix, amb les seves flaqueses i els seus temors, a l'home que pateix davant d'una decisió que afecta a molta més gent, mentre l'ataquen per tots els fronts.

—Alguns ho tenen clar —li vaig dir.

—Ho sé, però sóc jo qui carrega amb tot el pes —es queixà.

—Jo estic amb vostè.

—També ho sé, Mario. I molts altres, també. —Somrigué lleugerament tot agraint les meves paraules—. Fins i tot el cardenal Bolone, a qui se li exigeix un terrible sacrifici, ha tancat els ulls i es deixa arrossegar mansament per la voluntat divina, que, a fi de comptes, s'imposarà. Així ha estat, així és i així serà per sempre més.

Inspirà profundament, com si volgués acaparar tot l'aire de l'habitació, i vaig assistir a una transfiguració. El seu rostre recobrà la calor, les seves galtes tornaren a la vida i els seus ulls s'ompliren de profunditat. Tornava a ser de nou davant de *el Romà* que vaig conèixer.

—Som expressió d'Ell i així hem d'actuar —sentencià un cop recuperà el seu habitual to de veu profund i calmat—. Vindrà a Jerusalem? —em demanà.

—No em perdria un esdeveniment com aquest per res del món —vaig somriure.

—Allà ens veurem.

S'acomiadà de mi amb una encaixada de mans i m'acompanyà fins la porta. Darrere m'esperava Pasquale

Chigi amb impaciència. Només veure'm, es llençà damunt meu.

—Ho ha aconseguit? Què li ha dit? Abandonarà el seu projecte d'anar a Jerusalem...?

—Si no em deixa respirar, no podré respondre — vaig mirar de calmar-lo.

—És cert, perdoni.

—Sa Santedat és un home de sòlides conviccions, que confia plenament en la divina voluntat del nostre Creador, que pateix davant del que arriba i que desitja servir Déu per damunt de tot. Sa Santedat ha decidit viatjar a Jerusalem i quedar-s'hi. Res ni ningú podrà modificar les seves intencions. Ningú, excepte Déu —li vaig dir molt seriós i contundent.

—Llavors, és cert...

—Sí, ho és —vaig afirmar amb el cap.

—Destruirà l'Església —mormolà.

—No crec que sigui aquesta, la seva intenció — vaig replicar—. En tot cas, serà el fi de Vaticà S.A. l'Església no pot ser destruïda. Jesús així li hi va dir, a Pere.

—Som els servents de Déu que tenim per missió vetllar per Ella —va fer amb una mirada de foll. Després es quedà en silenci durant uns instants, i afegí—: Abandonar Roma és la fi.

Pobre Pasquale, vaig pensar. En ell podien més les consignes rebudes quan era petit que l'evidència d'una realitat tangible.

16.- CITA A GETSEMANÍ

Poques hores abans d'emprendre viatge cap a Israel vaig rebre una notícia extraordinària, la millor de totes les que podia esperar. Gina havia recuperat part de la sensibilitat als peus i els metges qualificaven el fet de circumstància favorable i deien que era una porta oberta per l'esperança. La sort ens somreia de nou i *el Romà* l'encertava un cop més: les ciències no ho saben tot i el cos humà gaudeix del do de la sorpresa.

A qui la sort semblava haver-li girat l'esquena era al meu bon amic el cardenal Bolone, que s'havia transformat en l'espectre d'aquell home enèrgic que passava per ser un dels grans cervells financers del món. Havia envellit ràpidament i ara representava més anys dels que realment tenia. Damunt del seu cap planava l'acusació formal per diversos delictes monetaris i, si abandonava la seguretat de l'interior dels murs del Vaticà, cauria en mans de la justícia italiana. Els seus antics amics i aliats, aquells que empraven el Banc del Vaticà com a canal d'evasió de capitals i aquells altres que per una raó o bé una altra mantenien estrets lligams econòmics amb Bolone, se sentien traïts, enganyats, ultratjats i abandonats. I prou que sabem que costa molt entrar en certs cercles privilegiats, però les mateixes dificultats podem trobar a la sortida. Bolone no havia escoltat les veus dels seus aliats i havia escollit el Papa com a cap. Això representava una traïció i un menyspreu que rebria el seu càstig i que serviria d'exemple per a d'altres.

El Romà, oblidant la seva condició de cap d'estat, havia refusat l'avió especial posat a la seva disposició per les autoritats italianes i ordenà comprar passatges per al seu seguici d'acompanyantes i per a ell. La notícia creà un enrenou tan gran que els periodistes ens vam llençar com bojos a la recerca d'una plaça al mateix avió. Un papa viatjaria com un ciutadà del carrer. Tot un reportatge que seria devorat per àvids lectors de magnes esdeveniments. Tanmateix, els bitllets s'havien exhaurit. Algú ben informat els havia comprat tots i es dedicà al lucratiu i còmode negocio de la revenda que, com era de suposar, centuplicaria la seva inversió. Les xifres pagades van ser auténticament escandaloses: de Roma a Tel Aviv pel mòdic preu d'una volta al món en primera classe incloent-hi hotels i capricis. Afortunadament el meu àngel guardià o la meva fada padrina, qualsevol d'ambdós és bo, anava a l'aguait. El meu amic el cardenal, per ordre expressa de el Romà, havia reservat un passatge al meu nom. Va ser-ne tot un detall.

—Com a molt d'aquí un parell de setmanes seré a casa —vaig dir a Gina.

Des de l'atemptat no ens havíem separat i ella estava trista, per més que procurava dissimular-ho. Tampoc és que jo fes bots d'alegria, però sí que em sentia excitat davant la magnitud dels esdeveniments que s'apropaven, i em va costar força treball deixar-la, malgrat que sabia que quedava en bones mans. El periòdic havia contractat Pasqualina perquè tingués cura de Gina durant la meva absència. Un altre detall que hauria de tenir present i el meu agraïment a Grimaldi, que ho va aconseguir amb un parell de trucades telefòniques. Les influències sempre seran les influències.

Un taxi m'esperava a la porta i Gina m'obligà a fer una darrera ullada a la maleta: camises, mitjons, mudes, mocadors, dos vestits, un parell de suèters, estris per rentar-me, màquina d'afaitar, escuma, el despertador, una caçadora... Hi era tot, fins i tot el flascó de píndoles per l'estómac. La vaig abraçar per tercer o quart cop.

—Perdràs l'avió —deia Pasqualina darrere meu.

—Ves amb compte —em va dir Gina des de la cadira de rodes i una llàgrima relliscà per la seva galta.

—Si plores, m'hi quedo —la vaig amenaçar.

S'eixugà la llàgrima i somrigué. Em feia miques el cor, però el vaig fer fort i vaig prendre la maleta amb decisió. Un cop era a la porta vaig tornar a escoltar la seva veu:

—Ves amb compte. Recorda que t'espero.

Em vaig estimar més no respondre i vaig fer com que no l'havia sentit, malgrat que el toc dramàtic de les seves paraules m'acompanyaria durant tot el trajecte fins l'aeroport. Aquelles frases em sonaven a obscur presagi i un eco interior me les repetia constantment.

L'aeroport estava ple a vessar de policies i una gentada s'apinyava per veure arribar *el Romà*. Vaig confirmar el bitllet i vaig creuar el control de passaports. Hi havia un bon plec de col·legues, ens vam saludar i vam fer alguns comentaris sobre la sort que teníem de poder comptar-nos entre el passatge. Algú va fer broma i va dir: «És una assegurança de vida. Cap Papa no ha mort d'accident d'aviació.» Un altre va explicar que aquell viatge li costava una fortuna al seu diari i jo em vaig fer l'orni.

—La gent és curta —va dir Adams del *Washington Post*—. Segueix palplantada tot esperant que el Papa arribi amb taxi, quan jo sé de bona tinta que ja es troba a l'aeroport i que apareixerà a l'hora d'embarcament. —Em mirà i em demanà—: Pots confirmar-nos la notícia?

—Jo? Per què? —vaig contestar amb la meva millor expressió de sorpresa.

—Au, va, home! Que tothom sap que disposes de molt bons contactes al Vaticà, malgrat que, ara, es troben en dificultats —somrigué irònic.

Era cert. Per a ningú era cap secret que Bolone em tenia simpatia. Les notícies volen i jo començava a demanar-me si també estarien al cas que *el Romà* i jo havíem parlat en repetides ocasions.

—Doncs, ho sento, però no tinc ni la més lleugera idea del que em demanes.

Vint minuts abans de les tres ens pregaren a través dels altaveus que ens dirigíssim a la porta d'embarcament. Ningú no havia vist el Papa i ens miràvem confosos. I si no venia...?, vaig pensar.

Vam entrar a la nau per la rampa del darrere i vaig escoltar exclamacions d'alleugeriment dels que em precedien. El Papa ja estava a bord. En arribar a l'altura de les fileres de butaques, vaig poder distingir el clatell de *el Romà* i vaig veure de resquitllada Pasquale Chigi, que s'asseia amb l'esquena dreta com un pal d'escombra, pàl·lid i tremolós. Caram!, al pobre secretari li feia por volar. No m'havia d'estranyar per això. Quadrava amb el seu tarannà conservador. També vaig reconèixer els cardenals Reverter, Hooke, Tipelo, monsenyor Bonevski, monsenyor Antrali i altres purpurats que ara no recordo el nom.

Mai n'aprendrem. Només veure'l, els primers d'entrar-hi es llençarem damunt de *el Romà* i el cosiren a preguntes, mentre l'hostessa els pregava que ocupessin les seves places. S'organitzà un petit rebombori que el Papa va tallar immediatament.

—Senyors, els prego que s'asseguin. Ja tindrem temps per parlar, el viatge durarà més que un simple trajecte en autobús i no tinc cap mena intenció de baixar en marxa —va dir acompanyant les seves paraules amb una àmplia rialla.

La broma va aixecar riallades i els impulsius es dirigiren als seus respectius seients. Després de les formalitats de rigor, del recompte de passatgers, les sabudes recomanacions sobre l'ús dels cinturons de seguretat i un enèrgic missatge del comandant sobre els perills de carregar tot el pes damunt d'un sol punt de l'avió, els motors ens van catapultar cap a les altures.

Tan bon punt l'hostessa comunicà que ja podíem fumar, excepte als lavabos i a la zona reservada per no fumadors, alguns companys s'aixecaren de les butaques amb la intenció de dirigir-se cap a la part davantera de l'avió, però la nau començà un brusc picat i van perdre l'equilibri. Immediatament, la veu del comandant recordà en un to imperiós l'advertiment fet uns minuts abans d'enlairar-nos, mentre jo copsava que l'hostessa no podia contenir les riallades i s'havia tombat d'esquena. El comandant devia ser un home molt llest, vaig pensar.

Amb aquell petit truc n'hi hauria prou per dissuadir els incontrolats.

Llevat d'aquest incident ja no hi va haver cap més ensurt i el viatge transcorregué amb normalitat. Després d'una hora de vol, *el Romà* s'aixecà i se sotmeté pacientment a les preguntes que li vam posar.

D'entrada fou una roda de premsa simpàtica i improvisada, però a mesura que avançava va canviar notablement. Jo tenia la sensació que Pere II s'hi abocava completament a cada resposta, com si el temps se li escapolís de les mans. Amb una autoritat que va sorprendre tots els presentes, es va fer l'amo de la situació i acabà per deixar-nos bocabadats. Em vaig abstraure un instant per contemplar els rostres dels meus companys, muts i pendents de cada paraula, mentre els seus micròfons direccionals copsaven tot el que sortia dels llavis de *el Romà* i les cintes en guardaven memòria. Ni tan sols gosaren fer el més petit comentari quan Pere II anuncià la intenció de considerar seriosament la possibilitat de traslladar la Seu de l'Església a Jerusalem, abandonant el Vaticà per sempre més. Tot el que deia era massa important com per tallar-lo amb preguntes inoportunes.

Un altre anunci confirmava els rumors que corrien de boca en boca des feia algunes setmanes: el IOR havia de desaparèixer i el que separava l'Església del seu missatge inicial també. *El Romà* va deixar prou clar que tot aquell que desitgés seguir Crist, hauria de fer-ho d'acord amb el que Ell predicà. Els rangs de Príncep de l'Església no tenien raó de ser. Crist, sent rei, va ser el més humil de tots. Ell va venir a la terra per llegar-nos un missatge en perpetu present, mai un record en constant passat. L'home és fruit de la creació i el seu destí consisteix a retornar a la font del seu origen. Per això, mai no ha de ser egocèntric, sinó una part d'un tot que camina inexorablement cap endavant, sense que això signifiqui abolició del que és fonamental, sinó una reafirmació de la supremacia de la llibertat interior inherent al propi concepte de creació.

—L'home no té altra sortida que comprendre, acceptar i assumir el seu paper o morir —seguí explicant—. La tecnologia actual permet que tots els pobles de la terra puguin viure decorosament i en llibertat. Per tant, tot intent d'acaparar les troballes i emprar-les amb egoisme i per pura satisfacció dels desigs de poder d'uns pocs, va en contra de la natura i persegueix l'esclavatge del més dèbil. I això no és altra cosa que la prova palpable de la inseguretat i de la por que pateixen els que suposadament diem que són els forts. Cap home està per damunt de ningú per gran que sigui el seu poder, ni pot obligar ningú a creure o deixar de creure. L'acceptació o el rebuig d'una creença és un acte purament voluntari que és producte de la utilització de la llibertat. La condemnació és el resultat de la ceguesa i desapareix en el precís instant que la sinceritat presideix els actes i obre els ulls de l'ànima per copsar l'autèntica realitat. La mort no existeix enlloc més que a la nostra ment. L'home abandona un estat per passar a un altre, obre una porta, traspassa un mur; és perpètuament perquè va ser creat per ser.

I així va ser com durant tres hores ens va fer un resum d'un saber mil·lenari, compendi de totes les religions, de totes les creences, de totes les filosofies i de totes les institucions que s'amaguen dins nostre. N'hi havia prou matèria per escriure diversos llibres o per omplir tota una vida. Les seves frases, cada una d'elles, era el resum de llargues meditacions. Però el que més em va sorprendre va ser la fluïdesa amb que brollaven les seves paraules. Cada frase era una sentència pronunciada amb autoritat, el seu rostre exterioritzava pau i el soroll dels motors semblava callar per no apagar el so de la seva veu.

Ens tenia a tots pendents de la seva persona, del que deia, dels seus gests i de la seva mirada, hipnotitzats per la profunda serenitat i per la seguretat amb les que s'expressava.

Quan va acabar, agraí la nostra atenció i tornar a seure's sense que ningú gosés badar boca. Ens havíem quedat muts i a ell se'l veia cansat, com si hagués fet un suprem esforç per llegar-nos el seu testament. Aquesta fou la impressió que vaig tenir.

—Ha estat grandiós —digué Bertolino del *Corriere della Sera*—. Aquest home no és humà.

—Doncs, per desgràcia, sí que ho és, malgrat que mereixeria no ser-ne —li vaig contestar.

—Aquestes cintes valen milions —comentà amb tres cassettes d'una hora a les mans—. Proposo que arriben a un acord i les comercialitzem. Ens les prendran de les mans.

—Ets l'òstia! —vaig fer.

—Aquest Bertolino es passa el dia escopint bajanades —s'escoltà que feia una veu darrere nostre.

—Tu ets l'imbècil! —bramà Bertolino aixecant-se per dirigir-se cap a qui havia parlat.

—Seu, que encara ens estavellaràs. Hostessa, foti fora aquest desgraciat! —s'escoltà que feia una altra veu.

—Au va, seu, home! —corejaren altres.

—Imbècils. Tots plegats sou una colla d'idiotes —murmurà Bertolino mentre tornava al seu lloc i feia un posat de perdonavides.

El pobre no era gaire popular entre nosaltres. El seu afany de lucre era tan evident que cansava i es passava el dia buscant el gran negoci de la seva vida que el convertiria en l'home més ric de la terra i explicava a tothom el que faria. Compraria la casa més gran d'Itàlia, esmorzaria a Egipte, dinaria a Roma i soparia a París i tothom acudiria quan fes petar els dits. Aquest era el seu somni daurat: fer petar els dits i contemplar com un exèrcit de babaus es desvivia per servir-lo i un harem de formoses dones esperaven amb el cor encongit que les triés per ser la favorita. Pobre diable!

Quan vam aterrar, l'aeroport de Ben Gurió estava farcit de guàrdies de seguretat i se'ns ordenà quedar-nos quiets fins que *el Romà* i el seu seguici haguessin baixat, malgrat que vaig aconseguir atansar-me fins la porta de sortida i fer una ullada per damunt de l'espatlla d'un policia de metre noranta que semblava un mur de pedra.

L'escena que es veia des del meu improvisat lloc d'observació era insòlita. El president Isaïes Brentel rebia Pere II enmig d'un camp d'aviació absolutament glaçat, tot i que la temperatura ambiental era alta, però les monocromes fileres de guàrdies s'estenien més enllà de l'edifici de la terminal i els que hi havien vingut per rebre el Papa s'havien hagut d'aturar a més de cinc-cents metres. Únicament dues tímides pancartes s'aixecaven per donar la benvinguda a *el Romà*. Més tard em vaig assabentar que les carreteres havien estat tallades i que només els que van matinar aconseguiren arribar a l'aeroport.

El president Brentel va encetar un discurs que no vaig poder escoltar. La veu de l'hostessa m'indicà que havia de tornar al meu seient i esperar que se'm concedís permís per desembarcar. Vaig mirar de fer-me l'orni, però el policia de metre noranta i espatlles de búfal es va tombar i em dirigí una mirada freda i dura. L'arma estava muntada i apuntava directament al meu estómac. Li vaig dedicar un somrís, vaig girar cua i vaig seguir fil per randa les indicacions de l'hostessa. Mala sort!

Quinze minuts després abandonàvem la nau. Les cerimònies havien conclòs ben de pressa i *el Romà* i el seu seguici havien desaparegut dins de cotxes oficials fortament vigilats.

Ens van conduir a la terminal i ens van sotmetre a un exhaustiu i minuciós escorcoll que va arribar fins a les nostres pròpies persones. Vam protestar inútilment. Després vam haver d'esperar que aixequessin els controls de les carreteres i que poguessin arribar-hi els taxis. Vam seguir protestant fins que ens vam quedar sense veu i finalment, després gairebé dues hores, ens vam repartir els vehicles i vam anar a cercar hotel.

Una altra sorpresa (desagradable, per suposat) que havíem d'afegir a la llarga llista del dia: a l'Hotel Savoy no tenien notícies de la meva reserva. Em vaig posar a parir, vaig cridar i vaig fer moltes bajanades, fins que vaig acabar per triar el recurs més universal: un parell de bitllets deixat a l'abast d'una mà innocent van fer el miracle i aquell desgraciat va recuperar la memòria i la meva reserva aparegué. Habitació 205.

El grumet que m'acompanyà fins l'habitació va deixar la maleta damunt del llit, encengué tots els llums de l'habitació i em preguntà amb un somriure si tot era correcte. Vaig estar a punt de respondre-li que la propina estava inclosa en els dos bitllets que havien anat a petar a les butxaques del recepcionista, però vaig pensar que era més interessant disposar d'un aliat, de manera que vaig ser generós fins a l'extrem de rebre una oferta de serveis especials, sense distinció de sexe, color, raça... Li ho vaig agrair i li vaig dir que ja m'ho rumiaria.

L'habitació era còmoda i espaiosa, amb un bany complet i net. Vaig desfer la maleta i, complint la promesa que havia fet a Gina abans de marxar, vaig penjar els vestits i les camises a l'armari. Vaig acabar d'endreçar la resta de la roba i vaig entrar al bany per dipositar els estris damunt la posella del lavabo. Uns cops a la porta de l'habitació interromperen el ritual. Em vaig atansar fins a la porta i vaig demanar cautelós:

—Qui és?

—Porto un encàrrec de Pere —respongué una veu d'home en correcte accent italià.

Em vaig sentir confós i vaig dubtar abans d'obrir la porta i trobar-me amb un franciscà de negra i poblada barba.

—M'ha encarregat que li digui que desitja veure'l —em va dir amb un somriure.

—On? —vaig demanar amb un posat que indicava la meva desorientació.

—Jo el conduiré —s'oferí—. Per això he vingut.

—Molt lluny?

—A l'Hort de les Oliveres.

—Getzemaní? —vaig posar uns ulls com taronges. De manera que *el Romà* ja no era a Tel Aviv, sinó a Jerusalem. Vaig agafar el franciscà de la màniga, el vaig fer entrar a l'habitació i vaig fer una ullada al passadís. Estava desert.

—L'ha vist algú? —vaig tancar la porta.

—De nen era escolà i feia glops de vi de missa davant del nas del mossèn —va somriure amb una espurna de picardia als ulls.

El vaig mirar de cap a peus. Malgrat les seves barbes, tenia pinta de nen entremaliat i semblava un home despert, de manera que li vaig atorgar un vot de confiança.

—Agafi l'abric, que les nits són fredes — m'aconsellà.

—Quin és el seu nom, pare? —vaig preguntar mentre prenia un suèter de llana prou gruixut.

—Francesco, com el nostre fundador —va dir amb visible orgull.

Vam sortir al passadís i vaig fer l'esma de dirigir-me cap a l'ascensor, però el pare Francesco m'agafà del braç i m'obligà a seguir-lo cap a l'escala de servei. Aquell franciscà era una guineu i semblava que coneixia l'hotel com si fos casa seva.

—Tinc un cosí que hi treballa de cambrer — m'explicà mentre atrapàvem la sortida sense que ningú ens pogués veure.

—Ah! —vaig fer. Els italians som així. Tenim parents pertot arreu, malgrat que jo sóc una excepció a la norma, detall que m'ha sabut greu en més d'una ocasió. Què li farem! A cadascú li toca una família i amb ella ha de carregar. La meva gairebé ni existeix.

Vam caminà dues illes de cases. El sol es ponia i el pare Francesco es movia amb l'agilitat d'un felí, que més que caminar semblava lliscar. No va ser senzill seguir el seu ritme La meva vida a Roma era sedentària i el poc temps que dedicava cada matí a enfortir les cames no havia obrat cap prodigi.

El meu guia s'aturà al costat d'un vell i atrotinat «Volkswagen» i somrigué. Aquell seria el nostre medi de locomoció fins a Jerusalem, malgrat que costava esforç creure que tingués prou capacitat per arribar fins les portes de Tel Aviv, per molt llegendària que fos la duresa de la marca alemanya.

Em vaig seure el millor que vaig poder i emprenguérem aquella aventura. El motor va protestà.

—Li costa un pèl, però després respon bé — m'aclarí el pare Francesco.

Cinc intents més i la carrosseria tremolà, mentre el motor deixava anar una esbufegada que semblava l'alè d'un drac a punt de morir. Per enèsima vegada vaig pensar que no arribaríem gaire lluny. Tanmateix, no va ser així, malgrat que el viatge esdevingué un infern. La calefacció estava espatllada, els fars massa alts, per la qual cosa rebíem freqüents ràfegues dels automòbils que venien de cara. La suspensió gairebé ni existia, la carrosseria tremolava i amenaçava d'obrir-se com una flor en primavera, els cinturons de seguretat estaven trencats i el meu cul va haver de patir les fiblades d'una molla solta, però vam arribar a Jerusalem, on ens vam aturar per fer el ple, moment que vaig aprofitar per abandonar el meu seient i fregar-me el cul.

Durant tot el viatge no havia badat boca. El pare Francesco agafà la paraula només abandonar Tel Aviv i ja no l'havia deixat anar ni un instant. De bon començament me'l vaig escoltar, però no vaig trigar gaire en descobrir que vivia en un altre món i que parlava sense tenir en compte si l'escoltava o no. De manera que em vaig oblidar d'ell i em vaig centrar en els meus pensaments.

El discurs de *el Romà* m'havia sorprès molt. No tant pel contingut, com per la forma que l'havia pronunciat i l'especial cura que havia posat en donar una visió el més completa possible del que hauria de ser el futur de l'ésser humà. Aquella mateixa nit les agències de notícies van emetre llargs comunicats i els periòdics es van preparar per deixar un forat a les seves pàgines per tal de reproduir les seves paraules i aconseguir que l'endemà es convertís en el tema predilecte de conversa i de discussió per a molts ciutadans de punts ben allunyats. Jo no havia tingut temps d'enviar res a Frascatti. Em mataria tan bon punt em posés l'ull al damunt!

Cinc minuts després seguíem camí cap a Getzemaní. Tan bon punt el cotxe es posà en marxa, el cor se m'accelerà i em vaig oblidar de la molla que em deixava el cul fet un nyap. Sense saber per què, em sentia inquiet i estranyament torbat i, a mesura que ens atansàvem a la nostra destinació, l'alteració augmentava. Vaig desitjar que aquella andròmina corregués com el vent, que ja hi fóssim. Un fúnebre pressentiment s'apoderà de mi i vaig veure amb la imaginació *el Romà* estès a terra, mort. Vaig mirar de dominar-me, però només aturar-se el vell «Volkswagen» vaig saltar com un conill i vaig creuar en una exhalació la reixa que hi ha al costat de la Basílica de l'Agonia i que condueix directament a l'hort.

Coneixia aquell lloc gràcies a anteriors visites a Israel, durant les meves aventures d'un extrem a l'altre d'aquest món a la recerca de la notícia. Recordo, fins i tot, la sensació que vaig tenir la primera vegada que vaig trepitjar la terra de l'Hort de les Oliveres. En aquell mateix indret havia estat Jesús a les portes de l'agonia; en aquell mateix lloc es manifestà la seva condició humana, la seva faceta terrenal, quan es rebel·là contra el suplici que l'esperava; en aquell mateix racó va ser fet presoner pels que poques hores abans li obrien les portes de Jerusalem i l'aclamaven com el seu rei; i en aquella mateixa terra jo acabava d'imaginar el cos de *el Romà* estès i sense alè, sense vida.

L'hort semblava desert. Els turistes havien marxat feia estona i em vaig espantar i vaig cridar:

—*Romà!*

—Hola, Mario. La pau sigui amb vostè —vaig escoltar que feia una veu darrere meu i em vaig tombar.

S'estava allà, palplantat davant meu, amb la blanca sotana de missioner, i somreia, viu! Vaig respirar alleugerit. Tot havia estat un malson. Res més que això. Llavors em vaig adonar que l'havia cridat *Romà,* no pas Pere, senyal que la meva crida brollava de l'ànima, perquè quan parlava amb algú i em referia a ell emprava el títol de Sa Santedat o el seu nombre pontifical, quan parlava amb ell li deia Pere, tal com ell volia, però quan pensava en ell el meu cap utilitzava el seu sobrenom per identificar-lo: *el Romà.*

—No hauria de ser a Tel Aviv? —vaig preguntar.

—M'agrada fer el trapella —somrigué—. Tanmateix, no m'he escapat. Aquí és pràcticament impossible fer-ho. Malgrat que no em cregui, li diré que hi ha un mínim de deu parells d'ulls que ens observen amb discreció, però sense perdre-hi cap detall. Si jo no hagués avisat que vostè venia, pot posar-s'hi de peus que no hauria creuat la reixa. —Alçà la mirada cap a les estrelles que brillaven dalt del firmament i inspirà profundament gaudint de l'aire fresc de la nit—. Caminem una mica?

—Serà un plaer.

Caminar al seu costat per aquells paratges em produïa pau. Era una nit tranquil·la i plena d'estrelles, amb una lluna creixent, i la temperatura encara romania a nivells agradables. Tenia mil preguntes per fer-li sobre les seves intencions futures i sobre el motiu real del seu viatge, cosa que no havia fet durant la nostra última conversa al Vaticà, i que tampoc gosava fer en aquell instant, estimant-me més que fos ell qui marqués la pauta. Alguna raó poderosa devia d'existir per tan misteriosa cita.

—Desitjo confiar-li una cosa, si accepta —va dir una estona després.

—Què és? —em vaig sorprendre. Era l'última cosa que podia esperar.

—Un bon plec de resolucions amb el segell pontifical, la meva signatura i la de cinquanta cardenals més. Un llarg cant a favor de l'absoluta llibertat de l'home en la seva recerca de Déu i de la veritat. L'abolició d'un pou de normes caduques que encadenen i que han estat la causa d'un gran endarreriment, de molts crims i del naixement d'un exèrcit de fanàtics esbojarrats per culpa d'un zel enganyós i apocalíptic. El fi del tirànic jou de l'acèrrim dogmatisme en el que hem acabat per caure-hi i que ens manté enganxat al fons d'un pou des d'on és impossible veure la llum del dia que tot ho clarifica. Una cosa prou important com perquè hi tingui cura i la faci arribar a mans de tot el món, si alguna desgràcia m'arriba. —S'aturà i em mirà—. Suposo que li sona el nom de «Benson & Prite». Oi que sí?

—Sí —vaig afirmar—. Passa per ser una de les més prestigioses firmes d'advocats als Estats Units.

—Llavors, també li sonarà Jesús Fernàndez Piloña.

—És l'actual president del tribunal constitucional d'Espanya —vaig fer memòria.

—I Jean René Dauvinier?

—Em sona a suís, però no acabo de localitzar-lo —Em vaig fregar el front. Em sentia esgotat i la meva ment es mostrava mandrosa.

—És l'actual secretari general de les Nacions Unides —rigué *el Romà.*

—Déu meu! Avui no tinc el cap al seu lloc —em vaig disculpar avergonyit per l'oblit.

—Com a periodista queda vostè suspès —va fer broma Pere i, més seriós, afegí—: Tots ells disposen d'una còpia del que li entrego a vostè i tots ells són homes honrats, amb la suficient talla i grans amics meus. A més estan els cinquanta cardenals que han signat el document. Com pot comprovar, li he cobert bé les espatlles. El contingut d'aquests documents ha d'arribar als homes i a les dones d'aquest planeta sense que ningú posi en dubte la seva autenticitat.

—Quan vol que ho publiqui?

—Ja li he dit que únicament ha de publicar-lo en el cas que a mi em passi alguna desgràcia —somrigué—. Sé que sona a novel·la de misteri, però, abans que accepti, haig de dir-li que hi ha gent interessada perquè aquests documents no surtin mai a la llum pública. —S'aturà de nou i em mirà directament als ulls—. Pot resultar força perillós i entendré perfectament que em torni el sobre i em digui que vostè ja ha patit prou calvaris.

—Trairia la meva condició de periodista responsable si m'espantés tan fàcilment —vaig fer·me el milhomes, malgrat que un calfred havia recorregut la meva esquena en recordar a Gina—. Per què no el fa públic vostè mateix?

—Si puc dur a terme els canvis tot evitant traumes innecessaris, tant millor per a tothom —i començà a caminar un altre cop.

—Es quedarà aquí, a Jerusalem?

—Encara no ho sé. —Es quedà pensarós, i afegí—: Abans haig de pacificar Roma.

—Hi ha una cosa que sempre m'ha inquietat i que desitjaria preguntar·li. —Vaig canviar de tema i ell s'aturà i es plantà davant meu tot esperant la pregunta—. Cap laic, com no fos per la força, mai no havia aconseguit entrar als Arxius Secrets del Vaticà, tal com jo he fet. És més, segons tinc entès, ni tan sols el Papa té tant de poder com per atorgar aquest privilegi i aconseguir que es compleixi. Com ho va assolir?

—Amic Mario, quan morí el meu antecessor la situació interna de l'Església era el més semblant a la Torre de Babel i pot estar ben segur que una sola bufada hauria enderrocat la Basílica de Sant Pere, malgrat que, a diferència del passatge bíblic, hi havia alguna cosa positiva: tots érem conscients d'aquesta trista realitat —m'explicà a poc a poc—. El món sencer se sorprengué de la rapidesa de la decisió que m'enlairà fins a la Cadira de Pere. No sabien res, que tot estava pactat a l'avança i, únicament, quedava per complir la formalitat del Conclave. Necessitàvem un home absolutament neutre, sense tendències conegudes, amb imaginació i idees renovadores i clares, amb una visió diàfana de la urgent necessitat de fer surar totes les institucions. No sé si van cometre un error quan van pensar en mi, malgrat que sé que més d'un se n'ha penedit, però en aquell moment van creure que era l'home més adient. Tanmateix, vaig imposar les meves condicions. Acceptar sense més ni més era un suïcidi i jo no sóc un boig, malgrat que en ocasions dubto del meu bon seny. Una d'aquestes condicions va ser que podia oferir qualsevulla cosa a la premsa per tal de tenir-la al nostre costat, condició que va ser acceptada parcialment, perquè em van demanar una llista de possibilitats per oferir. La vaig redactar i la vaig sotmetre a criteri dels cardenals. La major part dels punts no oferien gaire dificultats i van ser acceptats ràpidament. Altres van ser rebutjats sense possible discussió i la resta debatuts i retallats. Un dels que van entrar a discussió va ser, precisament, l'obertura de les portes dels Arxius Secrets i se'm concedí llicència per fer un experiment. Podia triar un periodista i deixar que hi entrés un sol cop. Després es debatria el resultat i es veuria la conveniència de seguir endavant o no.

—Però vostè em va dir que m'obria les portes del Vaticà de bat a bat... —li vaig retreure la seva mentida durant la primera conversa amb ell—. Què hauria passat si, enlloc de demanar-li visitar els Arxius Secrets, li demano una altra cosa?

—Mario, no és vostè cap babau —exclamà obrint els braços—. Jo necessitava un periodista especial, a qui coneguéssim bé i que poguéssim mesurar les seves passes i preveure les seves reaccions i, quina millor font d'informació que el desconfiat i astut Bolone?

—Per això em cità poc abans del Conclave... —vaig meditar en veu alta.

—Exacte.

El vaig mirar incrèdul. Havia jugat amb mi com amb un peó d'escacs i em vaig sentir vexat. Jo, que havia confiat cegament en aquell home, ara el veia i el catalogava d'intrigant i la seva imatge es desprenia del pedestal on l'havia pujat i s'estavellava contra el terra per acabar feta miques. Tota la meva confiança en ell es desmuntava i em veia a mi mateix estúpid i infantil.

—Li demano perdó per tot —em va dir, clavant-me els seus ulls negres i profunds—. Li hi demano amb tota humilitat i estic disposat a donar-li tota mena d'explicacions. —Em va posar la mà damunt l'espatlla i afegí—: Sé com se sent, però no tenia cap més opció. Lluitar contra les intrigues cortesanes és molt difícil i desmuntar estructures centenàries i anquilosades representa un esforç de titans. Tanmateix, vull que sàpiga que li tinc molt afecte i que tot el que ha patit ho he sentit com si fos meu. Li ho puc ben assegurar. L'única cosa que no vaig ser capaç de preveure va ser l'atemptat que va patir Gina, i no sap fins a quin extrem em sap greu.

—Què hauria passat si li demano una segona visita als Arxius?

—Per tal d'evitar aquesta eventualitat hi estava monsenyor Bonevski —em va dir senzillament.

—O sigui, que també m'enganyà com a un babau —vaig ironitzar.

—No, Mario. Bonevski és un home d'una honradesa absoluta i li asseguro que el que li va dir era el que sentia. Jo no podia arriscar-me a mentir-li i l'únic triomf que disposava es trobava en la veritat despullada. —Callà un instant—. Vostè busca la veritat i únicament el podia aturar amb ella. Sí, és cert que he jugat amb vostè, que he abusat de la seva bondat, però mai en el meu profit. Té la meva paraula d'honor.

Em vaig quedar mirant-lo mentre al meu interior es debatia el dubte. Vaig fer balanç del pro i el contra i fins i tot vaig sentir la temptació de tornar-li el sobre, abandonar aquell lloc i tornar-me'n, a Tel Aviv. Tants anys d'experiència com periodista, un títol de psicòleg i la terrible arrogància de creure'm que ja estava al cas de tot i... en el fons res. Jugaven amb mi com volien.

—Tinc mal de panxa —vaig fer, vaig treure una píndola del flascó que duia a la butxaca, me la vaig ficar a la boca i vaig començar a llepar-la lentament—. Li seré sincer: no sé si me l'haig de creure o no.

—I jo no goso pregar-li que confiï en mi, perquè les meves paraules podrien sonar-li a falses. El que li prego és que s'ho rumiï amb calma i, si decideix que no em pot creure, m'ho faci saber fent-me arribar el sobre que li he confiat.

—Entesos.

—Gràcies per escoltar-me fins al final.

Li vaig tocar la mà i ens acomiadàrem allà mateix. No desitjava que m'acompanyés fins a la reixa i ell copsà els meus pensaments, de manera que em vaig allunyar lentament, sense tombar el cap. Quan ja era fora, vaig veure el «Volkswagen» del pare Francesco i em vaig resignar a sotmetre'm un cop més a la tortura de la molla. Vaig obrir la porta i el franciscà es despertà espantat.

—Ah! Quin ensurt! —va fer— Tornem a Tel Aviv?

Vaig afirmar amb el cap, en silenci, ensems m'asseia el més còmodament que m'era possible. Tan bon punt arrencà, el pare Francesco obrí la boca i ja no la tancà fins aturar el cotxe davant del «Savoy».

Li vaig agrair el viatge i després vaig donar gràcies al cel per haver-me lliurat d'ell i de la seva andròmina, sense que em fos possible precisar quin dels dos era pitjor. El meu cul estava ple de blaus i el meu cap a punt d'esclatar.

El vaig contemplar com desapareixia, vaig respirar alleugerit i vaig entrar a l'hotel. A l'interior tot estava tranquil i no hi havia clients al vestíbul, excepte un home que romania assegut en una butaca amagat darrere d'un enorme periòdic. No hi vaig parar atenció. Em sentia cansat i dins del meu cervell flotaven imatges de llits de plomes i llençols blancs i acollidors. Em vaig dirigir cap al recepcionista i li vaig preguntar si hi havia algun missatge per mi. Em va contestar que no amb el cap acompanyat d'un somriure professional. Tant millor, vaig pensar. Dormiria més tranquil. I em vaig dirigir cap a l'ascensor.

17.- UN HOME HA DE MORIR

—**B**ona nit —vaig escoltar que feia una veu estranyament familiar.

Em vaig tombar per tornar la salutació. L'home que llegia el diari i estava assegut a la butaca va deixar caure la cortina de paper imprès i aparegué Hans, *el Falcó Alemany.*

—Caram! —vaig fer—. No t'he vist a l'avió.

—És que a l'avió del Papa només hi viatgen els privilegiats —somrigué.

—Confesso que m'ha estranyat la teva absència —vaig dir palplantat al costat de l'ascensor—. Què hi fas aquí?

—T'hi esperava, a tu precisament. —s'aixecà lentament i s'atansà—. En certa ocasió em vas dir que si algun dia venia per fer-te una visita, creuries en els miracles i jo desitjo que tinguis fe, perquè així puguis salvar-te —somrigué cínicament, mentre jo el comparava a una hiena—. Què me'n dius si busquen un lloc tranquil per petar la xerrada?

El vaig mirar amb recel i, instintivament, vaig tocar el sobre que m'havia confiat *el Romà* i que jo havia amagat sota la camisa. Hans bé podia ser un dels que sentien interès pel seu contingut. Anava a respondre que no, però *el Falcó Alemany* seguia sent el mateix i copsà tots els meus dubtes.

—Escull tu mateix el lloc —s'avançà a la meva resposta—. Ah! Si vols, pots deixar el que amagues tan gelosament a la caixa de l'hotel o, si t'ho estimes més, t'esperaré aquí fins que consideris que es troba en un lloc segur i lluny de les males persones —em llençà un nou somriure.

Vaig quedar bocabadat. Aquell home era el mateix diable i els seus companys de la CIA uns tafaners sense cap mena de principis.

—Conec el contingut fil per randa —va seguir parlant Hans amb aquell to de superioritat que a mi em feia venir basques—. I encara te'n diré més: no tenim cap intenció d'impedir que segueixi el seu camí. De fet sortim prou ben lliurats i, amb un xic d'habilitat, fins i tot ens pot resultar enormement positiu —rigué—. És l'avantatge d'estar ben informats.

—Entesos. Pugem a la meva habitació.

No pagava la pena negar l'existència del sobre i tampoc guanyava res rebutjant la seva proposició. Els seus amics podien acabar amb mi en un tres i no res i fer-se amb els documents. Si no ho havien fet, havia de ser cert el que deia Hans. Si més no, una part.

Vam prendre l'ascensor. Hans es mostrava molt xerraire i irradiava optimisme, malgrat que jo coneixia aquesta faceta de la seva personalitat. Quan més grans eren les dificultats o el seu interès, tant més entusiasme manifestava. Era una manera com qualsevulla altra de sembrar el desconcert entre els seus adversaris. I... la meva experiència em demostrava que Hans obtenia sempre bons resultats.

—Bé! Què vols? —li vaig preguntar a boca de canó tan bon punt havia tancat la porta de l'habitació—. Em sento cansat i vull dormir. De manera que sigues breu.

Em mirà a poc a poc i s'assegué en una de les butaques. Semblava no tenir pressa per comunicar-me el motiu de la seva visita i gaudia amb allò. Va encendre una cigarreta. Jo seguia dempeus al costat de la porta.

—Mai no canviaràs. Ets un impulsiu —em digué—. He vingut fins aquí per oferir-te una informació vital per Pere II i ja em fots fora. —va fer petar la llengua diverses vegades ensems desaprovava la meva actitud amb el cap.

—Si vols comunicar-me alguna cosa, ho fas i en paus, però ha de ser tot o res. M'explico? —el vaig tallar ben seriós.

—No t'entenc...

—Hans, les coses clares —el vaig tallar per segon cop—. Tu mai no fas favors, a menys que persegueixis un benefici superior. De manera que o poses totes les cartes damunt la taula o te'n vas per on has vingut —vaig fer amb duresa. No em sentia d'humor per aguantar els seus jocs i ell ho va copsar.

—Tens la meva paraula que seré absolutament sincer.

La seva paraula valia una merda, però, si més no, m'explicaria un xic més del que tenia previst de bon començament. Vaig afirmar amb el cap, vaig abandonar la porta i vaig seure al llit.

—Ens han arribat notícies que estan preparant un atemptat contra el Papa.

—Per què m'ho expliques? —em vaig sorprendre.

—Hem intentat parlar amb ell i no ha volgut escoltar-nos. En canvi, a tu t'escoltarà —m'explicà. I em va semblar que tenia certa lògica.

—Quan i on serà?

—Pensem que tindrà lloc aquí, a Israel, encara que desconeixem el moment que poden haver triat —em va mirar als ulls. Era evident que s'hi esforçava per semblar sincer—. De tota manera, pensem que pot tenir lloc el dia que visiti Jerusalem. Hi haurà molta gent, es desplaçarà a peu i pronunciarà discursos. Un blanc perfecte.

—Qui ho farà?

—No ho sé.

Vaig aixecar una cella i li vaig dir amb la mirada que els dos érem gats vells, i que no me'l creia. Hans dubtà.

—Bé..., tenim alguna pista, però no és segura.

—Qui? —vaig insistir-hi.

—Un grup de fanàtics religiosos que pensen que Pere II és l'Anticrist. Son una colla d'exaltats.

—I Vosaltres quin paper hi jugueu? —vaig fer a poc a poc.

—Cap, en absolut. Creus que seria aquí parlant amb tu si fos diferent?

—No ho sé —vaig somriure irònic—. Sou tan reconsagrats que no me'n refio.

—Per què? —em demanà amb cara de nen bo.

—Gina està asseguda en una cadira de rodes — vaig dir sense més ni més—. I m'és difícil oblidar que, poques hores abans, jo t'havia deixat amb el cul enlaire.

La seva expressió canvià completament i em mirà als ulls. De sobte esclafir de riure. Va faltar un pèl perquè no saltés al seu coll i l'escanyés. Què dimonis era el que li feia tanta gràcia?

—Perdona —es disculpà mirant de tallar les riallades—. Perdona —repetí per segon cop—. De manera que tu penses que vaig ser jo...

—Potser els teus amics fan la feina bruta —vaig respondre.

—Els meus amics? —encara reia. De sobte es posà seriós—. No has crescut gens. Segueixes sent tan innocent com quan treballàvem plegats —em menyspreà—. Si haguéssim volgut matar-te, de debò creus que series aquí? Ets un qualsevol i, per tant, tan vulnerable com el que més. Et poden fotre un tret enmig del carrer, fer que volis pels aires, simular un atracament amb navalla, emmetzinar-te, fotre't un jec d'òsties fins matar-te o utilitzar qualsevol altre procediment més o menys expeditiu. —La seva expressió s'endurí—. T'ho ben asseguro que, si haguéssim estat nosaltres, Gina hauria anat al teu enterrament sense cadira de rodes.

—Ah, sí? —vaig fer incrèdul—. Llavors, qui va ser? L'assassí emmascarat?

—Va ser un aficionat de tercera contractat per Albi i els seus àngels custodis —va deixar anar, i m'assenyalà amb el dit índex—. Ets tan idiota que no saps ni en quin món vius. Quan el teu amic *el Romà* t'escollí seguint els consells del teu altre amic Bolone, el cardenal Albi va ordenar seguir-te. Per si... Ja els coneixes. Després, no vas tenir sort.

—Què vols dir?

—Que vas veure alguna cosa que no havies d'haver vist —somrigué divertit—. A Viterbo —aclarí.

—Què?

—Sí, pobre idiota. Li vaig dedicar una rialla com si l'haguessis enxampat —rigué.

A qui havia dedicat una rialla a Viterbo? I la meva memòria es despertà. Ara ho recordava. Aquell home del restaurant era, ni més ni menys, que el mateix que parlava amb el cardenal Albi al replà de l'escala del Vaticà el dia que Pasquale m'acompanyà als arxius secrets de la Santa Seu. Merda!

—... i en aquest restaurant ja es preparava una tempesta —seguia parlant Hans—. Albi, encara que no el vas poder veure, també hi assistia a l'últim sopar. Què hi feies tu allà? Pregunta interessant. Albi i els seus acompanyants arribaren a la conclusió que els havies seguit i que potser sabies molt més del que semblava. No tens ni idea de qui eren els altres. Oi que no?

—No.

—Un sopar molt concorregut. Dos banquers, tres ambaixadors, uns polítics i alguns poderosos homes de negocis. Comprens? —deixà anar una riallada—. Ho sabien tot de tu: els teus horaris, els teus passeigs, les teves aficions, els teus moviments... Era senzill i tu havies de morir en nom d'aquest Déu Totpoderós que tant esmenten. Justament perquè no poguessis comunicar a tot el món que volen destituir el Papa. Sí, un déu tan poderós que necessita delegar els treballs bruts en els seus més fervents seguidors, no sigui cas que tot el pla se'ls escapi de les mans i es malbarati. —Va fer una pausa i recuperà el somriure irònic—. Després, es van adonar de l'error comès. Tu eres un pobre desgraciat que no en sabia res. Es van espantar i es van estimar més deixar-ho tot tal com estava. Tanmateix, el Romà ha resultat més ràpid que ells i ara estan més esgarrifats que mai i no seria estrany que ells mateixos haguessin pagat per veure morir Pere II. És l'única solució que els queda —obrí els braços i les mans amb els palmells enlaire i tombà el cap a un cantó—. Bé! Volies saber-ho tot. Doncs, ja ho saps.

Em vaig quedar glaçat. Mai no m'hauria imaginat una història com la que acabava d'escoltar. El cap em rodava i les temples em feien mal. Si tot allò era una invenció de Hans... Però, no, no era cap invenció. No podia ser-ho. En cas contrari res no tenia sentit.

—Per què tant d'interès per salvar la vida de Pere II? —vaig demanar més calmat.

—Israel és un gran aliat dels Estats Units i no interessa que el magnicidi tingui lloc aquí. —Callà un instant, i afegí—: Ni en cap altre lloc, evidentment.

—No em serveix —li vaig tornar el somriure.

—Entesos —respirà fondo, com si anés a vomitar tot el sopar—. Si Albi aconsegueix els seus propòsits i es fa amb les regnes del Vaticà, el IOR no es desmantellarà i hi ha gent que ha invertit mesos per preparar-se per comprar a baix preu un bon pessic d'accions. Suposo que ara ja tens una raó prou poderosa per mantenir-lo viu. Després, com diuen ells, que sigui el que Déu vulgui. Com veuràs, t'ho he abocat tot, fins l'última coma.

—Sí, m'has explicat tantes coses que començo a tenir-te por. La factura que em passaràs deu de ser enorme. Què en treus tu de tot això?

—Un retir daurat —alçà les espatlles—. Ja veus que poso damunt la mesa totes les cartes i només et demano que parlis amb Pere II. Ho faràs?

—I què li dic, si ell ja n'està al cas i no us vol escoltar?

—L'has de convèncer perquè demà passat no visiti l'Hort de les Oliveres. Digues-li que ho endarrereixi fins diumenge.

—Això és impossible.

—Per a tu, no. Au va, home! No siguis tan modest —em contestà amb una rialla—. Estic segur que a tu t'escolta. Sobre tot en privat —i somrigué cínicament.

—No sé com posar-me en contacte amb ell.

—Au va! Li hi dius al frare que t'ha portat fins aquí i ell ja s'encarregarà de tot. És molt eficient el franciscà. I prou esmunyedís.

—M'ho rumiaré.

—Sí, però no gaire. La vida del Papa depèn de tu —conclogué i s'aixecà—. Bé! Que dormis de gust.

La porta es tancà darrere d'ell i jo em vaig quedar assegut al llit. Ja no tenia son. Aquell miserable sabia tocar les fibres sensibles i ficar la por al cos. Per què tant d'interès en conservar el Papa amb vida?, em demanava. Els arguments esgrimits tenien força, però amb Hans mai no sabies quina carta havies de jugar. A més, no acabava de veure clar que el simple fet d'endarrerir una cerimònia pogués salvar la vida de *el Romà*. O era que Hans sabia molt més del que havia explicat?

Fos com fos, l'endemà em vaig posar en contacte amb el pare Francesco i li vaig dir que havia de parlar amb *el Romà* amb tota urgència, que era un tema de vida o mort. Tanmateix, era del tot impossible arribar fins a ell. El seu horari era molt atapeït i no li deixava ni una escletxa. Vaig insistir-hi i vaig aconseguir que arribés el meu encàrrec a Pasquale Chigi. Ja era alguna cosa, vaig pensar.

UN VOT PER L'ESPERANÇA

A primera hora de la tarda, el secretari particular de Pere em va venir a veure. Pel seu posat vaig deduir que estava força cansat. Semblava que no hi fos i tenia bosses sota els ulls que li conferien un aspecte tremendament ascètic.

—Què puc fer per vostè, Mario? —em preguntà amb la seva habitual cortesia, adoptant el tarannà del confessor.

—He de parlar amb Sa Santedat abans de demà al matí.

—No pot ser —negà amb el cap.

—És important. Ha de suspendre la visita a l'Hort de les Oliveres. Volen atemptar contra la seva vida —li vaig explicar i Pasquale es quedà banc i em mirà incrèdul, amb uns ulls com taronges—. Li ho asseguro —vaig afegir.

—Com ho sap? —em demanà.

—Tinc un amic que treballa per la CIA i anit va ser aquí per comunicar-m'ho.

—Faré arribar a Sa Santedat tot el que m'ha dit —m'assegurà i, encara pàl·lid, s'aixecà trontollant.

—Es troba malament? —el vaig agafar del braç.

—No, no. Ha estat la impressió causada per la notícia —murmurà ensems es fregava el front—. Ja ha passat, gràcies. —Recuperà part del color a les galtes i afegí—: Parlaré amb ell i em posaré en contacte amb vostè tan aviat com pugui.

—Gràcies. Estaré impacient per conèixer les intencions de Sa Santedat.

Pobre home, vaig pensar mentre Pasquale abandonava el vestíbul de l'hotel. S'havia impressionat molt. Vaig pujar a l'habitació i vaig mirar d'ordenar les idees. Em vaig estirar al llit i deu minuts després sonava el telèfon. Era Frascatti. Estava preocupat perquè no havia rebut notícies meves. Els altres diaris ja havien publicat plecs de dades i nosaltres, va dir, ens havíem de conformar amb els comunicats de les agències. Per fer el que estava fent, no calia que m'hagués enviat a Israel. Jo no tenia ganes de discutir i li vaig prometre que aquell mateix dia li enviava un article, però que anava darrere de la pista d'un possible atemptat.

—Collons! —va fer.

—El que sents. Sembla que la seva vida és en perill —li vaig repetir.

—Envia'm el que tinguis i t'ho publico ara mateix.

—No tinc prou dades.

—Maleït siguis! —cridà—. Si és una bola per amagar que has estat de copes i no has futut ni cop, et trobaràs la teva taula al carrer.

—Quan t'he fallat? —li vaig demanar emprenyat.

—D'acord, d'acord. Et crec, però ves amb compte. Entesos?

El bo de Frascatti. Molt cridar, molt fer-se l'ogre i, en definitiva, era un tros de pa. Segur que l'havia deixat preocupat per la resta de la jornada.

Vaig encendre el televisor i em vaig trobar amb les notícies de la tarda, amb un gran reportatge sobre l'arribada de el Romà i un resum de les entrevistes mantingudes aquell matí.

Aquell primer dia d'estada a Israel no hi havia actes públics. Per això m'havia estimat més quedar-m'hi. L'endemà seria ben diferent. El Romà es desplaçaria fins a Jerusalem i recorreria els Llocs Sants, des de Getzemaní fins al Sant Sepulcre. I sobre aquell matí queia l'ombra negra d'una mà criminal que esperava poder descarregar el cop mortal, si és que, definitivament, em creia Hans Brukner.

Cap a les sis sonà de nou el telèfon. Vaig despenjar l'auricular esperant escoltar la veu de Pasquale Chigi, però no era ell. Era Hans que trucava per saber si havia aconseguit parlar amb *el Romà.* Li vaig contestar que encara no, i li vaig fer cinc cèntims de la meva entrevista amb Pasquale. Em donà un número de telèfon on podia localitzar-lo si es produïa alguna novetat i penjà.

Em vaig fumar mig paquet de cigarretes en menys de dues hores i mitja. Enrere quedaven els bons propòsits d'abandonar tan funest vici. Per què no trucava Pasquale?, em preguntava i els minuts se succeïen gairebé amb la mateixa rapidesa que la cadència de cigarretes. Vaig voler escriure l'article que havia promès a Frascatti, però, després d'esparracar uns deu fulls, no vaig passar de la quarta línia.

Em sentia neguitós i la meva ment era el més semblant a un calidoscopi enfollit que mudava les composicions amb espantosa velocitat. De tant en tant llençava una furibunda mirada al telèfon i el maleïa. Damunt de la tauleta de nit reposava el sobre que havia rebut de mans de e*l Romà* i, al seu costat en un full, figurava el número que acabava de donar-me Hans. Vaig aclucar les parpelles i vaig mirar de relaxar-me, però, en lloc d'aconseguir-ho, vaig tornar a somiar amb la visió del cadàver de e*l Romà* estès a l'Hort de les Oliveres, sense vida.

Em vaig aixecar furiós i em vaig dirigir al bany amb la intenció de refrescar-me la cara, però un inoportú tall en el subministrament de la zona frustrà els meus propòsits. Vaig trucar recepció i vaig protestar. Es van disculpar i em van dir amb molta amabilitat que no depenia d'ells.

Ja no podia més. Quinze minuts després vaig trucar de nou a recepció i vaig ordenar un «Martini» sec, que van trigar un infern de temps a portar·me. Potser com a represàlia per haver protestat per l'aigua. I Pasquale que no trucava.

Quan, per fi, donaren l'aigua, em vaig estimar més dutxar·me. Va ser una bona pensada, i em vaig estirar un cop més al llit. Poca estona després dormia.

Cap a voltants de les onze del vespre em vaig despertar amb un bon mal d'estómac. No havia sopat. Encara que no va ser l'estómac, que em va despertar, sinó el telèfon. El meu mòbil no funcionava en aquella zona del planeta. Vaig despenjar d'una embranzida i em vaig seure d'un bot. Ara sí que Pasquale es trobava a l'altre costat de la línia.

—Sa Santedat no vol canviar el programa establert —em va dir.

—Ha d'insistir·hi —gairebé vaig cridar.

—No vol ni sentir a parlar. És la seva darrera paraula. Li ben asseguro que he mirat per tots els medis de dissuadir·lo de les seves intencions, però es nega a escoltar·me —em contestà amb una veu estranya i llunyana.

—Però és la seva vida...

—Ja ho sé, però ja li he dit que he fet tot el que he pogut per salvar·lo.

Li ho vaig agrair i vaig penjar. Acte seguit vaig marcar el número de Hans i em van respondre que ja havia sortit, però que havia deixat l'encàrrec que si trucava jo, em diguessin que l'endemà m'estaria esperant a una cafeteria de Jerusalem. Vaig prendre nota de l'adreça i vaig estirar de nou al llit. Mitja hora després m'aixecava i ingeria una píndola per calmar el gos rabiós que es regirava al meu estómac.

18.- FINS AVIAT ROMÀ

Al dia següent, a les set en punt, sortia camí de Jerusalem en un cotxe llogat. *El Romà* tenia prevista la seva arribada als volts de les onze i aniria directament a Getzemaní. Disposava de prou temps per entrevistar-me amb Hans, fer un mos i atansar-me fins l'Hort de les Oliveres abans que *el Romà* s'hi presentés. Em seguia fent mal l'estómac.

No em va resultar difícil trobar la cafeteria a Mehané Yehuda. Hans m'hi esperava llegint la premsa del dia. Em vaig seure al seu costat i vaig demanar un vas de llet.

—Has pogut parlar amb ell? —preguntà deixant de banda la lectura.

—Anit, cap a les onze, em va trucar el seu secretari i em va dir que no hi havia res a pelar. No té cap intenció de modificar el seu programa.

—Llavors hauré de demanar que s'extremin encara més les precaucions —sospirà—. Me'n vaig a telefonar.

Va estar absent de la taula uns cinc minuts, durant els que vaig fer un parell de glops de llet i em vaig prendre dues píndoles. L'estómac no em feia tant de mal, però encara manifestava la seva presència.

—Bé, ja he fet tot el que podia —somrigué Hans—. T'estic molt agraït per la teva cooperació —i s'acomiadà amb una encaixada de mans.

El vaig observar mentre s'allunyava. Va creuar el carrer i es dirigí cap el nord.

Tenia la ment en blanc i les meves mans sostenien el got de llet quan un automòbil, prop de Hans, esclatà amb inusitada violència. El finestral saltà fet miques, el vas de llet em va caure al damunt i jo vaig sortir disparat enrere i vaig mesurar el terra amb les costelles.

Em sentia carallot per causa l'explosió i pel cop. Em vaig aixecar i vaig sortir a l'exterior. Al carrer tot era confusió i brams. Diversos cossos romanien estirats damunt l'asfalt i la gent acudia a carretades. Vaig sortir esperitat cap al lloc on havia vist Hans per última vegada.

L'ona expansiva l'havia llençat uns metres més enllà. El seu cos estava bocaterrosa i cobert de sang i pols. Em vaig atansar i el vaig tombar. Seguia viu, malgrat que se'l veia a l'última paraula i respirava amb prou dificultat, mentre que la seva mirada romania perduda.

—Ma...ri...o —em cridava amb veu baixa. Vaig atansar l'orella als seus llavis i el vaig sentir mormolar—: Déu... no... exis... teix. No... pot... exis...tir.

—No et belluguis, noi. De seguida vindrà ajuda —vaig mirar de calmar-lo, però ell m'agafà de la solapa. El pobre sabia que l'havien enxampat de ple i desitjava dir-me alguna cosa.

—Getze... maní, Getze... maní. Un... ho... me... —i callà.

—Què passa amb aquest home?

—A la...but...xa...ca —i senyalà el seu cor.

Vaig ficar la mà dins la butxaca interior de la seva jaqueta i vaig trobar-hi un sobre. Li ho vaig ensenyar.

—Això? —però Hans ja no podia respondre. Acabava de morir.

Una sirena s'atansava de pressa quan jo em vaig allunyar d'aquell desastre. Vaig caminar una estona per donar una volta i anar a buscar el cotxe. Un cop dins, vaig obrir el sobre i vaig buidar-ne el contingut. Als meus genolls tenia uns fulls i una fotografia, darrera de la qual havien anotat un nom: Jesús Fuertes. Es tractava d'un home moreno, de faccions sud-americanes o centreamericanes, de cabell rinxolat i ulls negres, de la mateixa edat, si fas no fa, que el Romà. Vaig desplegar els fulls i els vaig llegir. No calia ser cap llumener per descobrir que contenien anotacions sobre un pla per atemptar contra algú. L'home de la fotografia era nicaragüenc i havia lluitat amb la guerrilla, al costat de el Romà. Jesús Fuertes, explicaven les anotacions, tenia una germana que va tenir relacions amb el Romà, durant la seva estada a la selva quan era un guerriller que lluitava per la llibertat amb la força de les armes. Fins aquí, res a dir, però la segona part era una altra història. El pla consistia que Jesús Fuertes s'atansaria a el Romà i es donaria a conèixer. Llavors, quan el Romà el saludés, l'home cridaria ben alt: «Tu vas deshonrar la meva germana!» i dispararia sobre ell. I després? Tampoc calia ser cap llumener per descobrir que la historia es repetia. Immediatament, Jesús Fuertes seria abatut a trets. D'això no en tenia cap dubte. La resta ja era bufar i fer ampolles i qualsevol amb dos dits de seny podia deduir-lo: s'investiga el fet, apareix la relació del Papa amb la jove, l'Església de Déu s'esquinça els vestits, un nou pontífex puja al poder i posa ordre en el desconcert que l'Anticrist havia sembrat entre els fidels. Punt i final, i tornem a començar.

I és clar! Els senyors de *Wall Street* no podien permetre's el luxe d'un desastre a la borsa com el del 1929. D'aquí que la pròpia CIA intervingués en l'afer i la història que Hans m'havia explicat a l'habitació de l'hotel, sobre un grup de suposats empresaris que volien comprar accions a baix preu, era una història. Res més que això.

Hans Brukner va ser un malparit fill de puta fins al darrer instant, que es devia de penedir per alguna raó que desconec. Ara jo sabia que em va venir a veure per assegurar-se que *el Romà* no modificaria el seu itinerari, i no pas per posar-me sobre avís. Els seus amics havien estudiat *el Romà* i coneixien que era un home imprevisible, però que, quan més grans fossin les pressions, tant més procuraria complir amb el seu itinerari. Eren molt llargs. Massa. Jesús Fuertes, pressionat d'alguna forma o, tal vegada enganyat, disparava contra *el Romà* i el matava. Nicaragua quedava involucrada i el prestigi del Papa patia un cop mortal en sortir a la llum pública les seves relacions, suposadament deshonestes, amb una noia. Als ulls del món la versió més escoltada seria també la més sòrdida. L'assassí moria immediatament i mai no arribaríem a conèixer la veritat.

I és clar que la història es repetia! Antecedents no en faltaven. Només calia recordar els germans Kennedy. I les paraules de e*l Romà* quedarien en entredit, amb la qual cosa la seva força ja no preocuparia ningú. Un pla perfecte. I ara què?

Quedava poc temps. *El Romà* ja devia de ser camí de Getzemaní i l'assassí també. Ara ho veia clar. La trucada de Hans no havia estat per sol·licitar protecció per al Papa, sinó per donar l'ordre d'execució. Vaig mirar l'hora: tres quarts de deu. Vaig guardar la fotografia i els fulls a la butxaca i vaig abandonar el cotxe. A partir d'aquell instant vaig començar a viure amb una intensitat desconeguda.

La primera cosa que em va venir al cap va ser treure fotocòpies de tot, dels fulls i de la fotografia. Després em vaig dirigir a buscar sobres i segells. Vaig ficar la foto original en un i els documents en un altre, vaig posar-hi els segells i els vaig ficar a la bústia. Ambdós tenien la meva adreça de Roma. Era molt arriscat, ho sabia, però no tenia cap altra solució millor. Després vaig escriure una nota a Frascatti tot pregant-li que, si m'arribava alguna desgràcia, demanés els sobres a Gina i publiqués el contingut. Després vaig cercar un telèfon des d'on pogués parlar sense entrebancs i vaig sol·licitar el telèfon de l'ambaixada americana.

Les deu i set minuts.

—Aló! Voldria parlar amb el senyor ambaixador.

—Qui el demana, per favor? —em preguntà una veu femenina.

—Miri, és molt urgent —la vaig tallar.

—No es retiri, si us plau —interrompé la comunicació per parlar amb algú.

Vaig mirar l'hora: les deu i deu. Aquella dona s'havia adormit. Vaig picar amb els dits i vaig canviar de postura set cops. Tardava molt a contestar. I si estaven localitzant la trucada? Vaig reaccionar i vaig penjar per tornar a marcar de nou. Vaig insistir que desitjava parlar amb l'ambaixador en persona.

—Senyor, podria vostè explicar-me el motiu de la seva trucada?

—No —vaig fer—. Senyoreta, és molt important que parli amb ell. És un cas de vida o mort.

—Li passo amb el seu secretari —digué.

Anava a protestar, però no vaig tenir-hi temps. Vaig escoltar com sonava el telèfon interior de l'Ambaixada. «Au va, contesta», cridava per dins.

—Digui —vaig escoltar que feia una veu masculina.

—Vull parlar amb el senyor ambaixador. És molt important i urgent. Cada minut és vital.

—De què es tracta, si us plau? —respongué amb estudiada calma.

—Només parlaré amb ell.

—El senyor ambaixador es troba reunit i no s'hi pot posar. Sóc el seu secretari i li prego que em digui què desitja —es mantingué ferm aquell home.

Vaig callar uns segons. Havia de prendre una decisió, però no volia comunicar a aquell home el motiu de la meva trucada. Hauria d'explicar-li massa coses i ell possiblement ho hauria de consultar amb altres persones. No podia perdre tant de temps.

—Escolti amb atenció —vaig cridar—. Ara penjaré i trucaré dintre de cinc minuts exactes. Durant aquest temps vull que enxampi el seu maleït ambaixador pels collons i que l'arrossegui fins al telèfon. Digui-li que estic al cas de tot. Hans Brukner acaba de morir. Ho ha entès bé? Si no ho fa, el seu país es veurà involucrat en un afer de descomunals proporcions i vostè no trobarà feina ni d'escombriaire —i vaig penjar.

Fins i to jo em vaig sorprendre per la violència de les meves paraules, però va funcionar. Cinc minuts després, quan vaig tornar a trucar em van passar immediatament amb l'ambaixador. Després de tot, el secretari devia ser un home intel·ligent. Havia sabut copsar tota la veracitat de les meves afirmacions i va cridar l'ambaixador.

—Virgil Foster —va fer la veu de l'ambaixador en un to emprenyat.

—Senyor Foster, no disposo de gaire temps, de manera que escolti amb molta atenció. No fa ni una hora que s'ha produït un atemptat a Jerusalem. El suposo informat. En aquest atemptat ha mort un home, Hans Brukner, que era agent de la CIA. A la seva butxaca es trobava una fotografia d'un nicaragüenc i un pla per matar el Papa. Aquest pla s'executarà d'aquí uns quaranta minuts, durant la visita de Pere II a l'Hort de Getzemaní. M'ha entès?

—Sí, però no comprenc...

—Calli i escolti! —el vaig tallar—. Faci-ho com vulgui, però aconsegueixi que aturin l'assassí. En cas contrari, d'aquí una hora, el món sencer llegirà en tots els periòdics la notícia de l'atemptat i, al costat, podrà contemplar els documents que es trobaven en poder de Hans Brukner. Imaginis l'enrenou que es pot organitzar.

—Qui és vostè i on ens podem veure?

—M'ha pres per idiota? Malgrat que em trobi, ja no tinc aquests documents al meu poder i, si alguna cosa m'arriba, es destapa l'olla. Té vostè trenta-cinc minuts.

—Per què no ha anat vostè a les autoritats? Seria el més correcte.

—Ja ho farà vostè per mi i amb més efectivitat. Trenta-quatre minuts, senyor ambaixador. Bona sort —i vaig penjar sense esperar la seva resposta.

Vaig marxar d'allà cuita-corrents. Podien haver localitzat la trucada. Vaig agafar el cotxe i em vaig dirigir cap a Getzemaní.

Els carrers de Jerusalem havien esdevingut un formiguer i ens havíem de moure lentament. Vaig mirar l'hora mil vegades i vaig maleir tothom, la nostra estupidesa i el més maleït costum de sentir-nos atrets pel mateix espectacle i acabar caminant com un ramat. La gent volia veure el Papa i, si jo no arribava a temps, contemplarien un cadàver.

El temps corria que se les pelava i les agulles del rellotge anaven de bòlit. Vaig perdre l'oremus i vaig fer sonar el clàxon, però tot era inútil. Finalment, vaig descobrir un forat on deixar el cotxe i vaig tallar la circulació per encaixar-lo de mala manera, que no és gens estany en un italià.

El lloc estava ple de gom a gom. Com podia trobar Jesús Fuertes en aquell batibull? Únicament disposava d'una fotografia i uns minuts. Sempre quedava l'opció d'intentar atansar-me a *el Romà* i esperar que l'assassí actués. El cor galopava, s'accelerava i s'aturava tot ofegant-me.

Em vaig barrejar entre la gentada i, a empentes, entre les protestes dels homes i les dones que gairebé es barallaven em vaig desplaçar tot cridant «Premsa, premsa» i ensenyant els meus credencials. Vaig generar malamaror i cares llargues, però vaig aconseguir arribar fins la primera fila. Les onze i quatre minuts.

L'estómac ja em veia mal un altre cop i em vaig ficar una píndola sota la llengua. *El Romà* arribava tard. Vaig sentir algun comentari que explicava que el Papa s'havia aturat en diversos punts del trajecte i venia amb una mica de retard. Jo no parava d'observar tots els que m'envoltaven amb l'esperança de trobar l'assassí. Llavors, em vaig adonar que una bona colla d'homes es movien amb sigil i prenien posicions entre els espectadors. Em vaig sentir més alleugerit. La trucada a l'ambaixador americà havia donat el seu fruit.

Aquells que es movien no eren espectadores, sinó que escorcollaven els rostres de tots els que lluitaven a cop de colze per obtenir un lloc que els permetés veure el Papa.

La píndola no va servir de res i el meu estómac s'inundà d'acidesa. Tenia els nervis de punta. D'un moment a l'altre apareixeria *el Romà.*

Vaig treure la fotocòpia de la fotografia. Havia quedat una mica fosca, però el rostre de l'assassí es distingia bé i la vaig estudiar durant uns instants. Vaig mirar l'hora: les onze i deu.

La gent cada cop n'eren més i els cordons de seguretat m'obligaven a estirar el coll per poder mirar entre els policies. Tornar enrere era del tot impossible i canviar de posició significava enfrontar-se de nou amb les cares que m'envoltaven i que em miraven com a un intrús o com a un aprofitat.

En aquells moments vaig recordar l'angoixa que vaig patir a l'hospital, quan va tenir lloc l'atemptat que gairebé li arrenca la vida a Gina. Tornava a tenir aquella sensació d'impotència i de desesperació. Què podia fer? Havia aconseguit situar-me a uns vint metres d'on *el Romà* baixaria del cotxe i em desvivia per inspeccionar tot el que podia veure. De sobte, la gent començà a cridar.

L'automòbil de e*l Romà* s'atansava i el meu neguit augmentava sense parar. Cada segon escurçava la distància que el separava del seu assassí i jo no podia fer res per evitar-ho. Vaig començar a suar. Les onze i disset.

UN VOT PER L'ESPERANÇA

Els assistents agitaven banderoles i victorejaven el Romà Pontífex i els policies van haver de fer un notable esforç per contenir l'allau. Va ser en aquell precís instant que s'obrí un petit forat davant meu i una cara aparegué i es destacà dins del meu cervell entre la resta d'assistents, per desaparèixer gairebé immediatament, com un llampec. Només un flash, però vaig creure reconèixer en aquell rostre l'home de la fotografia: Jesús Fuertes.

La comitiva s'atansava lentament. Vaig pensar de pressa. No podia jurar que era ell. Mai no l'havia vist en persona. Què havia de fer? Vaig veure el cotxe de lluny. Uns minuts més i *el Romà* posaria els seus peus en aquell lloc. L'estómac em feia més i més mal, fins aconseguir que m'encongís una mica per mirar de buscar consol. Llavors el vaig veure per segon cop. Sí, era ell, segur que era ell. Vaig voler creuar el cordó policial per atansar-me fins l'home, però m'ho impediren. El cotxe cada cop era més a prop i *el Romà* baixaria i, tot caminant, es dirigiria directament cap al punt on l'esperava l'assassí. Havia de fer alguna cosa i el meu estómac esdevingué un malson.

De sobte una força interior m'empenyé cap endavant i vaig aixecar el dit acusador cap al lloc on havia vist per darrer cop aquell home i vaig cridar amb tota la força dels meus pulmons:

—Allà, allà!, Jesús Fuertes!

Una colla dels que moments abans ocupaven posicions, em miraren i, immediatament, seguiren amb els ulls la direcció que senyalava el meu dit. Llavors, a l'altre costat de la petita avinguda artificial creada pels dos cordons policials, es produí un petit aldarull. Un home mirava d'apartar la gent per escapar, però quatre o

261

cinc dels agents de paisà s'atansaren de pressa cap a ell. La gent que envoltava l'home cridà. Va haver-hi enrenou i es va fer una clariana on van arribar més homes i van ajudar els que ja havien llençat a terra Jesús Fuertes i el mantenien quiet. Un d'ells s'aixecà amb un arma a les mans i la lliurà a un altre que semblava el seu superior. Bescanviaren algunes paraules i senyalaren cap a mi. Llavors s'hi atansaren.

—És vostè el que ha cridat? —em demanà l'home que duia l'arma a les mans i al que els cordons policials havien deixat passar.

—Sí, senyor —vaig somriure triomfant.

—Em vol acompanyar, si us plau?

—Després de veure arribar el Papa —vaig fer.

El cotxe de e*l Romà* es trobava a menys de cent cinquanta metres de la seva destinació. Vaig mirar cap al lloc on havien detingut Jesús Fuertes i vaig veure que ja no hi era i que els espectadors havien tornat a ocupar el forat. Com si no hi hagués passat res.

Vaig sentir de nou la veu de l'home que tenia al costat. Donava un ordre en una llengua que no vaig entendre i el cordó policial s'obrí per deixar-me passar. Vaig donar les gràcies i em vaig avançar. Acabava de salvar la vida de e*l Romà* i ja ni me'n recordava del meu estómac. Si en aquells moments m'haguessin dit que flotava, m'ho hauria cregut sense replicar. Em sentia feliç, immensament feliç.

—Per què ha cridat? —em preguntà aquell home en perfecte anglès.

—Jo he trucat a l'ambaixada americana —li vaig dir a crits—. Aquí té les meves credencials de periodista —i li vaig lliurar els documents.

El cotxe s'aturà i la cridòria ens eixordà. *El Romà* va baixar i saludà la multitud. Un segon cotxe s'aturà i d'ell va sortir Pasquale Chigi.

Poc després *el Romà* impartia la seva benedicció, la comitiva es posà en camí i *el Romà* em va veure i s'atansà cap a mi. S'aturà just davant meu i em saludà. Pasquale se situà al seu costat i jo li vaig dirigir un somriure.

—Va tot bé, Mario? —em demanà *el Romà*.

—Molt bé —vaig fer—. Crec que ja no serà necessari publicar res. Ara ja té vostè el camí lliure per comunicar-ho amb les seves pròpies paraules.

Tot estava bé, tothom somreia, el món sencer cantava dins meu i em sentia transportat fins a regions plenes de felicitat. *El Romà* ja no havia de tenir por de res. Jo l'havia salvat.

Una, dues i tres. Vaig caure del meu èxtasi al compàs de les tres detonacions i el cos de e*l Romà* es plegà davant dels meus ulls atònits. Gairebé no vaig tenir temps de frenar la seva caiguda. Què havia passat? Què era allò...? Déu meu! Sang!

Agenollat davant del cos del moribund vaig alçar la mirada cap a la mà que poc abans sostenia la fumejant pistola, i em vaig adonar que no el coneixia gens ni mica, que les meves converses amb ell no m'havien permès descobrir que em trobava davant d'un home capaç de matar i que tots els meus arrogants coneixements sobre la psicologia humana queien en un tres i no res i em deixaven submergit en la més profunda de les frustracions, amb el cor fet miques per la pèrdua de la més ferma esperança de la qual disposava la Humanitat. Oh, Déu! Què ens estava passant?

Vaig encetar una plegaria sense saber per què ni per qui. Dins meu es debatia el dubte de si havia de resar per qui s'estava morint, per qui li causava la mort o pel món, sobre el que s'albirava el pes d'un futur obscur i tenebrós, tal vegada fruit d'alguna nefasta maledicció.

Només van transcórrer un parell de minuts entre que jo m'agenollava i unes mans em feien enrere per deixar pas al metge que el va assistir en el darrer alè, però se'm va fer eterns i un univers d'imatges van creuar la meva ment. Els meus ulls es van trobar amb els de l'assassí i una pregunta creuà l'aire sense sostenir-se en la paraula: «Per què?» I ell també em respongué amb la mirada: «Calia fer-ho.»

Llavors em vaig adonar de tot. Per Pasquale, allò no era més que una execució, el compliment de la sentència dictada per un judici secret que ell atribuïa a Déu Totpoderós, Omnipotent i Just. La seva mirada era llunyana i el seu somrís revelava la satisfacció pel deure complert.

Es va lliurar mansament quan li arrabassaren l'arma de les mans i va dir ben a poc a poc: «Que es faci la voluntat de Déu.» Aquestes van ser també les darreres paraules de qui moria poc després: «Que es faci la voluntat de Déu.»

«Calia fer-ho.» Pobre diable! Desconeixia completament el significat i la transcendència del seu acte. L'improvisat botxí veia en l'execució el punt final de la destrucció que únicament existia dins del seu cervell, però no s'adonava que el seu magnicidi elevava a la categoria de màrtir l'home que havia plantejat una de les més grans revolucions de la història de la humanitat i que obria les portes de la seva consecució.

Del pit de e*l Romà* brollava la sang tot tacant la sotana i esdevenia foc damunt de la immaculada blancor dels vestits. El metge no hi va poder fer res.

El Romà havia exhalat el darrer alè als meus braços, prement la meva mà amb tota la seva força, mentre els seus llavis dibuixaven un somriure i els seus ulls m'enviaven el darrer missatge de pau.

«Que es faci la voluntat de Déu.» Gairebé unes paraules per concretar el seu pas per la terra, la seva fe en la Divina Voluntat, el seu amor pels homes, tots plegats, sense distinció de cap mena. I, ara, algú que no va veure complerts els seus desigs, que es va sentir defraudat i ultratjat perquè la seva visió del món no coincidia amb la de e*l Romà,* havia segat la seva vida en un desesperat intent d'encarrilar la situació. Pobre home! Potser a Judes li va passar igual? Pobre Judes!, figura en la que se centren tots els odis, a qui se li nega arrogantment fins i tot el perdó de Déu. Mai damunt la terra hi ha hagut cap home tant menyspreat i vilipendiat, com no sigui Caí, de qui poc o res se sap i molt s'esmenta. No era Pasquale Chigi el tercer nom per afegir a tan curta llista? Però, per què...?, si fins i tot *el Romà* l'havia perdonat. Aquest era el darrer missatge, el que arribà fins a mi, el seu desig que jo també comprengués i perdonés.

Dos minuts agenollat al seu costat, contemplant com la vida se li escapolia a glopades, sense poder posar-hi remei, i una mirada furtiva cap a l'home que perseguia la seva destrucció. Tot un univers de vivències condensat en una picada d'ulls.

Als meus genolls reposava el cap de e*l Romà,* potser el darrer vestigi d'una utopia, com així l'havia catalogat en alguna ocasió. Però l'home avança gràcies a les idees, que, de vegades, semblen utòpiques.

Pasquale Chigi no podia ser condemnat. Acabava de prestar el més gran servei que podíem imaginar: crear un màrtir. A la meva butxaca guardava el sobre que contenia el testament de e*l Romà* (ara ja se li podia dir d'aquesta manera) i el testimoni passava a les meves mans amb l'únic objecte de mostrar a la llum pública els principis de la nova revolució. Ell, *el Romà,* havia cobert un llarg tros en solitari. Jo freturava de la seva claredat, de la seva força, de la seva voluntat de servei, del seu esperit de sacrifici i del seu amor pel gènere humà. Per això havia disposat que no caminés sol, que, al meu costat, altres homes, amb un prestigi que eclipsava els meus pobres èxits, es posessin en moviment.

Déu! Pel meu cap desfilaren les imatges de Gina estesa damunt la voravia, de Bolone perseguit pels que van ser amics seus, de Serena i Michele amb els seus ulls que llençaven espurnes d'esperança mentre parlaven del futur, de Frascatti a cegues i temorós, de Bonevski aixecant la mirada cap a les voltes dels sostres dels arxius del Vaticà a la recerca de paraules, els noms de tots els homes i les dones que eren maltractats, d'aquells sacerdots i prelats que patien persecució, dels que van ser enterrats després de sucumbir a mans dels que es creuen en possessió de la veritat, els records de les meves trobades amb Hans Brukner, el seu cos estès i cobert de sang i la seva mà senyalant la butxaca, les meves converses amb Pasquale Chigi, la seva darrera follia i totes les paraules que havien brollat dels llavis de e*l Romà.*

Déu meu! El món sencer havia perdut el seny i perseguia destruir a qui parlava amb el cor a la mà. *El Romà* havia posat en evidència els poderosos i enlairat els humils, havia destapat la tomba de l'arrogància i escampat el seu contingut per tal que la pudor de les seves deixalles enderroqués les fronteres i convertís l'home en home, i el despertés de l'ignominiós somni de la cobdícia i de l'afany de poder.

Aquest va ser el seu gran pecat: pretendre que, per damunt dels països i de les nacionalitats, l'ésser humà s'adonés del seu ésser i esdevingués humà, tot abandonant la creença que els contraris són pous de vicis pel sol fet de trobar-se a l'altre costat del mar o darrere de les muntanyes i defensar postures divergents, potser amb la mateixa ràbia que nosaltres. Ell desitjava que reaccionéssim, que fóssim capaços d'apartar de nosaltres aquesta por secular que ens han inculcat i veure-hi, veure-hi clar, i copsar colors i formes, i no pas espectres que només viuen dins nostre.

Una hora després, es coneixeria la notícia pertot arreu de l'univers i, l'endemà, transcriuria fil per randa tot el que reposava dins la meva butxaca, després, ho vendria tot i demanaria Gina que m'acompanyés fins a la pau i la calma d'algun indret llunyà i perdut on pogués obtenir l'assossegament necessari per relatar tot el que va passar aquells dies. El món sencer ho ha de saber.

Quan em vaig posar dempeus, després que haguessin retirat el cos del Papa, vaig contemplar el buit deixat i només se'm va ocórrer murmurar: Fins a aviat, *Romà*!

ALTRES OBRES D'ALBERT SALVADÓ

Si heu gaudit amb la lectura, potser us interessi conèixer altres obres d'Albert Salvadó, totes també disponibles en format de llibre electrònic.

LA GRAN CONCUBINA D'EGIPTE

Obra guanyadora del IX Premi Néstor Luján de Novel·la Històrica (2005)

L'any 1100 aC governa el faraó Ramsès XI, els camins no són segurs, els comerciants estan espantats, les nacions veïnes no respecten Egipte, la nació es trenca... Herihor, general de l'exèrcit del faraó, viatja a Tebes per salvar l'imperi de les urpes de Penehasy, usurpador nubi.

Després de la gran victòria, rep una revelació dels Déus i ocupa el lloc de Summe Sacerdot. Ell serà el primer membre d'una nova dinastia: la dinastia dels sacerdots. I pacta amb l'altre gran general, Smendes, que Ramsès XI continuarà sent el faraó, però ara hi haurà dos reis: Smendes regnarà al nord i Herihor regnarà en el sud. Ells pacten la divisió de poders i prenen totes les decisions. No obstant això, la mort d'Herihor esdevé un misteri que amenaça amb desencadenar la pitjor de totes les crisis. El seu cos ha desaparegut i si no poden enterrar-lo el seu successor no pot accedir al tron. Llavors Ramsès podrà reclamar de nou el regne de Tebes. On està el cos d'Herihor?, es demana tothom i el misteri creix, mentre la seva esposa Nodyme, la Gran Concubina d'Egipte, mou els fils amb una subtilesa digna del millor dels governants i decideix per damunt de tots.

Albert Salvadó

<u>L'INFORME PHAETON</u>

Durant una festa un escriptor és abordat per un home que li parla d'una societat secreta (CCU) que es dedica a la recerca del coneixement, però la intromissió d'una amiga l'impedeix de profunditzar en el tema, perquè l'home desapareix i ningú no sap qui és.

Poc després rep a casa seva una nota que li indica on pot trobar informació sobre CCU.

L'aparició del senyor Contacte (nom amb què es fa dir el seu misteriós informador) provoca un gir a tota la seva vida i, buscant llegendes antigues, fa un descobriment més que sorprenent: és molt probable que el Diluvi Universal no fos obra de Déu, sinó que nosaltres en fóssim els responsables i els executors.

Aquesta apassionant història parla de l'ésser humà, de tots plegats, d'allò que va succeir i del que pot passar. Ens mostra com resulta molt probable que tot allò que ens han ensenyat sobre la nostra història, la dels nostres avantpassats, no sigui tota la veritat, sinó que ens han amagat que en temps remots ens van modificar part dels nostres gens per tal d'eliminar del nostre cervell la idea de la llibertat.

L'informe Phaeton, a través d'un relat farcit de misteri, dóna una explicació alternativa a tot allò que ens han explicat, remena el nostre interior i obre les portes de la nostra curiositat cap a un món fascinant, on se'ns mostra que allò que coneixem és una ínfima part de la nostra realitat.

L'ENIGMA DE CONSTANTÍ EL GRAN

L'emperador Constantí el Gran és una de les figures més impressionants i controvertides de la història universal.

Les seves decisions són un vertader enigma que aquesta obra desvela magistralment. La seva vida és una infinitat de lluites i conquestes, amistats i odis, amors i desamors, grandeses i misèries, nobleses i crims, enganys i traïcions. I ell, des de la humilitat de l'home que s'enfronta a la seva mort, fa balanç de tot.

Va ser l'últim dels grans emperadors. Fill bastard de Constanci Clor, va unificar l'Imperi romà per última vegada, va concedir la llibertat als cristians, va crear el primer exèrcit mòbil, va instituir la moneda única (el Solidus, vertader precursor de l'Euro), va fundar Constantinople, va assassinar amb les seves pròpies mans... i va viure un gran amor amb Minervina, la seva primera esposa.

Submergir-se en la vida de Constantí és reviure una època increïble i descobrir el gran misteri de les seves decisions, aparentment absurdes i contradictòries i, malgrat tot, carregades d'una lògica sorprenent i implacable que Albert Salvadó ens dibuixa amb pols ferm i mà mestra. Una obra que mai s'oblida i que va merèixer ser finalista en el I Premi Néstor Luján de Novel·la Històrica.

Albert Salvadó

EL RELAT DE GÜNTER PSARRIS

Els que l'han llegit diuen que es tracta d'un relat dur, però que és, al mateix temps, el més tendre i humà que ha escrit Albert Salvadó.

En una cabanya en meitat dels Pirineus, tres homes troben el cadàver d'un pastor, la fotografia d'un oficial nazi i un manuscrit.

Aquesta és l'apassionant història de Günter Psarris, a qui el món va convertir en assassí, malgrat que ell mai va deixar de ser una gran persona. Va viure durant la Segona Guerra mundial, a l'Alemanya de la bogeria, va ser tancat al camp de Mauthausen i va sobreviure. No obstant això, el preu que va pagar per això va ser molt elevat.

Aquesta és també la història d'algú que va estimar amb bogeria, que va ser deportat i que el món, lluny de casa seva, el va tractar amb duresa i li va robar tot el que tenia. Fins i tot l'amor. I aquesta és una història plena d'esperança i de lliçons, d'un episodi recent de la humanitat que ha quedat marcat per la violència, la brutalitat, el salvatgisme i el menyspreu absolut per tot allò que és sagrat: la vida humana. No obstant això, Günter Psarris sap que la vida contínua i que l'amor és etern. I això ningú l'hi pot robar.

ELS ULLS D'ANNÍBAL

Obra guanyadora del «PREMI CARLEMANY 2002»,
A la Roma dels primers temps la dona no tenia cap dret: era considerada una propietat i el matrimoni només era un contracte per tenir fills. Tot i així, en privat, la dona

esdevingué el suport de l'home i el centre d'un poder silenciós i secret que va influir en les grans decisions.

Aquesta és la història d'Ariadna, una dona d'ulls foscos i misteriosos com la nit, i de Sinesi, el filòsof que era capaç de llegir als ulls dels altres i despullar les ànimes i que va descobrir que Ariadna guardava al seu interior tot un univers, ocult darrere del misteri de la seva mirada.

Una història en què l'amor amb majúscules s'uneix a les quatre derrotes consecutives, també amb majúscules, que Roma va patir a les mans del gran Anníbal. I tot per causa d'uns ulls.

També és la història de Publi Corneli Escipió, que esdevindrà el més gran dels generals romans, que va aprendre que els ulls són la porta que ens permet contemplar l'ànima i atrapar els sentiments de qualsevol.

El nom d'Anníbal ha passat a la història de la mà dels elefants, però un cop hagueu llegit aquesta obra, és possible que substituïu els paquiderms per alguna cosa molt més petita i infinitament més poderosa.